돈 크라이 마미

妈妈，别哭

[韩]博尔精 著

钟菲 李会卿 译

新华出版社

图书在版编目（CIP）数据

妈妈，别哭／（韩）博尔精著；钟菲，李会卿译.
——北京：新华出版社，2014.12
ISBN 978-7-5166-1344-3

Ⅰ．①妈… Ⅱ．①博… ②钟… ③李… Ⅲ．①长篇小说—韩国—现代
Ⅳ．①I312.645

中国版本图书馆CIP数据核字（2014）第278638号
著作权合同登记号：图字：01-2014-2994

妈妈，别哭

作　　者：（韩）博尔精		译　者：钟　菲　李会卿	

出 版 人：张百新　　　　　　　　责任印制：廖成华
选题策划：黄绪国　　　　　　　　责任编辑：曾　曦
封面设计：图鸦文化

出版发行：新华出版社
地　　址：北京石景山区京原路8号　邮　编：100040
网　　址：http://www.xinhuapub.com　http://press.xinhuanet.com
经　　销：新华书店
购书热线：010－63077122　　　　**中国新闻书店购书热线：010－63072012**

照　　排：图鸦文化
印　　刷：河北高碑店市德裕顺印刷有限责任公司

成品尺寸：135mm×200mm　1/32
印　　张：12.25　　　　　　　　　字　　数：200千字
版　　次：2014年12月第一版　　　印　　次：2014年12月第一次印刷

书　　号：ISBN 978-7-5166-1344-3
定　　价：28.00元
　　　　　　　　图书如有印装问题请与出版社联系调换：010-82951011

每当听到"那天发生了什么"这一问题时，

我都希望，

灵魂的伤口被不断撕裂的少女们，

还有，紧抱着孩子倒下的父母们……

……

不要看到这些文字，

2011 年性侵案件达 19496 件。

其中儿童、青少年为受害者的性侵案件为 2054 件。

数值相比 4 年前增加了 2.4 倍。

但，据推测一年内实际犯罪件数比统计数据多出 24 倍，

性侵受害者报警的概率仅为 4.2%。

目录

CONTENTS

宋敏静

如今，即将成为高中生的敏静有了一个外号——敏大傻。这都是因为她只有156厘米的小个子，而且她经常在集中注意力的时候不知不觉中把嘴张开，只有在看到初中同学时才会像小狗似的，把她圆圆的大眼睛笑成一轮弯月。

敏静那天的那个时间，也正在眨巴着她的大眼睛张大了嘴，但她的眼底却没有一点笑意，双腿悄悄地往后退着。

她心里犹豫着。往后退还不如推开他们跑出去呢？

但，有一个问题。对方是三个人，真跑的话，100米需要21秒。跑着跑着被抓住的话，应该免不了被揍一顿。但真到了这一步的话，她就连呼救的勇气都没有了。

一瞬间，她飞快地拿出了挂在手机链上护身用的哨子，她还以为自己有可能把哨子吹响呢。但那只是错觉。

哨子被抢走了。孩子们指着手机链上挂着的白色哨子，爆发出一阵狂笑。

其中有一个小子甚至把哨子递到敏静嘴边，叫她试着吹吹。敏静本能地抬起头，一个耳刮子就扫了过来。还威胁着说不好好吹的话，就会把她的脸揉进水泥墙里。

敏静从刚刚开始就一直没弄清是个什么状况。挨了一巴掌之后，也不知道是缓过神来了还是被打得更晕乎了，她把哨子放入嘴边准备吹起来。可是要使劲儿吹吗？吹完之后会不会又挨打呢？

深深的不安之下，哨子"呜"地出了一声，显得特别有气无力。

听到气球漏气似的声音，那群小子笑得更加肆无忌惮了。敏静努力使自己不哭出来，朝四周瞟了一眼。人迹罕至的工厂附近，就连一家便利店都没有。

"放……放了我吧。"

敏静好不容易才鼓起勇气求他们放过自己，那群小子们又放肆地笑了好长时间，最后终于答应了。没想到他们会这么轻松就答应，敏静不由得睁大了眼睛。但世上没有免费的午餐，听到他们之后的辱骂之后，敏静才听懂他们要做些什么才会放自己走的意思。

自己哪里做错了吗？敏静在心里自问道。今天放学后，本应该直接回家的，偏偏自己想去一趟补习班，自己不该走这条路的。

"救……救命……！"

在敏静本能地发出尖叫的那一霎那，她的眼前一片花白，突然觉得自己呼吸困难。在她捂着心脏蹲下时，头发却被一股强劲拉扯着，迫使她不得不将头往后仰去。

身体不自觉地往后仰过去，浓得化不开的黑夜充满了她的视野。她拼命地想要呼吸，却被一股强大的力量强行按住，堵住了嘴。吱——随着撕胶带的声音传入耳朵，敏静已经被黏糊糊的胶带封住了口。虽然她反射性地死命挣扎，但其实已经筋疲力尽，脑子接近一片空白，她的上衣因为剧烈的扭动，已经遮不住肚子了。

已经精神恍惚的敏静身旁，出现了一个人的脸，那张脸是那么的冷漠，那么的渴望。他就用那样蔑视又盼望的眼神一直盯着她。

虽然十分无语，但当敏静与他的视线相接时，她的脑海里突然浮现出了一张毫不相干的脸。那是她某次和奶奶一起去水产市场时，奶奶摆弄着鲅鳙时脸上出现的表情，那是奶奶看着腥味扑鼻、恶心得不能再恶心的鱼内脏时咂巴着嘴，作出的那副受不了了的表情。

布满血丝的眼里不断滚出硕大的泪珠，敏静终于明白了一件事。

啊……我终于玩完了。

虽然不太明白到底是为什么，但我确实已经完了。

她的双腿停止了挣扎，只是瑟瑟发抖着。那些男的粗暴地将敏静的身体翻来覆去，猴急地把她的衣服一件一件剥落。

光滑的身体摩擦着冰冷的水泥地面，随着节奏不断晃动，敏静感觉整个漆黑的天空就要垮下来一样，她绝望了，渐渐地闭上了眼睛。

晃动着的身体已经没有任何知觉，再也感受不到到底有几只手游走在自己的身上。敏静开始默念。不是这样的，这不是真的。这只是一场噩梦而已，一场可怕的噩梦。时间啊，你走快点吧。再快一点点……

"让开。臭小子。轮到我了。"

有一个人来到了少女的头边。哗哗，出了点儿声音。嗤嗤的笑声一直不绝于耳，感觉从未离开过一样。

从那以后，敏静就算看到朋友也不会笑了。不仅不会笑，就连与人对视，也变得十分困难。敏大傻这个外号很快就被人遗忘了。不到一个月的时间，在敏大傻消失的那个地方，孤独的敏静——敏孤总是耸着肩膀，蹲在那里。

1

天气与心情无关，无论你如何恳求，它依旧如此灿烂。阳光火辣辣地照射着大地，宥琳稍稍抬起头，不自觉地眯了下眼。

竟然在天气这么好的一天离婚……老公现在的心情，应该能高兴得忘乎所以了吧。搞不好还正跟那个女的在车上开香槟庆祝呢。这么好的天气，要不我也去哪个地方玩玩，给自己庆祝庆祝？她心里这样琢磨着。

宥琳被自己的胡思乱想搅得心烦意乱，火气也不住地上涌。早知如此的话，自己就应该戴个面具，冲到法庭上胡闹一通。自己也真傻，不想成为跟他一样的人，竟然就这么简单地、优雅地放过他了。

宥琳飞快地走着，高跟鞋不断地发出咯咯嗒嗒的声音，像发神经似的。身后，一名女高中生吃力地跟着她，感觉马上就要岔气了。

"妈妈，你走慢点儿。"

宥琳会心甘情愿退让的原因之一，就是因为女儿站在自己这一方。这让她感到十分满足，虽然女儿恩雅经常会抱怨两句。

但是，宥琳并没有听女儿的话慢下脚步，而是从包里掏出了手机。在包里翻找着东西的手也像是发了神经似的。手机在手里滑了一下，宥琳没能抓住，可怜的手提包就这样被她大力地晃动着。

"你觉着这样手机就能找到？妈妈，你今天到底怎么了？"

宥琳对身后斜眼看她的恩雅漠不关心，只顾着按下号码，把电话拨了出去。

快步过街的宥琳吸引住了路上行人的视线，也不知道是因为什么事情，竟然边打电话还边走得那么快，而且身后还跟着一个身穿校服，看起来特别生气的少女。

恩雅今年正在读高一，10岁时开始学习的大提琴是她在这个世界上第二喜欢的东西……

恩雅最喜欢的，当然是妈妈了。由于爸爸经常性地不在家，她跟爸爸也不怎么亲近，心思全都放在了妈妈和大提琴身上。就算是现在她正在气头上，大提琴也超不过妈妈在她心中的地位。现在她们刚刚在结束了附近大学里听的一堂课，正在回家的路上。一整天都对着乐谱，看得恩雅头都疼了，她本想对妈妈撒撒娇，没想到妈妈竟然一直对自己视若无睹，只顾着闷头生气。

"好，我知道那个地方。"

横穿停车场时还不忘打着电话的宥琳拽着相对比较落后的恩雅。

"哎呀，妈妈！我不是说过了让你走慢一点吗。"

"好的，我知道了。那……我一个小时之内就过去。"

宥琳终于挂了电话，伸手接过不断抱怨的恩雅身上背着的大提琴包。这时，她才发现女儿的脸高高地肿着。意识到这一点的宥琳稍稍感到有些对不起女儿，面带愧疚地问道：

"今天课上得怎么样？肚子饿了吗？妈妈给你买些吃的吧，你想吃什么？"

在停车场中央停下脚步的恩雅大大地松了口气。她知道，每当宥琳没什么话可说的时候，总是会问这些问题。肚子饿了吗？有什么想吃的东西吗？

然后在吃着东西的时候，犹豫着说出重点。而且经常以"其实吧……"或者"这其实是妈妈的想法哈……"这几句开头。

为什么呢？为什么不给我买东西吃就说不出自己想说的话呢？

恩雅觉得那样的妈妈有点可怜。如今自己已经是一个小大人了，把前面那些冗长的过程省略了多好。所以她斜着身子，手插在校服兜里，一副我什么都知道的表情问道：

"妈妈。"

"嗯？"

"见到爸爸了吗？今天都办好了？那个……"

女儿的提问太出乎意料，宥琳的表情变得有点僵硬。在宥琳看来，恩雅虽然还只是个孩子，但也不知道是随了谁，特别有眼力劲儿，就像个小大人似的。精明善良的她不像自私的爸爸，更不像不懂事的妈妈。到底是为什么呢？自己也没有跟她说过今天要在离婚协议上签字的事，估计是她自己猜出来了。

"呃……对。你呢？课上得怎么样？看你脸色这么苍白的，不吃东西能行吗？"

稍微犹豫之后，宥琳轻描淡写地承认了。怕女儿继续问下去，她赶紧岔开了话题。恩雅的反应却十分镇静，有点儿不高兴地回答说：

"课啊……就那样吧。我们快回家吧。"

"课程一般般？你之前不还说挺有意思的吗？"

宥琳一脸担心的表情看着女儿，恩雅却耸了耸肩，搪塞着说自己累了，也就那样吧。其实，拉大提琴还是很有意思的。但一想到妈妈因为有了外遇的爸爸受了那么多苦，她就没什么其他的话可说。

"……妈妈。"

沉默了一会儿之后，恩雅终于开口了。向车走过去的宥琳回过头来望着女儿。

"该问问你自己吧，妈妈你还好吗？"

宥琳有点难为情地看着恩雅。

虽然现在恩雅正处在敏感的青春期，但却一直不是一个让人费神的孩子。经常目睹父母吵架的她并没有变得乖僻，反倒是比同龄人更加成熟懂事。就算是现在，她的脸上也写满了对妈妈的担心。宥琳对此既感激，同时又有点抱歉。

"对不起……我的宝贝女儿。"

"妈妈你没什么对不起我的，你什么都没做错。只要你没事儿，我就没关系。"

恩雅小声安慰着妈妈，轻轻低下了头。宥琳大大地松了一口气。这到底谁是妈妈谁是女儿呀。自己没当好一个好妈妈就已经让她觉得很对不起女儿了，现在竟然还让女儿反过来担心自己。她不断地在心里埋怨着自己，却故作轻松地说：

"也对！别人不也有很多离婚的嘛，这又不是什么大事，对吧？你知道吗？我在离婚协议书上签字的时候，感觉堵了很久的心里终于舒畅了，你都不知道那感觉有多爽！"

感觉是想让恩雅不再为自己担心，宥琳开怀大笑起来。低着头的恩雅见状，也哧哧笑了起来。

"所以，现在你心里特别爽，是吧？"

恩雅问道。宥琳打开车门，笑了。

"嗯，特别舒坦。"

"说谎呢吧。要是我的话，我就去找到那个女人，然后给她一巴掌。妈妈你还是太善良了。"

"什么？一巴掌？"

宥琳有点蒙了，望着女儿反问道。恩雅却很肯定地点了点头，故意做出一副十分厌恶的表情。

"当然啊！还要一把抓住她的头发，这样使劲来回晃动！"

"你们这些孩子，还真是什么话都敢说啊！"

特别无语的宥琳大吼一声，恩雅就赶紧吐吐舌头钻入了副驾驶座。宥琳还在因为恩雅的一席话咂着嘴感叹着，将大提琴包放入后座之后坐上了驾驶座。

"反正，以后你可千万别找你爸爸这样的男人，知道了吗？你要是找了这么个男的，就等着我成天像一个跟踪狂似的去折磨你们吧。"

"嗬，真是的，我知道啦！妈妈你管好自己就行了。"

"我又没什么事可做，不是吗？"

"妈妈你最近都不看电视剧的吗？被出轨的老公甩了的大

妈们，最后不都会跟年轻的高富帅男主一起坠入爱的海洋嘛。我老妈那可是没什么能难倒的人，我嘛，也希望自己能够有那样一个新爸爸，这样多好啊。"

恩雅嬉笑着说道。宥琳两手握着方向盘，一脸受不了了的表情耸了耸肩。

"爸爸不都已经在离婚之前比你快了一步嘛，所以我们也要加油，出发！"

被恩雅充满活力的话语感染，宥琳觉得之前所有的郁闷之情已经逐渐被忘却，终于发自内心地笑了出来。

***

妈妈的新出发，对恩雅来说，也是一次新的出发。

当自己说出不愿意转学这句话的时候，妈妈的那种表情，恩雅永远都忘不了。怎么能说成是沉重的负罪感呢，妈妈让说实话，我就照实说了呀，仅此而已。妈妈这样的表情，不仅让恩雅觉得不好意思，就连说出实话的勇气都没有了。最终，恩雅还是点头同意转学了，说没关系，不就是转个学嘛。

搬了家，转了学，恩雅的生活也发生了变化。有一种感觉，叫作从头再来。恩雅这样认为。

不论是学校密密麻麻的灰色建筑物，还是班主任那枯燥无味的嗓音，新学校给人的感觉要比原来的学校更为冷漠。

入学的第一天，恩雅站在高一（3）班的教室后门边，使劲咽了下口水。她无比担心自己能否和新同学们相处得很好，紧张得连手心都冒汗了。

哗啦。恩雅小心翼翼地拉开后门走进了教室，正在教室里训斥学生的班主任叹了口气，马上把火气发到了恩雅身上。

"你这个转学生，怎么能第一天上课就迟到呢！"

恩雅略感尴尬地低下了头。虽说是因为办理转学手续才迟到了一点点，又不是因为睡懒觉，但惊慌失措的恩雅就连为自己辩解这回事都忘了。

班主任上下打量了恩雅好一会儿，才给她指了一个空位让她坐下。

恩雅就那样，低着头，乖乖地坐在了老师给指定的座位上。同桌的同学帮她收拾了空座位上放着的东西。恩雅对她投去感激的目光，友善地笑了笑，那个孩子也笑着朝她招了招手。那孩子长得还挺结实的样子。

"自我介绍什么的，你以后自己看着办吧。好了，我们上课吧。"

班主任把书往讲桌上一放，顺手拿起了旁边的粉笔。

　　这里并没有为转学生准备什么欢迎会或者进行自我介绍的时间。还没有缓过神来的恩雅呆呆地打开书包，拿出了教材。昨晚她还翻来覆去地苦恼着该在自我介绍时说些什么呢。看来自己这段高中生活会过得比较辛苦啊，恩雅悄悄叹了口气。

　　"老师也真是的，一点变通都不会。哪有放着转学生在这儿不闻不问，直接就开始上课的呀。"

　　旁边的同学一直在低声埋怨着，恩雅也对此深有同感，不知不觉中点了点头。

　　"你好，我叫秀敏。吴秀敏。"

　　虽然班主任对恩雅视而不见，但秀敏却貌似没有不理恩雅的意思，她指着自己的名牌介绍着自己。恩雅也微笑着，低声说道：

　　"你好啊，我是恩雅。刘恩雅。"

　　两名少女相视而笑。

　　无聊的课程还在继续，秀敏不断像小鸡啄米似的犯困的时候，恩雅悄悄地环顾了一下自己的新教室。教室里的风景与自己之前的学校并没有多大的差异。微风吹拂着积满灰尘的窗帘，还有总是趴在课桌上犯困的同学们。

　　把视线稍微转向室内，像个好奇宝宝似的恩雅突然与一个孩子打了个照面。

他坐在教室靠窗的最后一个座位上，无聊地用手撑着下巴，漫无目的地望着窗外。突然一回头，正好与恩雅望向他的眼神对上了。

黝黑的头发，与同级男生不一样的是，他的脸很白。还有那冷漠的眼神和高挑的身材。可以看见他在干干净净的校服里面，还穿了一件黑色的 T 恤衫。和其他男生一样，他也留着一头短发，穿着同样的校服，但不知怎么的，他的气场就是跟别人不一样。一个人坐在角落，好像沉浸在他自己的世界似的，眼神格外的陌生。

恩雅稍微有些慌张，因为那个男生并没有把视线移开。两个人就这样对视了很长一段时间。呆呆地望着对方的两个人，就那样一直保持着视线接触，一直到坐在两个人之间的同学从梦中醒来，抬起头，这才阻断了两人的视线。

恩雅把出了汗的手掌在校服裙子上蹭了蹭，这都是因为自己太过紧张的缘故。从那之后，一直到班主任讲课结束，恩雅还偷偷瞄了那个男生好几次。

课间，恩雅掏出一直在不断振动的手机，看了一眼之后笑了起来。

——学校怎么样？同学们都对你不错吧？

——老师说了些什么？据说他长得不怎么样呢。跟同学们都相处得不错吧？同桌是谁啊？

——有没有长得不错的男生呀？

全都是妈妈发来的短信。估计是她太过担心自己的情况吧，全都可以等到回家之后再问的问题，非得掐着课间休息的时候发短信过来问。

"你笑什么啊？谁的短信呀？"

秀敏拿出下堂课的课本，走过来问道。恩雅圆圆的大眼睛里满是笑意地回答说：

"嗯，我妈妈。"

"说了些什么啊？让你记得一定要去补习班吗？"

"我妈妈一般都不说这些，就随便问问……比如学校怎么样的话。还问我有没有不错的男生呢。"

"你妈妈思想好超前啊！"

秀敏一脸的羡慕。恩雅听着特别满足，笑着给妈妈回着短信。

恩雅的手指飞快地敲着手机键盘。就在这时，不知是谁走过来，被别人故意撞了一下，摔倒在地。坐着的恩雅吓了一大跳，手机也掉了下去。抬起头来。

"啊！哎……你个臭婊子，让你别推你还推，疼死我了！"

那是两个任谁看都会是不良少女的女生。一头长发染成了巧克力色，耳垂上还有戴过耳钉后的印记。摔倒在地的女生立马站起来，冷笑着。

"你就是故意的吧？故意把我推倒。"

不论是推人的人，还是摔倒的人，她们的脸上都挂着讥讽的表情。恩雅不知自己该说些什么，只是觉得不蹚这趟浑水会比较好，不声不响地捡起了手机。那两个女生见状，一把把手机抢了过去。

"你们，你们这是在干吗呢！"

"呦呦呦，看看这个乱嚷嚷的小东西。呀，你把它捡起来不是想给我的吗？啊？"

真是蛮不讲理。恩雅生气地站了起来，秀敏赶紧拉住了她。

"算了吧还是，惹了她们，对你来说一点好处都没有。"

恩雅有点无所适从，只能望着自己的手机。

虽然不管去哪儿，总会有这种不良学生的身影，但恩雅没想到，在自己转学来的第一天就惹上了这等麻烦事。

"你叫刘恩雅？我呢，叫作沈奎珍。好好给我记清楚了。跟她说的一样，惹了我的都没什么好下场，你自己看着办吧。知道了吗？"

真生气了。虽然自己有很多话想把她顶回去，但一想到很可能让事态变得更加严重，恩雅只是强压下怒火，隐忍地说道：

"还给我。"

恩雅那看起来文文静静的脸上，显露出了倔强又固执的表情。之前对她的到来漠不关心的同学们也都看着这边。

"我不还给你的话，你还要跟妈妈告状不成？"

这时，恩雅的手机上，正好妈妈的短信来了。手机就在奎珍那涂了指甲油的手指尖摇摇欲坠，只要她一松手，手机就能直接与大地来个亲吻。愤怒的恩雅紧咬嘴唇一言不发，秀敏在她身后也急得直跺脚。

就在这时，第一堂课上那个坐在窗边，与恩雅打过照面的男生突然出现，伸出手，从奎珍手中抢回了手机。

就是一瞬间的事情，所有人的视线都集中到了那个男生身上。只见他轻轻地将手机放入了恩雅手中。

"喂，尹兆涵！"

奎珍尖声叫道。恩雅还没反应过来，只是呆呆地望着那个男生。

他没戴名牌，自己也不能确定他叫什么，不过看样子，尹兆涵应该就是他的名字了吧。恩雅正想开口说声谢谢，没想到火冒三丈的奎珍一直在旁边大骂，以至于连她开口的机会都没有。

"你干吗进来插一脚啊？以前你不都不管这些事儿的吗！"

"因为你干的这些事儿都太幼稚。"

"喂！"

"吵死了。"

教室里的气氛瞬间降至冰点。就因为兆涵的一句吵死了，所有人都乖乖闭上了嘴。恩雅还是那副丈二和尚摸不着头脑的样子。

***

"现在应该是课间啊，这孩子怎么连个短信也不回啊？难道这么快就跟同学打成一片了？"

把恩雅送去学校之后，宥琳就一直在学校附近转悠，看看有什么中介公司能租个房子。

离婚时得到的房子在首尔市内，卖了之后就有了一大笔资金可供支配。宥琳想用那些钱先租一套房子，然后再用剩余的钱开一家小店。开一家小咖啡店是宥琳的梦想，离婚前因为有兴趣而考的咖啡师资格证在这时候还能起到不小的作用呢。她一直认为咖啡店老板是一个很拉风的职业，更何况恩雅还为她的咖啡竖起过大拇指呢，这让宥琳都有一些飘飘然了。

老公应该也挺不好过的。房子被抢走了，每个月还要负担恩雅的生活费。当时宥琳威胁他说，如果不这样做的话，就死都不会在离婚协议书上签字。这也可以算是威胁得来的战利品吧。

老公的新老婆是一名律师。比宥琳年纪要小一点，但却十分利索干练。宥琳并不觉得那个女人有多可恨。原本应该像电视剧里演的那样，怒火冲天的原配夫人带着一帮朋友，冲到那个女人家里，揪着她的头发对她一阵拳打脚踢，但当宥琳知道这一事实的时候，并没有觉得有多么多么的伤心，只是感觉有点心烦，有点不痛快，仅此而已。

脸蛋、身材、性格都一般般的女人……也是，什么来着？老公说他会选择那个女人的理由是因为她是"能够理解男人的女人"。这理由真是可笑至极，还不如直接说是因为觉得她的职业还挺体面才结婚的呢。

自私又优柔寡断的男人。自己21岁的时候怎么就被他吸引住，就算被扇巴掌也下定决心要跟他在一起。那个让人寒心的家伙到底有什么好的，自己年纪轻轻的一不小心就怀上了他的孩子。等到爱情被现实淹没的时候，那个女人也会像宥琳现在这样，看清那个男人的真实面目的。

两个人结婚后做的唯一一件正确的事就是生下了恩雅。21岁到37岁，对宥琳来说，恩雅就是她幸福的源泉。

刚出生的时候，小小的恩雅才5斤8两，那时候话都说不清的小孩儿一转眼都长成17岁的大姑娘了。每每照镜子看到自己脸上的鱼尾纹时，还有打开房门，看到里面的女儿一点点正在长大时，宥琳就切实感到了什么叫作岁月流逝。

17岁。女儿早已大到有点抱不住了。宥琳每次看到女儿时，内心总是无比满足。从少女转变成女人的女儿，正在经历着一生之中只有一次的花样年华。自己竟然在这个时候离婚，想想都有点不可思议。虽然自己还是有点伤心，但是看到这么乖巧懂事的女儿，她就觉得自己一定可以撑过这段时间。

"快回复呀，好想知道她在学校的情况啊，这孩子也真是的。"

宥琳一边想着恩雅，一边不断地摸着手机，不知不觉就到了房屋中介的办公楼前。她深吸一口气，走了进去。

由于已经事前考虑了很久，宥琳的要求显得有些过分。地理位置不错，住着感觉还要舒适，但价格又不能太贵。这里，"舒适"的具体要素就稍微多一点点而已。

每当中介商给宥琳介绍几处符合她要求的房子时，她总是要将自己那些"舒适"的要求重新一一说明。

负责宥琳的中介商一直不断地流着冷汗，终于禁不住宥琳的折磨，露出了近乎虚脱的笑容。

"这个，呃……您还真的挺内行的嘛，去参加房屋中介资格考试都绰绰有余了。"

以为他是在嘲讽自己，宥琳抬眼瞄了一下，结果从他的表情里，却找不到一点嘲讽的意思。

"那个……位置好的话，价格就会比较高，便宜的地方地理位置都不怎么好。我们最近也因为这个而头疼呢。想做生意的人越来越多，但一直没有什么特别好的位置。"

他的话并没有错。在找中介之前，宥琳也试着在网上找过，她心里十分清楚地知道，想找到一间满意的店并不是什么容易的事。

"但是照您的话说，真要找一家咖啡店的店面也不是没可能。女士，首先，您得想想最重要的一点是什么呢？还是'位置'，不是吗？"

"话是这么说，但只要流动客流较多的话，不也……"

"那我就按照您的要求，多帮您找几家店。我把我的电话号码先给您，您过几天再来看看吧。"

不管怎么样，这段时间估计自己得多跑跑，多看看了。从这里出来之后，宥琳又跑了四五家中介公司，然后直奔恩雅的学校去接她放学。

恩雅的学校距她们新租的公寓很近，坐公交车就三站左右的距离，走路也就不出二十分钟。但宥琳想着这段时间先由自己来接送女儿上下学。

她还是有些担心女儿会因为父母的离婚而沮丧。宥琳下定决心，直至恩雅对这个她们两个人将要一起生活的地方完全熟悉为止，她都要尽可能地陪着恩雅。

"妈妈？"

出现在校门口的恩雅一眼就发现了宥琳的车，轻快地跑了过来。宥琳打开门，下车给了恩雅一个大大的拥抱。

"我的宝贝女儿，学校怎么样啊？怎么都不给妈妈回条短信呢？"

"呀，你不是教导我好好学习，别玩手机吗？我没回你短信，生气了？哪个妈妈会跟你似的啊。"

恩雅并没有把学校里发生的不愉快告诉妈妈，只是敷衍着说都还不错，还遇到了一个善良的同桌呢。恩雅觉得秀敏这个姑娘这么善良，以后自己适应新学校应该没什么问题。

宥琳这才稍稍放下心来，给恩雅报告着今天自己看店面的情况，向着家的方向驶去。一直想知道有没有找到好地点的恩雅忍不住开始陈述自己的要求了，比起宥琳的要求来，她的要求显得更加烦人。

"妈妈，我觉得 2 层的小店会更好。压低的遮阳棚底下，要有一扇大大的落地窗，沙发要松松软软的，给人一种舒适的感觉，桌子呢，一定要木质的。灯光的话呢……"

"哎哟哟，要求还真多，要不你来开？"

恩雅的要求还多着呢。装饰用花一定要随着季节更换，服务员一定要身穿白衬衫，围着黑色围裙，还嚷嚷着说要是能用阳光帅气的大学生哥哥就更好了。宥琳只是含着笑意侧耳倾听着。

新出发的感觉真好。两个人在回家的路上开着收音机，跟着里面女团的歌声附和着。

"啊，妈妈！你唱歌真难听。"

"你以为你能比我好到哪儿去吗？"

"我啊，不管怎么看都是个搞音乐的人好吗？妈妈你真是的，怎么这么说人家。"

车窗半开着，恩雅欢快的笑声就这样飞扬了出去。宥琳把收音机音量往上调了调，两个人唱得更大声了。

两个人一直聊到回家，感觉还有点意犹未尽。虽然行李摆得到处都是，一个个的箱子都封得好好的，但慢慢整理就行，并不是什么伤脑筋的问题。

光发卡就装了一个小箱子，塑料手镯和几块手表，手绢、零钱包这些恩雅杂七杂八的小物件已经占据了一个抽屉。她把与妈妈的合照用相框框起来，摆在了书桌上，然后贴上了今天新拿到的时间表。虽然忙着收拾屋子，但一切都显得井井有条。

宥琳看着女儿细心整理房间的背影，露出了欣慰的笑容。

回头看看客厅，虽然沙发、电视这些大物件已经摆好了，但从现在开始，才是真正的整理时间。

"看来不管怎么样，还是得在墙上钉几个钉子啊。得把相框挂上，要不然墙上太空了。"

自言自语的宥琳从箱子里掏出两个相框，站回了恩雅的房间门口。

"挂哪个呢？这个看起来好一点吧？"

一个是金秋旷野的油画，一个是艳丽无比的鲜花。

"那个，花的那个。"

"OK！"

这里是两个女人将要生活的家，搬家的时候两个人只想着收拾行李，却忘了带个锤子或者工具箱什么的过来。宥琳一只手拿着相框，一脸为难地在厨房里翻来找去，最终勉强拿了个平底锅出来。

但问题是，家里连个钉子都没有，就算有了锤子又能怎么样呢。

宥琳都笑得有点虚脱了。现在仔细想想，厨房的灯也得换了，需要的东西还真的不止一点点啊。

她把相框和平底锅顺手往沙发上一扔，再次推开了恩雅的房门。恩雅已经把房间收拾得差不多了，正在擦拭着家具。

"恩雅啊，我们出去吧！"

"去哪儿？"

"去买个工具箱。顺便也去一趟超市，买点儿东西。做饭还挺麻烦的，咱们今天就随便买点什么吃了得了吧？"

听了这话的恩雅满脸喜色，赶紧站起来，把头发高高地梳了个发髻，随手抓起件运动外套就要往外走。

"妈妈，我要吃炸鸡！"

恩雅边说边往玄关走着，宥琳拿了一件开襟羊毛衫之后也紧跟着出了门。

***

想到转学第一天就给了自己下马威的班主任，恩雅今天特意提前来了学校，比平常上学的时间早了很多。宥琳看着大清早就急急忙忙的恩雅，虽然感觉特别奇怪，但是被恩雅的一句为了尽早适应新学校而堵得无话可说。

呼。深吸一口气，恩雅走进了教室。估计是因为太早了的缘故吧，只有几个同学趴在课桌上呼呼大睡着。恩雅轻手轻脚地找到自己的座位，放下了书包。

关了一个晚上的教室里，连呼吸着空气都感觉闷闷的，恩雅朝窗边走了过去。现在还不是特别冷，开一会儿窗户应该没问题吧？她这样想着。她走到最后的窗户边，拉开窗帘，准备开个窗户。这时，她感觉到，身后有一个人在盯着她。

是兆涵。

恩雅转身向后看去，兆涵好像刚刚进教室似的站在自己身后。他戴着白色耳机，单肩挎着书包，就这样站在恩雅的面前。

"呃，那个……"

说声你好不就行了吗，恩雅竟然有点结巴了。兆涵俯视着不知所措的恩雅，瞟了一下自己的座位。

"那儿可是我的位置。"

惊慌的恩雅点了点头，赶紧把座位让了出来。窗户还没打开，没办法了。恩雅只好回到自己的座位上。正准备坐下，突然，随着哗啦啦的一声，凉爽的空气涌进了憋闷的教室。

兆涵帮忙打开了窗户。

他开了一扇窗，一屁股坐到了座位上，耳机依然挂在耳际。他俯身趴在课桌上，清晨的阳光倾泻在他的头顶。

"……谢谢。"

犹豫了一下的恩雅最终低声说了句谢谢。也不知道他是不是已经进入了梦乡，反正他没有对此作出任何反应。

"哦？来得真早啊，你？"

这时，秀敏推开后门走了进来。呆呆地望着兆涵的恩雅回过头，跟刚进来的秀敏打了声招呼。

"行李都收拾好了？你昨天不是走得挺早的嘛。"

"我的房间倒是都整得差不多了，剩下的就……主要是因为突然出去吃饭了。肚子饿的时候真的干什么都没力气，妈妈也不想干了。今天我也要早点回家，还要帮妈妈去收拾她的房间呢。"

"真是孝女啊，孝女。不然的话，就是只知道黏着妈妈的女儿？"

"我才不是呢！"

两个少女开着玩笑，不时地爆出爽朗的笑声。不知何时，原以为已经睡着的兆涵也抬起头来，望着笑容满面的恩雅。

时间过得飞快，不知不觉已经到了放学时间了。课后总结结束之后，恩雅的手机适时地响了起来。看了一眼手机，恩雅笑了起来。身边正在收拾书包的秀敏凑过来，一副好奇的表情问到底是什么内容。

"妈妈说她已经到学校门口了，你也一起吧，我让妈妈送送你。"

"哦？我们家还挺近的，不用了。"

"哎呀，一起走嘛。我还要跟她炫耀炫耀你呢，告诉她我也是有朋友的。要不然她又该唠唠叨叨，问我今天是不是又没有交到朋友之类的话了。"

被恩雅挽着胳膊往外拉的秀敏急忙带上书包，两个人一起向着校门走去。

"您好！"

看到恩雅从学校出来，宥琳立马下了车。秀敏和恩雅跑过来，对她鞠了一躬。看起来，恩雅的这个同桌还挺善良的，宥琳开口说道：

"啊，你就是秀敏吧？我可听了不少你的故事呢。"

秀敏稍微有点害羞，戳了戳恩雅的腰。可恩雅就跟没事儿人似的，自顾自地打开后门坐了进去。宥琳见这两个孩子关系还挺好的，也跟着上了车。

轻轻地，车发动了。一直和秀敏开着玩笑的恩雅，好像是突然想起了什么似的说道：

"妈妈！那个，秀敏家就住在我们旁边的小区里呢，两家特别近。"

"哦，是吗？那还真的挺好的呢。秀敏你什么时候有时间，就来我们家玩吧。阿姨给你们做好吃的，我可是能够做得一手好菜哟。"

"对的对的，这可是个秘密哦，我妈妈还特别擅长做巧克力和面包呢，她在这方面简直就是个专家！"

听到恩雅这样说，秀敏的眼神里充满了渴望，一闪一闪的。

"啊，真的吗？可不可以也教教我怎么做出好吃的巧克力呀？"

"真的吗？我还想等我们家恩雅有了男朋友之后再教给她呢！"

知道妈妈又想说些什么奇奇怪怪的东西，恩雅赶紧用笑声一笔带过，宥琳准备将车停在小区里面。孩子们一直在后座上窃窃私语着，快到小区的时候，秀敏看了眼窗外，急忙叫道：

"啊！那个，您在前面把我放下就行了。"

"嗯？你不回家吗？"

宥琳有些惊讶地问道。秀敏指着补习班的招牌回答道：

"我要去那个补习班。爸爸每天下班都很晚，我一个人在家的话，还不如在补习班里面看看书呢，我觉得这样会比较好。"

走近一看，发现真的有很多穿着相同校服的学生从补习班里进进出出。与家里，与学校的距离也都不远。宥琳看着恩雅问道：

"你现在不也没有补习班可以去吗，这样的话，要不你也跟秀敏一起去这个补习班吧？挺近的，怎么样？"

恩雅伸长了脖子，看着不远处的补习班，秀敏倒是很开心地点着头，说这个主意不错。

　　宥琳把车停在了补习班门口，送秀敏下车之后，和恩雅两个人回家了。家里，还有许多行李需要整理呢。

李慧珍

那是很平常的一天。

她披着湿漉漉的头发来到学校，为了掩饰被绑过的痕迹，她一直没有把头发扎起来。就因为这个，还被某个女老师抓到之后狠狠地训了一顿。最终，她还是向同学借了根皮筋，松松垮垮地绑上了头发。等到课后总结一结束，又立马把头发放了下来。

慧珍的心情还不错，刚刚拉直过的头发迎风飞舞，这使得慧珍显得更加高冷了。她披着一头垂顺的长发，向着补习班走去。

"喂，说你呢。过来一下。"

一群男生堵在了她面前。虽然慧珍觉着这群男生有点面熟，但还是被吓了一大跳，慌不择路地选择了逃跑。

但这一行动连 3 秒都没能坚持下来。她的腿被猛踢了一脚，不自觉地跪了下来，长发也被他们一把抓住。咸猪手们从四面八方伸向她的身体，有一只手从背后捂住了她的嘴，另一只手将她的手绑了起来。他们就像早就计划好了似的，牢牢地绑住了她的手脚。

不论慧珍如何挣扎，她还是无法逃出这些男生的魔爪。

不知是谁先开始的玩笑。他们就像抓住了蜻蜓之后，将翅膀和腿一一扯下的小孩似的，开心地踩躏着慧珍的胳膊和双腿。

慧珍无比珍惜的长发也在他们的踩躏之下被拔掉了很大一把。修整得整整齐齐的刘海儿也被眼前的烟头烧了一点点。

而且，她还被警告说要是再反抗的话，就要拿烟头把她的眼睛给烧掉。

慧珍的眼里越是浮现出惊恐，男生们的眼神就越是狂热。被背过去的左手像是已经骨折了似的，刚刚还十分疼痛，可是现在却渐渐的没有知觉了。

要是我今天能活下去的话，你们这些臭小子们都去等死吧，我一定会把你们杀了的。

虽然感觉特别恐怖，但慧珍的心里更多的是怨恨。

去补习班的路上，被一群混混抓着头发，拖拽到了一个自己从没见过的工地里。慧珍第一次知道原来这里还有这样一个偏僻的工地。

　　她的书包远远地掉落在自己的脚边。校服的上衣已经被他们脱掉了，连裙子也被掀了起来。一只温热的手伸过来拉扯着自己的内衣，慧珍忍不住起了一身的鸡皮疙瘩。当她再也承受不住腿上传来的压力时，隐忍多时的眼泪终于爆发了出来。慧珍一脸悲伤地摆着头，嘴里一直不断地呜咽着，强烈的无助感侵袭着她。

　　呜……呜呜呜……呜呜呜呜！

　　她用尽全身力气，再次使劲蹬了下腿。

　　骑在慧珍身上的男生瞬间有点晃神，朝旁边稍稍斜了斜，但这也仅仅是一瞬间的事情。她尝试着用已经血肉模糊的膝盖奋力往前爬，但却又被他们重重地推倒在地。

　　慧珍再一次被他们压在了身下，脖子被掐着。这一次，她连转头都变得不可能了。把她死死地固定在地上之后，男生们定好了顺序，盯着慧珍下定了决心。

　　绝对，绝对不会轻易放过你。

　　这时，某个人掏出了手机。慧珍看见了一个黑黢黢的摄像头对准了自己。咔嚓。她听到了自己被拍的声音。激烈挣扎着想要避开的慧珍，就这样赤裸裸地出现在了镜头里。她开始高声尖叫，但从立马被堵住的嘴中，只能发出毫无意义的呻吟声。

泪水再次充满了她的双眼。

他们听到慧珍的呜咽声，变得更加兴奋了。

"好好拍，脸要照出来，还有全身。那样看起来才会更有意思嘛。"镜头与慧珍隔得更近了。

慧珍终于明白自己为什么听不到快门声了，她陷入了深深的绝望之中。

这回，他们拍的是视频。

2

恩雅正在看自己在学校里拍的最后离别的视频。

"恩雅啊，转学过去之后要好好照顾自己啊，千万不能把我们给忘了哦！"

"呀，富川又不远，我们一个月见一次不就好了嘛，一定哦。一定要记得回复我的短信哦。"

"有了男朋友的话，一定要优先通知我们这些姐姐们哟。"

看着手机里的朋友们，笑容不知不觉地爬上了恩雅的脸庞。

"什么东西那么有意思啊？也给妈妈看看嘛。"

暂时停车的时候，宥琳稍稍朝恩雅侧了侧身，偷看了一眼她的手机。恩雅吓了一跳，赶紧用双手捂住手机，尖声叫道：

"啊，妈妈你都不知道有隐私权这个东西吗？"

"呀，我们是什么关系，还隐私呢……跟我还来这一套。我都看见了，也没什么大不了的嘛。"

宥琳斜眼看着今天尤其固执的恩雅，自己也掏出了手机，随便打开了一个视频。噘着嘴的恩雅不禁对她手中的视频产生了好奇心。

"那是什么啊？"

"竟然因为我偷看了你的而发脾气。给，我把我的给你看，扯平了啊。你个臭丫头。"

车又重新开动了，恩雅拿着宥琳的手机看着。视频里的姑娘是一年前，15岁的恩雅。

抱着沉甸甸的大提琴，恩雅走上舞台，对着台下的观众们深鞠一躬，小心地坐了下来。还以为她会深呼吸一下呢，没想到她直接拿起弓，美妙的旋律就这样倾泻而出。

那是去年夏天，恩雅放弃假期，紧张练习了一个暑假之后，参加青少年音乐大赛时的场景。与她一同参赛的选手们实力非常雄厚，恩雅无奈只能止步初赛，但恩雅和宥琳已经对这个结果很满足了。看着手机视频的恩雅脸上，满满地荡漾着幸福。

"这是谁家的姑娘啊，拉得还真不错吧？"

宥琳假惺惺地说道。恩雅扑哧笑了一声，继续翻看着手机。

宥琳手机里储存了几百张照片和好几十个视频，主人公无一例外地都是恩雅。都不知道她到底拍了多少，不论恩雅怎么看，都感觉看不到尽头似的。

"我见过很多喜欢女儿的人，像你这么喜欢的还是第一次见呢。"

"吵死了，臭丫头。"

"要不我也试试？你专心开车哈，知道了吧？让我也来给你拍几张，来，让我看看哈。"

恩雅拿起手机，开始对着宥琳的侧脸一顿狂拍，快门声不断地回响在车厢里。宥琳看见了街对面的补习班，慢慢减低了车速。

恩雅现在与刚认识没几天的同桌秀敏一起在这家补习班学习。她的书包里，装满了练习册和参考书。

"到了。结束之后一定要给我打电话，我来接你。"

"哎，补习班跟家隔得也不远，就 15 分钟的路程，一定要每天过来接送我吗？晚上也就算了，从学校到这里，走路来不就好了吗。"

"怎么？我接送你你还不高兴啊？"

"倒也不是，就是觉得挺对不起你的。"

宥琳把车停在了补习班门口，捏了捏恩雅的脸。她把恩雅那欲言又止的表情看在眼里，假装正色说道：

"我以前没跟你说过吗？有个算命先生说过，我们俩要一直在一起才会转运，从早到晚都要像现在这样。你不就是妈妈的小福星嘛。"

"哎哟哟。"

虽然一点儿都不像话，但恩雅还是笑了起来。

"你现在还小，很多事都还不了解。现在这个社会很不安全。要是别人知道只有我们两个女的单独在一起生活，一定会有那些杀千刀的坏蛋不怀好意地在我们身边晃悠。离婚妇女，再加上单亲家庭的女儿。会有很多人看不起我们的，所以我们自己一定要强大起来。"

"知道了……我会小心的。"

"你只要相信我就好了。谁要是想加害于你的话，我一定会拿块石头砸死他！善后我也会看着办的。"

宥琳的宣言未免太悲壮了，恩雅只是一笑而过。

"真是的，这是妈妈该说的话吗？"

"那也比伤着你了要好得多！"

***

秀敏比恩雅早来了一步。恩雅找到座位，放好书包之后就出去了，想先休息休息。没想到在走廊的自动贩卖机前看到了一张熟悉的面孔——兆涵。

恩雅停下了脚步。兆涵一手端着咖啡，背对着她站着。感觉到有人注视着自己的他回过头来，正好与恩雅的视线相交。两个人就这样呆呆地看着对方，就像两人刚见面时那样。

原来他也在这里上课啊。

恩雅不自觉地产生了这种想法。这时，奎珍从走廊的另一头走了过来，就是恩雅转学第一天故意找她麻烦的那个女生。

"尹兆涵，你要是还剩了点钱的话，就给我也买一杯吧。嗯？"

奎珍双手交叉在胸前，一副无所谓的表情走了过来。她有点讨人厌地伸了伸头，挥挥手跟兆涵打了声招呼。恩雅看见兆涵皱了皱眉，感觉他隐隐地有些不乐意。

"你自己买不就行了吗？"

"妈的……还真小气！给我买一杯嘛，嗯？俊和闵久哥哥都会给我买的。"

"那你就去找他们给你买啊。我对你一点意思都没有，所以你就走你的阳关道，我继续过我的独木桥。"

"啊，真是……还蹬鼻子上脸了。你也就剩张脸了吧？"

兆涵极不走心的回答激起了奎珍的怒火，她一把挡住了路。

而兆涵依然是一副让人捉摸不透的表情。

"这个时间，你还是学点习吧？"

"疯子。就因为这个你才复读了一年吧？"

"不管怎么样，像你这样的人，我顶撞了也不会有任何问题。也是，你怎么会知道为什么我现在才上高一呢。"

托奎珍挡路的福，就算不想听，恩雅也听见了他们之间的对话。她不由得睁大了眼睛——兆涵竟然比自己大了一岁。虽然自己之前觉得他看起来是比较成熟，但却没想到他真的比自己大。

兆涵原本略显寒心地看着奎珍，突然又瞟了一眼站在对面的恩雅。然后一掌推开奎珍，边走边说道：

"让开，学你的习去。本来就长得不怎么样，再加上脑子笨的话就太可怜了。"

奎珍气得大叫起来，兆涵却像个没事儿人似的，径直朝恩雅和秀敏走了过去。

再次眼神交会。兆涵这次特别明显地，光盯着恩雅一个人看着。

恩雅害羞地低下了头，瞬间手心冒汗，全身的细胞都紧张了起来，脑子里也是一片空白。就连之前把手挽在胸前的秀敏也立刻低下了头。

"怎么？你有什么话想对我说的吗？"

兆涵问道。自动贩卖机旁边，奎珍恶狠狠地朝这边盯着。

"没，没有……不是这样的。"

"你们要是都这么无聊的话，就去学个习啊，别烦我。"

他把还没喝完的咖啡狠狠扔进垃圾桶，大步流星地走进补习班，消失在大家的视线里。恩雅抬起头，偷看了一眼他的背影，顿时脸红心跳起来。

"怎么，帅呆了吧？"

两个人还沉浸在兆涵的帅气之中，没有意识到奎珍已经挡在了她们面前。恩雅盯着奎珍，一脸的不满。

"喂，模范生。你是新来的，可能还不清楚。尹兆涵，他可是我们学校数一数二的不良少年。虽然学习成绩好，但很讨厌别人盯着他。我劝你还是收起你那个小心思，别去招惹他，趁早滚蛋。知道了吗？"

"……还管别人。"

恩雅小声嘀咕着，秀敏听见之后惊得浑身一哆嗦。但奎珍貌似并没有听到，只是狠狠地瞪了恩雅一眼之后，跟着兆涵进了教室。

终于能松口气了。转学过来才几天，就已经招惹这么多是非了。恩雅还是不能理解为什么自己什么都没做，却那么被别人嫌弃。原来的学校里，身边都是从小玩到大的朋友，恩雅根本不知道有不良少年这类人的存在。

"沈奎珍特别讨厌，对吧？"

秀敏埋怨道。恩雅也轻轻点了点头。

"但她确实也没说错。尹兆涵……他复读了一年，所以比我们大了一岁。说他是不良少年也是事实，在学校里，大家都怕他，没人敢惹他。你一定要小心，知道了吗？"

秀敏后来又跟她说了好几次，一直说到得到恩雅的应允为止。恩雅觉得没什么大不了的，只是感觉很奇怪，因为秀敏的那张脸上写满了惊恐。

几天之后，音乐课上。

"这个班上有一个叫刘恩雅的吧？拉大提琴的，你站起来。"

音乐老师突然说出这句话，全班的视线都集中到了恩雅身上。恩雅没有任何心理准备，特别迷茫地站了起来。

"听说你还得过奖啊？下节课准备拉一首曲子。我想听听看你的演奏怎么样。"

嗡嗡嗡。周围响起了同学们窃窃私语的声音。有些惊讶、有些期待，还有几个人投来厌恶的眼神。恩雅有些惊慌地环顾了四周，坐在自己前方的秀敏回过头来，露齿一笑，压低声音说了句"加油"。

然后，下一堂音乐课的时间。

恩雅抱着大提琴，稍感尴尬地坐在大家的面前。她抬眼望着老师，问自己该演奏哪首曲子比较好。

"就拉你最拿手的，随便什么都行。"

瞬间，恩雅的视线投向了后座的兆涵。但兆涵一直都是一副"你做什么都与我无关"的表情。

恩雅感到了莫名的紧张。如果演奏的话，兆涵会不会看自己呢？会不会对自己产生一点兴趣呢？恩雅心里这么想着，抬起手来，把弓搁在琴弦上，心里不断地敲着小鼓。

双肩些微下沉，演奏开始了。恩雅的指尖，舒缓的乐曲倾泻而出。是李斯特的《爱之梦》。

"爱吧，你可以爱得这么持久 G.298"中的甜美音律。

对业余选手来说，拉到这个程度已经很不错了。听得入迷了的同学们也在演奏结束之后，给予了热烈的掌声。恩雅看到秀敏对自己竖起了大拇指。之前还很紧张的恩雅也不由得会心一笑，长长地出了口气。

当她站起来，正准备回到自己的座位时，她被吓了一大跳。

一直望着窗外的兆涵，不知何时已经转过头来，定定地注视着恩雅。慢慢地，嘴角露出了笑容。他也和别的同学一样，用双手给恩雅鼓着掌。恩雅也自然而然地对他报以微笑。

***

"喂，尹兆涵让你去屋顶。"

恩雅惊讶地睁大眼睛，抬起头来。让我去屋顶，为什么呢？虽然她想问问原因，但是，帮尹兆涵传话的同学已经回到自己的座位上去了。

到底为什么要叫自己过去呢？恩雅怀着有点紧张又激动的小心情去找秀敏，但秀敏今天值班，去了教务室之后一直到现在都还没有回来。

没办法，恩雅只好自己一个人往屋顶走去。顺着楼梯往上爬的恩雅，越接近屋顶，心脏就跳得越快。他真的如别人所说，是个不良少年吗？午休时间，楼梯上的学生寥寥无几。恩雅推开老旧的铁门，走上屋顶，看见了兆涵，他站在栏杆旁，给了恩雅一个背影。

"您，您叫我了吗？"

恩雅在离他稍远一点的地方驻足问道。俯视着操场的兆涵听见声响，回过头来看着恩雅。

他的手指间还夹着一根烟，另一只手从裤兜里掏出了一个打火机。习惯性地摆弄着打火机的兆涵对吞吞吐吐的恩雅说道：

"还不错嘛。那个……大提琴。"

恩雅听到兆涵对自己的称赞后有些慌张，满脸通红地回答道：

"啊，那个，谢谢你。"

兆涵好像觉得恩雅这样还挺有意思的，扑哧地笑了。

"说话自然点吧，我们不是一个班的嘛……复读一年也不是什么值得骄傲的事。"

"不，不用了。我觉得这样更好一些。"

是吗？兆涵自言自语道，稍稍点了点头。然后把烟叼在嘴里点燃了，白色的烟雾从他的嘴里吐出，消失在了学校屋顶的上空。烟味扑鼻而来，恩雅小心翼翼地问道：

"可是……为什么叫我上来呢？"

"不为什么。"

兆涵好像真的没什么特别的理由似的，耸了耸肩回答道。托他的福，恩雅变得更加慌张了。也不知道自己该说些什么，她的脸上毫无血色，大大的眼睛里透露着无措，只能小心翼翼地看着兆涵。

兆涵就站在一旁吞云吐雾，恩雅一不小心吸了一口烟，开始不住地咳嗽起来。

咳咳，咳，咳咳。恩雅被烟辣出了眼泪，双手捂着嘴使劲咳着。兆涵见状，马上把嘴里的半截烟头给摁熄了。

"啊，咳嗽了呢，不好意思哈。"

"……没，没关系。"

"看样子你家没人抽烟呀？你爸爸呢，不抽吗？"

"我父母离异了……现在我和妈妈两个人住。"

"你跟我上同一个补习班，对吧？"

看着依旧紧张的恩雅，兆涵笑着问道：

"不好奇吗？为什么我这种小混混也要去上补习班。"

其实，自己还真的挺好奇的。可是，不是说他虽然是不良少年，但成绩却很好吗。恩雅不知道该说些什么，只是看着兆涵，一个劲儿地眨着眼睛。

"其实我并不喜欢读书。但是家里强制着让我学习，我又有什么办法呢。去那种补习学校是我最讨厌的，所以补习班就是上上选啦，在这里还能有些自己的时间。"

兆涵把打火机放进口袋里，随意问道：

"我也就废话不多说了。你今天有时间吗？等会儿一块儿去玩吧，去补习班之前。"

"……啊？怎么突然说这个……"

恩雅对他突如其来的提议有些不知所措。兆涵却耸耸肩，一副没什么事儿的表情对惊慌不已的恩雅说道：

"别紧张，就是在附近的 KTV 玩玩，不会干坏事的。"

"好吧……"

对于兆涵这个意想不到的提议，恩雅莫名其妙地就点头答应了。

***

放学了。今天也跟往常一样，宥琳为了接恩雅放学，早就已经把车停好，等在学校门口了。就在这时，她看到了一幅自己想都没想过的情景，吓了一跳的她不由得把脸凑近车窗，想要看得更加清楚一点。

从学校里走出来的恩雅身边，竟然有一个男生。而且，他还帮恩雅背着那个天蓝色的大提琴包。

宥琳的脸上露出了神秘的笑容。恩雅现在正处在对异性比较关心的年纪，终于她也要有自己的第一任男朋友了。宥琳半担心半期待地探头望着他们。

恩雅已经害羞得抬不起头来了，一直在低着头跟男生说话。红彤彤的脸上满是笑容，还不时地摆弄着自己的长发。

宥琳已经好奇得不能再等下去了。恩雅一出校门，她立刻按了按喇叭。

哔——！

恩雅这才发现妈妈在前面，稍微有点慌张。她已经把妈妈要来接她放学这件事忘得干干净净了，只好满是歉意地对兆涵说：

"啊，对不起啊。我忘了今天妈妈会过来接我。KTV就下次吧……"

恩雅都忘了自己的大提琴包还背在兆涵身上，慌慌张张地朝宥琳走了过去。不知怎么的，她觉得让妈妈看到自己和兆涵在一起特别不好意思。

"我的宝贝女儿，干吗这么惊慌嘛？"

"哪，哪有啊，没有的事！"

宥琳一直坏笑着看着女儿，然后将视线转向旁边走过来的男生。胸前的名牌上刻着他的名字——尹兆涵。

"你是恩雅的朋友吧？"

兆涵只是默不作声地站在一旁，恩雅赶紧点点头说道：

"嗯，一个班的……"

"你家住哪里？我送你一程？"

"不用了。"

简短的回答。他把大提琴包交给了恩雅。

"我走了，明天见。"

"是。"

听见女儿对他用敬语，宥琳特别惊讶地看了眼兆涵。而兆涵只是对她稍点了一下头，表示问候之后就走了。

宥琳赶紧问刚上车的女儿：

"你怎么还对他用敬语？不是说是同班同学吗？"

"他比我大一岁。"

瞬间，宥琳看兆涵的眼神有了些微妙的变化。

"什么呀？小混混吗？"

"不是啦。学习成绩还挺好呢。据说当时身体不舒服，住院耽搁了。"

不知为什么，恩雅帮兆涵辩护时的语气特别强硬。宥琳笑了笑，开车走了。

***

"就这儿吗？你准备开店的地方？"

在恩雅适应新学校的同时，宥琳也找到了自己满意的店面，现在已经预订下来了。想着恩雅之前一直很关心这个问题，带着她来看看，没想到恩雅的表情并不是很满意的样子。

"怎么这么黑？简直就跟被火烧过一样。"

恩雅嘀咕着。确实也像恩雅所说。也不知道这家店是不是发生过火灾，墙壁和地板都是黑黢黢的。想要开店的话，光装饰是肯定不够的，几乎是要从里到外进行一次大改造才行。

"有人说着了火的地方生意才会好吗？"

"哎哟，怎么会有这样的说法嘛。"

宥琳一边打着哈哈，继续解释道：

"但是你自己看看，2层楼，不是正好符合了你的要求吗？楼上的天花板也不高，显得很雅静吧？这面墙上全都重新粉刷成比较亮的颜色，那边我想装饰得稍微华丽一点。天蓝色……或者黄色？然后再挂上画呀，摆上玩偶什么的。要不就我们两个人自己动手好了，你看怎么样？"

"听起来是还不错……但是，要是又发生火灾了怎么办？"

恩雅有点担心的样子。宥琳笑着挥挥手说：

"都说了不会的啦，不要瞎担心这些了。"

"什么呀，手机在这儿连信号都没有。"

恩雅上到2层，不住地咂着嘴抱怨着。咖啡馆里面手机没有信号，这怎么办？现在竟然还有这种地方。

宥琳也发现了这个问题，正在四处询问着，想要把问题解决了。应该需要和通信公司好好谈谈才是。

那天傍晚，这对母女去了一趟附近的大型超市。

恩雅说最近感觉自己的内衣有些小了，穿着不舒服，宥琳想带着她去看看内衣。两个人量完尺寸、挑好胸罩之后，在超市里逛得特别尽兴。不仅挑了口红，选了漂亮的花盆，还买了当天晚上要吃的菜。

结账的时候，恩雅一直在宥琳身边唠叨着，一脸的幸福。

"我们搬了新家，要不给你买个新手机，当作你成为高中生的礼物？"

"哦？真的吗？"

恩雅高兴地跳了起来。宥琳带着她又去了手机专卖店，给她买了一台最新款的智能手机，还赠送了一个粉红色的手机壳。恩雅特别高兴，小脸今天看起来尤其红润。

回到家，吃完晚饭后，宥琳躺在地板上，边吃饼干边看着电视。电视购物节目正在如火如荼地进行着，两个电视购物的主持人正以聊天的形式向观众们强烈推荐他们手中的产品。

"大家注意看。面膜使用前和使用后的皮肤完全不一样了。"

"我还只敷了一张，疤痕就减少了一多半呢！"

"对的，我也是昨晚刚敷完面膜之后，皮肤变得特别细腻，简直不敢相信啊！我老公还问我说'这是谁呀？这么好看'……"

旁边路过的恩雅见状，一副恨铁不成钢的表情说道：

"晕。像话吗？老公都认不出来了？夸张也未免太厉害了点吧。"

宥琳对恩雅漫不经心地说道：

"这个就是那个，你也要试试吗？"

宥琳转过身来，恩雅发现她用的面膜竟然和电视里打广告的一模一样。她立马把刚刚的不屑丢到一边，满脸期待地说：

"哦？真的是那个？当然要试试啦！"

于是，母女两人就这样敷着面膜，肩并肩地躺在地上看电视。电视里现在播放的电视剧，据说反响还不错，电视购物已经在不知不觉中结束了。

宥琳看着电视剧，突然委婉地问了恩雅一句：

"那个……我准备重新谈个恋爱，然后努力挣钱。"

恩雅不禁大笑起来，口无遮拦地说道：

"妈妈，你就只谈恋爱，怎么样？而且啊，找个比你小的吧，年下男。这可是大势啊。"

宥琳觉得有点不可理喻，大笑着看着恩雅。突然，校门口那个男生的脸浮现在她的脑海里。

"说我啊，那你呢？比起我来，你才有点问题吧？男朋友。"

"我？男朋友？"

"那个帮你背琴的男生啊，叫什么来着？尹兆安？还是洙韩的？"

"尹，兆，涵。他不是我男朋友啦，只是同班的哥哥而已。"

恩雅一副事不关己高高挂起的态度耸了耸肩。但宥琳还是忍不住去想兆涵，总觉得这俩人有些奇怪。当时他们俩一起从学校出来的时候，恩雅分明是很娇羞地红着脸的呀。

"他人怎么样啊？真的不是小混混？"

"都说了不是啦。就是稍微有点……话少吧，就这样了。他跟其他学生都一样，你就别操心了哈。"

但宥琳还是没有完全放心下来，一直以侧躺的姿势盯着恩雅看。也不知道是不是因为是自己的女儿，才这么上心，但恩雅真的是一个很漂亮的姑娘。外表美丽，内心纯洁。她就像是一朵还未绽放的花骨朵一样，散发着芬芳。

宥琳终于收了心，对恩雅说道：

"……反正你坚决不能像我这样，跟人睡了一觉就想着要嫁给他。"

恩雅听了之后惊得坐了起来，尖声叫道：

"什么跟什么呀！说什么鬼话呢？"

"反正不管怎么样，你都要小心男人。他们可都是些披着羊皮的狼。"

"妈妈！"

恩雅的脸瞬间变得通红，逃回了自己的房间。留下宥琳一个人在客厅里，她长叹一口气，把快干了的面膜揭了下来。

***

随着时间的流逝，兆涵在恩雅心中所占的位置也越来越多。原本索然无味的校园生活，也因为有了兆涵的存在而变得多姿多彩起来。不仅仅是这样，原来每天去补习班时，恩雅总是要叹一口气，感叹生活的苦闷，现在她巴不得早点去那边，就为了见到兆涵。

就如秀敏所说，兆涵虽然是个不良少年，但却不是专干坏事，并没有大家所说的那么坏。而且，人家的成绩还挺好的呢。

这世上怎么会有成绩好的问题学生呢？

但是，某天。鸦雀无声的教室里，黑板上赫然写着"自习"两个字。有的同学在不断地犯困，有的则努力写着作业，只有恩雅一个人坐立不安地拿着手机，显得有些心神不定。

上周，宥琳说自己好长时间都没做饼干了，想做点试试。于是乎，她带着恩雅买了一堆制作面包和曲奇饼的材料。恩雅在一旁打下手，但整个脑子里却都是兆涵。就这样，她悄悄地做了几个巧克力曲奇，单独包装了起来，想要当礼物送给兆涵。

小小的纸盒里面，挤满了九个大小不一的曲奇。恩雅看了一眼书包，又开始摆弄起了手机，最后终于下定决心，发了一条短信。

——妈妈，我今天跟秀敏一起走，就不用过来接我了。

短信发出去没多久，宥琳就回了短信：

——好吧。我也因为店里的一些事，可能会晚点回来。

恩雅接到妈妈说会晚点回家的短信，安心地咽了口口水。稍稍抬头看了看兆涵。只见他身体斜靠在椅背上，转笔玩儿得正起劲儿呢。

也不是什么大事儿，自己怎么就那么紧张呢。恩雅不断重复着打开手机画面，关上，打开，又关上的动作，一直不能集中注意力，也没有心思去学习。连旁边的秀敏也觉得恩雅有些不对劲，关心地看着她。

犹豫了很久之后，恩雅终于鼓起勇气给兆涵发了条短信，她紧张得已经手心冒汗了。

——等会儿能在补习班见个面吗？我有东西要给你。

恩雅深吸一口气，按下了发送键。看到兆涵没有继续转笔，而是拿起了收到短信的手机，她紧张得都不敢看了，赶紧趴在了桌子上。

意外的是，兆涵几乎立刻就回了短信。书桌里的手机吱吱吱地振动了一下，恩雅连忙拿起手机，高兴得差点儿叫出声来。放学后，恩雅拉着秀敏的手，就往补习班走，一脸羞涩又有些悲壮地跟秀敏说道：

"我今天跟兆涵哥哥约了在屋顶见面，就我们两个人。"

正在自动贩卖机前挑着咖啡的秀敏惊讶得抬起头来，一脸不可置信的表情盯着恩雅，结结巴巴地问道：

"你……真的吗？你真准备去？"

"嗯，你干吗这么惊讶啊？"

恩雅笑着，从口袋里掏出手机，炫耀似的给秀敏看兆涵发给自己的短信。

——好啊，一会儿见。

——10分钟之后你能来屋顶一趟吗？就你一个人。

真的呢。恩雅的手机里还存着两条兆涵发给她的短信。

"啊，怎么办，我该怎么办？"

恩雅双手捂着绯红的脸颊，不知所措地直跺脚，显得开心极了。可是秀敏却显得并不那么高兴，她表情僵硬地看着开心得不得了的恩雅，连忙将还没来得及喝完的咖啡扔进垃圾桶，一把抓住恩雅的手腕说道：

"……别去。"

"嗯？为什么？"

"你不能去，恩雅。"

秀敏特别认真地看着恩雅说道。但恩雅貌似已经被喜悦冲昏了头脑，再也听不进任何人的劝告了。

"为什么不能去啊？"

恩雅又问了一次。可秀敏只是一个劲儿地避开恩雅的眼神，并没有说出什么原因来。

"你也喜欢兆涵哥哥吗？"

"什么？怎么可能！不是这样的……只是我总有一种不好的预感……"

"哎呀，不可能的，怎么会呢。"

恩雅这么想也情有可原。秀敏并没能说出个三五一来，恩雅噘了噘嘴，重新露出了笑容。她娇羞地一手捧着手机，一手捂着脸，翻出兆涵的短信看了一遍又一遍，总感觉还看不够似的。

秀敏看着她幸福的小背影，只好闭上了嘴。

***

终于到了约定好的时间。恩雅有些小紧张地走向屋顶，怀里还揣着自己亲手做的巧克力曲奇。

她突然想起了自己出来之前，秀敏的那张脸，她似乎比自己还要惴惴不安。有点像是嫉妒，又有点担心的感觉。但恩雅决定暂时不去管她，因为她现在满脑子就只有兆涵一个人。

他为什么只让我一个人上来呢？

恩雅的脑子里满是小粉红，只有两个人，见面会说些什么呢？恩雅一直在回想最近两个人的对视，那是多么的令人怦然心动啊。开心不已的恩雅甚至没有察觉到，通向屋顶的楼梯阴暗得有些恐怖。

搞不好兆涵可能准备对自己表白呢。

恩雅不由得倒吸了口冷气，要真的是这样的话，自己该怎么回答呢？她突然有点庆幸自己带了巧克力过来。

刘恩雅人生中的第一任男朋友。虽然不是自己希望的邻家花美男，但也不知不觉地被他吸引。他身上那种冷漠的气质总是给人一种鹤立鸡群的感觉，这让恩雅对他特别着迷。

恩雅继续往上爬着，楼梯里依然十分阴暗。她好几次都差点踩空了，但却没有一点要停下脚步的意思。

吱。

屋顶的门被打开了。与楼梯一样，屋顶上也是漆黑一片，唯独可以看见远处兆涵的身影，他就那样安静地站在那里。

兆涵倚靠着栏杆，朝恩雅挥了挥手，算是打了个招呼。恩雅赶紧把手中的巧克力藏在身后。

"啊,哥哥……您好。"

恩雅吸了口气,迈着小步走向兆涵,拿出了装着巧克力的盒子。那可是自己和妈妈一起在超市里精心挑选的礼盒呢。

"那个,这个……是我亲手做的,想送给你。"

兆涵轻轻接过,拆开外面的彩带,礼盒打开了。里面是精心包装的心形巧克力曲奇,看起来特别可爱。兆涵面无表情地看了眼巧克力,轻轻叹了口气,抬起头看着恩雅。

"怎,怎么样?"

"……"

"是我做的不好吗?你不喜欢吗?"

"……其实没必要做这些的。"

不知怎么的,兆涵的反应特别冷淡。恩雅还以为兆涵会喜欢呢,现在就像泄了气的皮球似的,有点无精打采。兆涵也没在意,低声问道:

"就只有你一个人来的吧?"

恩雅点了点头,兆涵悄悄环顾了一下四周,确认恩雅的确是一个人上来之后,悄无声息地朝恩雅走去。恩雅有点惊慌,抬起头看着他。

"哥,哥哥?"

"别动。"

兆涵过来，轻轻地把恩雅抱在怀里。恩雅就这样靠在兆涵怀里，满脸通红。虽然他身上散发出一股浓浓的烟味，但恩雅却不觉得讨厌。

就在这时，屋顶上突然发出了一些沙沙声，原以为只有他们两个人，没想到竟然还有人藏在排气扇后面。是两个男生，他们看起来和兆涵差不多，都是一副小混混的打扮。

染得乱七八糟的头发，耳朵上隐隐约约还有几个耳洞的痕迹。两个人吊儿郎当地慢慢从阴影中走出来，邪恶的笑容让人看着不禁有些胆寒。

刘恩雅

"晕。妈的，还真来了呀。"

其中的一个人对恩雅动手动脚，确认了一下，嘿嘿笑了起来。恩雅都不知道现在到底是个什么情况，被迫抬起头来。

"这个婊子还真的来了。喂，今儿就让老子来松松筋骨，好好享受享受。"

好奇怪。恩雅有些迷糊，不知道这两个人为什么要这样，为什么要说这些话。她蜷缩着，躲在兆涵身后，眼神里充满了恐惧。

恩雅紧贴在兆涵背后问他们到底是谁，连声音都在发抖。但兆涵却没有回答，反而向走过来的两个人点了点头，打了个招呼。

"哥哥……？"

兆涵依然紧闭着嘴，一言不发。恩雅一脸

不可置信地看着他，恐惧感油然而生。其中的一个男生像开玩笑似的对兆涵敬了个礼，说道：

"喂，尹兆涵你个臭小子……辛苦啦。那婊子一看就知道是个处女，有福可享喽。"

另一个男生也嘿嘿地笑着说：

"就是。肯定特别爽。这都多久没尝过鲜了？"

真是无法相信。恩雅立刻后退了一大步，让自己与兆涵产生一些距离，全身发抖地哭道：

"哥哥？这，这是要干吗？"

兆涵依然没有回答。他只是给恩雅留下一个背影，长叹一声之后慢慢往前走去，没有回头。

他的运动鞋摩擦着水泥地面，脚步声越来越远了，恩雅的双眼满是恐惧。一个男生拍了拍兆涵的肩膀，感觉两个人很要好的样子，另一个人奸笑着，从口袋里掏出了一卷胶带。

"不……不要。"

恩雅低声嘟囔着，用求救的眼神望着兆涵。但他根本就不给恩雅一个眼神交流的机会，只是斜着身子，望着远处灯火繁华的街道。

嗞啦啦一声。

胶带被大力地撕开，恩雅不由得往后退了一步。可是她的身后就是栏杆，再也无处可逃了。那两个人笑得更大声了。

恩雅被他们拖向了一个黑暗的角落。

被拖走的时候，恩雅也没有松开手中的手机，一直坚持着给妈妈打电话，但宥琳始终都没有接。恩雅无力的反抗没有起到任何作用，反而使他们更兴奋了。

恩雅被胶条封住了嘴，只能无助地呜咽着，隐隐能听出她是在叫"妈妈"。但那两个男生丝毫没有心软，只当作她在做无谓的挣扎。

惊慌失措的恩雅连呼救的时间都没有，就被他们抓住头发和双手给拖走了。对于恩雅投来求助的目光，兆涵没有丝毫的动作，只是远远地冷眼望着这一幕。

两人的目光再次相遇。恩雅望着兆涵，眼神里饱含希望，兆涵是最后一个能够救她的人。她到现在还是无法相信兆涵会对自己做出这样的事，呻吟伴着呜咽，她无助极了。

"你干吗这样看我啊？"

兆涵开口了。恩雅顿时感觉最后一根救命稻草也离自己而去。她送给兆涵的巧克力礼盒就那样孤零零地躺在冰冷的水泥地面上，盒盖开着，好几块已经散落出来，凄凉无比。

兆涵一脚踩在上面，巧克力顿时变得支离破碎。

恩雅突然想起自己上楼之前，秀敏告诫自己的话。就算现在自己想听话，却也已经是追悔莫及了。不断挣扎的恩雅感觉到身体接触到了冰凉的空气。一个人已经脱下了她的校服，粗暴地拉扯着她的胸罩。

"妈的，看看这皮肤，太他妈嫩了。我先上了哈。"

"滚你丫的！上次你就第一个！这次该我了，臭崽子。"

恩雅眼前一片黑暗。虽然自己睁着眼睛，却什么都看不见。就连对方的脸，她都看不清楚。现在，她已经没有力气去求救了。睁大的眼里，只剩下一片黑压压的天空。

她呆滞地望着天空，无能为力。

有谁掏出了手机，发出一声长笑。他们嘴里的烟头，就像禽兽的眼睛一样，闪烁着可怕的光芒。

3

宥琳回到小区，抬头看了看家的位置，发现家里并没有灯光。

"这么早就睡了吗？"

宥琳今天一整天都耗在了店里，又是打扫，又是整理，已经筋疲力尽了。店面由于已经空置了太久，以至于不仅不容易打扫，就连水管、天然气等设施也都需要一一进行排查修理。

她拖着疲惫的步伐回到了家中。

玄关处，只有无尽的黑暗迎接着宥琳。她有气无力地走进家里，随手把包扔到了饭桌上。接着打开冰箱，拿出冰水咕噜咕噜地一口气喝了好几口。感觉稍微好转了一些之后，她才意识到，家里安静得有些奇怪。她急忙打开灯，发现家里还是和自己出门之前的状态一模一样，没有任何变化。

总感觉有些奇怪。她本能地看向玄关处，发现恩雅的鞋根本就不在那里。

宥琳这才发觉有些不对劲儿了。她急忙推开恩雅的房门，却发现里面空无一人，就连恩雅的书包都不在。恩雅并不是一个无缘无故会晚归的孩子啊。宥琳的双手有些发抖，她拿起桌上的包，从里面翻出了手机。

看到手机画面，宥琳不由得睁大了双眼。

她忘了一个事实，那就是店里压根儿接收不到信号。就算手机响了，但它被扔在包里，不管怎么响，宥琳也感觉不到。而且在回家的路上，手机其实也振动过，但宥琳稍微将车窗降了一点，风声已经完全盖过了手机的振动声。

"Anycall SOS"情况危急，救命——刘恩雅，我的宝贝。

这是恩雅发来的求救短信。

不仅如此，手机上显示出竟然有 11 通未接来电，而且这些电话全都是秀敏打来的。宥琳焦急地给恩雅打了个电话，但里面传来的，只有接通中的信号声在无尽地重复着，恩雅并没有接电话。

瞬间，宥琳的脑子里一片空白。

肯定出事了。宥琳有一种特别不好的预感，之前的疲惫被恐惧一扫而空。她立马往外跑去，以百米冲刺的速度冲到停车场，开着车向市内驶去。

她的目的地是恩雅的补习班。

宥琳一边开着车，一边不断地给秀敏打着电话，但不知为何，秀敏也一直没有接电话，这可把宥琳给急坏了。马上要到补习班的时候，秀敏终于回电话了。

宥琳毫不犹地接通了，有些恼火地问道：

"秀敏吗？我们恩雅在哪里？"

但电话那头却不是秀敏，而是一个陌生的男声。

"您好，恩雅妈妈。我是某某派出所的警察吴贤植。"

到底发生了什么？为什么是派出所？宥琳的心里变得越来越不安了。

"让您受惊了，真不好意思。不过，恩雅出事了。"

"……什么？"

宥琳有些不敢相信自己的耳朵，感觉像是谁跟她开了一个恶意的玩笑似的。

"恩雅现在正在医院的急救中心，您还是过来之后，我们再给您详细地解释一下吧。"

宥琳急忙反问到底出了什么事，现在恩雅到底是个什么情况，可那头只是特别为难地回答说：

"电话里头也说不太清楚，您还是先来医院之后我们再详细谈谈吧。"

宥琳无力地拿着手机，突然感觉全身的力量都被抽走了似的，手机从手中滑了出来，掉落在地上。那个警察还在继续说着些什么，但宥琳现在什么都听不进去了。

"恩雅……我们恩雅在急救中心……"

宥琳现在的位置距离那家医院不远。被吓得魂飞魄散的她看着窗外漆黑的夜念叨着，然后用力踩了一脚油门，向医院驶去。

***

她到医院总共用了不到十分钟的时间。

秀敏和某个男人正站在急救中心的门口说话，两个人的脸色都特别凝重。宥琳就像没看见他们似的，失魂落魄地径直跑了进去。

一进到急诊室里，消毒水的味道扑面而来。宥琳紧握着不住颤抖的双手，焦急地搜寻着恩雅的身影。忽然，她立在了一张被白色床帘挡住的病床前，床位上赫然写着"刘恩雅"三个字。

恩雅就躺在那里。

她绕过床帘，走了进去。病床上，恩雅就像个死了的人似的，满脸瘀青地沉睡着。她的情况，只能用凄惨来形容。校服外套已经不见踪影，衬衫也被撕扯得破破烂烂的，白白嫩嫩的脸上满是抓痕，惨白惨白的，还残留着泪痕。

"……恩雅？"

宥琳强忍着泪水，下巴因为用力而不断地颤抖着。她甚至都不知道到底为什么，女儿就变成了现在这副模样。她艰难地挪动着脚步，感觉马上就要倒下似的，一把抓住身旁路过的护士，大声哭喊道："怎么会，怎么会变成这样？"

护士瞟了一眼恩雅，也不知道该说些什么去安慰宥琳，只得无言地拍了拍她的肩膀，劝她先镇静下来，告诉她说过一会儿医生就会过来的。但她的劝说反而更加刺激了宥琳。

"现在我能镇静吗？我们家孩子都成那副模样了……！"

宥琳禁不住提高了声音反问道。听到声响之后，身穿白大褂的值班医生急忙跑了过来。

"您是患者的母亲吗？"

宥琳疯了似的点着头，说自己正是孩子的母亲。

但与他跑过来的速度相反，医生并没有立刻给宥琳说明情况，只是有些难做地和护士交换了个眼神。两人的脸上都写满了同情，这让宥琳更加郁闷了。

她皱着眉头，正准备开口催促的时候，犹豫了很久的医生终于开口了。

"这个还真的……这件事，我们只能跟孩子的母亲说，恩雅她……"

过了段时间。

听完医生的解释后，宥琳不禁跌坐在了急诊中心的地上，一蹶不振。

***

恩雅一直沉睡着。宥琳靠在椅背上，依然还是一副饱受冲击的表情。

也不知道过了多久，那个面生的男人和秀敏一起走了进来。他俯下身子，平视着宥琳，低声叫道：

"恩雅妈妈。"

宥琳这才抬起头来看着他。男人亮出警官证，平静地向她打了个招呼。

"您好，恩雅妈妈。我是之前给您打过电话的吴警官……具体的情况，相信医生已经给您解释过了吧？"

听过了，那个令人无语又可怕的故事。

宥琳虽然没有喝酒，但却感觉自己现在就像个宿醉的人一样，胃里翻江倒海似的难受，头疼不已，还有点晕晕乎乎的。她之所以还可以强撑着没有倒下，全都是因为担心恩雅，她到现在都还没有醒过来。

宥琳失魂落魄地轻声问道：

"警官，我家孩子……她到底做错了什么？"

就算明知道不是恩雅的错，她还是这样问了出来。

"孩子什么都没做错，这是一起犯罪事件，恩雅只是个被害者。"

犯罪，被害者……

宥琳呆呆地重复着警官的话，突然看到了站在警官身后的秀敏。秀敏的眼里也满是泪花，低头不语。

"秀敏啊，你不是和恩雅一直在一起的吗？"

秀敏十分抱歉地看着宥琳，没有回答。宥琳觉得特别闷得慌，带着哭腔催促着，让她告诉自己是何时何地，如何发现恩雅的，质问她为什么不立即打电话通知自己。

秀敏这才开了口，小声回答道：

"……我打过了，打了很多遍，可是您都没接。"

宥琳突然有些哑口无言。手机里确实有很多未接来电，全都是秀敏打来的。她回想着自己当时到底在干什么。

后悔死了。当时自己为了省些小钱，非得赖在店里监工。其实恩雅放学的时候，自己只要稍微停一下工就行了，卫生也可以以后再慢慢打扫嘛。早知道就雇人做了，多简单的事啊。自己怎么就这么傻呢？

不对，当初就不应该盘下那家店，自己明明知道那里没信号，还……

就算恩雅当时说不用接，自己也应该坚持去的，应该亲自在校门口等着她放学，然后再送她去补习班的，更应该时不时打个电话给她才对……

宥琳痛苦地闭上双眼，流下了滚烫的泪水。

"那个……恩雅妈妈，虽然您有些疲惫……但是还是需要您来一趟派出所。"

掩面而泣的宥琳抬起头，看着吴警官。这是让我放着恩雅在这儿，跟你去警局的意思吗？

吴警官看出了她的顾虑，连忙摇着头补充道：

"呃，我并不是让您现在就跟我走，而是等恩雅稍微好转一些了之后再过来。可能的话，两个小时之内能来的话就更好了。那我就先走了，我会在所里等着您的。"

吴警官边说话，边看了看手表，用眼神示意了一下秀敏，自己站了起来。这时，一直茫然坐着的宥琳突然抬头问道：

"到底是谁干的？"

一直到现在，她才想起来要问这个重要的问题。但吴警官的回答却有些含糊不清，只是让自己不要担心，说犯人们都已经抓起来了。宥琳觉得特别奇怪，都已经抓到了，为什么不能说清楚到底是谁呢？

"所以我问你，到底是谁！"

吴警官看着火冒三丈的宥琳，稍微犹豫了一下，长叹一口气之后说道：

"是一群……学生。同校的学生，具体的情况我们还在调查当中。"

一群孩子？还是同一个学校的？

宥琳特别无语地反问道：

"他们为什么要对恩雅这样？事发的时候你也在场吗？说话呀，秀敏！"

她扑向秀敏，疯狂地摇着秀敏，要向她讨个说法。吴警官连忙上前制止。

"那，那个。恩雅妈妈，秀敏现在也受到了很大的惊吓，您就不要再逼她了。详细的情况，我会在派出所里向您说明的。对了，恩雅的东西都在那里，您收好。"

吴警官手指着的地方，恩雅的东西都摆在那里。沾上了土的书包，被刮得不成样子的手机壳，还有已经变形了的巧克力盒。

"那我就先走了。好了，秀敏你也走吧。"

秀敏很听话地对宥琳鞠了一躬，跟着吴警官离开了。

宥琳颤抖着双手，把恩雅的东西抱在一堆，看着已经惨不忍睹的手机，她不禁想起当初说要买个新手机时，恩雅那开心的表情。

宥琳抱着东西回到恩雅身边，看着恩雅的脸，很久都没有离开。恩雅安静地躺在病床上，输液沉睡着。

悲伤涌上宥琳的心头，她不知道自己以后该怎么办才好，只能放任眼泪肆意流淌。

"因为我，全都是因为我……"

妈妈应该一直守在你身边才是。

这个想法一直环绕在宥琳的脑海中，挥之不去。她怕把恩雅吵醒，只能趴在床边，轻声抽泣着。宥琳觉得自己心疼得厉害，胃里也是翻江倒海似的难受。

***

不知不觉已经到凌晨 12 点了。宥琳起身，准备去派出所做个笔录。她才刚迈入派出所，吴警官就已经迎了出来。给她找了个座位坐下之后，他敲着键盘开始提问了。

"今晚 8 点到 10 点之间，您在哪里？"

原来恩雅就是这段时间出事的啊……

平时去补习班接恩雅的时间，就是 10 点左右，但如果是 8 点到 10 点的话，恩雅应该正在补习班里学习才对呀，难道是她提前回家时在路上出的事？

宥琳一瞬间想了特别多种可能性，有些不在状态地回答道：

"我一直在店里打扫卫生……水龙头一直不出水，我叫修理工过来修一下……"

"您的手机之前一直处于关机状态，对吗？"

其实并没有关机。应该是因为店里没有信号，无法接通，所以他可能以为自己关机了。

宥琳正想解释一下这个问题，这时，一名看着像是吴警官手下办事的人走过来，俯在吴警官耳边说了些什么。

"不好意思，麻烦您稍等一下，可以吗？突然有点急事需要处理一下。"

宥琳有些不知所以地点头应允了。两位警官稍看了宥琳一眼，起身离开了，消失在了宥琳的视线里。

已经是深夜的派出所里，依旧是一片乱糟糟的景象。忙得焦头烂额的警察，醉得胡乱说话的酒鬼，还有骂着难听的话，动手动脚的人。宥琳就像不属于这个时空一样，对身旁的情况一点都不关心，只是静静地坐着，像是在看一场闹剧。

在医院时还没觉得，现在想想，只觉得整件事就像是个噩梦一样。

但无论如何，宥琳的情绪并没有得到好转。

医生的话一直回响在宥琳耳边。好几个人，反复，殴打，伤口，出血，处女膜，阴道破裂，感染可能性……

这事儿竟然还是同校的学生干的。

真是不敢相信。

这时，宥琳注意到远处的一个审讯室那边特别吵。之前叫走吴警官的那个警察走在前面，他的后面跟着三个看着像是高中生的男生。他们满脸都是不耐烦，嘴里还不停地骂着脏话，特别难听。

"啊……那个臭婊子，真倒霉。"

"我们这次不会真的被退学吧？"

走在前面的两个男生一直唠叨着，只有跟在他们身后的那个男生紧闭着嘴,一言不发。

"妈的,有本事让他妈退去,老子还不稀罕呢,我欢迎得很!臭崽子们。"

"嘿嘿,你们当时看见了吧?我要把那个婊子翻个身的时候,她都抖得不行了。然后我给了她一巴掌,让她精神点,结果她眼睛都快翻白了……哟呼,当时我还真他妈吓了一大跳。"

"呀,你个臭小子,所以我叫你别干那个啊。本来还挺好的,就你他妈想玩点儿新花样。现在弄成这样,你爽了?妈的,还把我一块儿拖下水。"

"去你丫的,我能知道会成这样吗?那婊子不会有什么羊癫疯之类的病吧?"

宥琳像是被电击了似的,定定地坐在那里,直勾勾地盯着他们几个。那几个人明显跟恩雅的事情有关,听他们谈话的内容就能知道。

她缓缓地站起来,走向那几个男生。前面两个吵吵闹闹的小子,自己虽然是第一次见,但安安静静跟在他们身后的那个男生,宥琳却认识他。

尹兆涵。校门口帮恩雅背过大提琴包的那个孩子。

"你……!"

他好像认出了宥琳,稍微回避着她的目光。宥琳觉得有些无语，不知该继续说些什么。走在前面的两个男生还在聊着天。

"啊，妈的……我的任天堂游戏机给忘在补习班了，哎，靠……"

"现在应该已经被那个臭小子给拿走了吧，肏，我也忘带了。"

"噗哈哈，你小子果然有病。嘿嘿嘿嘿……"

简直不敢相信。宥琳把视线转向他们。如果这个世界上真的有恶魔存在的话，应该指的就是他们了吧。他们所说的每一句话，在宥琳听起来，就像毒药，像病菌一样，光听着就让人直犯恶心。

恩雅到现在还奄奄一息地躺在医院里，他们竟然还有心情在这里聊些什么游戏机。

宥琳狠狠地瞪着他们，满眼怨恨。那两个小子这才感到有些不对劲，抬起头看着宥琳。

"什么呀，干吗这么看着我……大婶你要干吗？"

"你在看猴吗？为什么一直盯着我们啊？"

宥琳终于忍无可忍，几步冲上去，抓住了其中一个人的领口和头发。

"等等，你这个大婶要干吗啊？！"

被宥琳抓住的那个男生有些生气，使劲儿推了宥琳一把。

措手不及的宥琳被他推倒在地，坐在警局的地板上，却依然狠狠地瞪着他。这时，从审讯室里出来的吴警官正好看到这一幕，连忙奔向宥琳，大声喊道：

"喂，宋警官，把那几个臭小子关进拘留所，快！"

"啊，妈的，突然这样是想干吗！"

"大叔你轻点儿，很疼的！"

就算是被警察抓着衣领拖走，这几个小子还是没有住嘴。他们压根儿就没有负罪感，没有后悔的样子，反而满是烦躁，对现在的情况有些不明所以。

那些臭小子到底算不算是人啊？宥琳怒气上涌，被他们气得直发抖，不知该说些什么。

和那两个男生有些距离的兆涵也被警察推搡着带走了。他从头到尾都回避着宥琳的眼神，没有抬头。

"……就是那些家伙，对吧？"

宥琳开口问道。吴警官并没有回答，他觉得就算得到了回答也是无济于事了。

宥琳再次冲向那几个男生，却被搀扶着她的吴警官一把抓住。

"还是先跟我走吧，恩雅妈妈。"

"就是那几个家伙吗？把我们家恩雅伤成那样的人？"

心都碎了。宥琳一只手捂着胸口，有些吃力地呼吸着。顶多也就十七八岁的年纪，应该学着些好的才是，这可是转瞬即逝的花样年华呀……

这些家伙不仅糟蹋了恩雅，还把这个当成游戏一样享受。

"他们都是些问题学生，尤其是朴俊、韩闵久他们俩。"

就如吴警官所说，那两个家伙进了拘留所之后也一直在旁若无人地打打闹闹。

宥琳只能呆呆地看着他们，别无他法。

"他们之中，站在后面的那个孩子，他跟恩雅是一个班的……"

但吴警官貌似已经知道这个事实了。

"……是啊，我真是没什么好说的了。"

恩雅明明说过自己在新学校适应得很好，没有一点异常，每天都很开心的……为什么突然就发生了这种事呢。

不论怎么想，宥琳都觉得理解不了。不对，是压根儿就不想去理解。

***

调查和治疗的过程，可怕得用"暴力"一词来形容一点都不过分。

出事的第二天清早，两名女警官来医院给恩雅拍了些照片，说是为了确认受伤程度。恩雅被脱光了衣服，相机不断游离在伤痕附近，还有冰冷的快门声。每当快门响起的时候，恩雅都会不住地颤抖。在旁边看着这幅景象的宥琳心里特别不是滋味。

拍完照片之后，又开始了细致的检查。

躺在妇产科检查室的病床上，将自己的伤口一览无遗地展露在医生面前，恩雅终于哭了出来，攥紧了双手。她也是有羞耻心的，会感到痛苦，也会伤感。宥琳只得轻轻拍打着恩雅的手背，不断地安慰着她，祈祷着检查能快点结束，让恩雅尽早忘了这段不堪回首的过去。

恩雅无声呜咽着，木讷的脸上，眼泪肆意流淌着。

看着这样的恩雅，宥琳的心里像是被撕裂了似的难受。但她不能哭，为了恩雅，坚决不能哭。如果连自己都倒下的话，恩雅就真的无依无靠了。

自己要怎么做，恩雅才有可能找回原来的快乐呢？宥琳的脑子里十分混乱，她只想代替恩雅去受这些罪，如果可能的话。

之后的几天，宥琳都陪在恩雅身边，不离不弃。恩雅的情况并没有好转，不仅仅是身体上的伤害，心理上受到的冲击实在是太大，以至于现在的恩雅，就连和妈妈对视、说话都做不到。只是像个没有生气的死人一样，一脸苍白地望着窗外，日复一日。

窗外，新城市的灰色大楼一栋栋矗立着，但宥琳知道，恩雅的眼里什么都看不到。玻璃里，恩雅的一双大眼睛一直处于放空状态，就像一潭深渊一样，深不可测。她不愿意与人接触，只是沉浸在绝望中，无法自拔。

宥琳的心情有些错综复杂，却不知道该说些什么。

这时，望着窗外的恩雅突然回过头来，开口叫道：

"妈妈。"

"嗯？"

宥琳立刻站起身，朝恩雅走了过去。恩雅却面无表情，有些吃力地说道：

"我……"

"嗯？怎么了？不舒服吗？要不给你弄点吃的过来？"

恩雅避开宥琳的视线，低声说道：

"我想一个人待一会儿。"

宥琳就这样僵在那里，什么话都说不出来。然后她长叹一口气，悄悄走出了病房。对于现在的恩雅来说，安慰就是更大的伤害。宥琳尽量让自己不哭出来，想说的话也悄悄咽了下去。

突然，恩雅的声音从背后传来。

"不要告诉爸爸。"

宥琳轻轻点了点头，走出了病房，瘫软在走廊的椅子上。

她使劲攥着的手一直在不断地发抖。

***

吴警官找到了负责恩雅事件的检察官。看到检察官进了办公室，吴警官马上从沙发上站起来，有些紧张地跟他打了个招呼。

感觉像是遇到了些不好的事情似的，检察官粗暴地脱下法官服，把衣服直接扔到了办公桌上。然后一屁股坐在吴警官的对面，开始看起了恩雅事件的材料。但他还没看几页，就合上了材料，叹了口气问道：

"吴警官，这件事您怎么看？"

他的表情十分严肃。

吴警官看到检察官的态度之后，稍微有些发呆，错过了回答的时机。他有些搞不懂检察官到底想问些什么。检察官见他发着呆，又问了一遍。

"我是说这个事件。之后该怎么办，你不也应该有些想法吗？"

吴警官摸了摸鼻子，犹豫了一下回答道：

"无论如何，会不利于被害者这一方。"

很正确。这两个人都很心知肚明，所有的一切对恩雅来说都很不公平。检察官特别恼火地抓着头发说道：

"那个，之前有 30 个人轮奸一个女生致死的事件，你知道吧？"

"什么？"

"30 个高中生，这些个浑蛋轮奸了一个小他们两岁的女生，致其死亡的那个案子。"

"啊，知道……"

检察官对吴警官的反应并不关心，自顾自地继续说道：

"最终只有三个主犯被送进了少管所，而且只在里面待了不足一年。其余 27 人均在事发第二天被带回了家，但是……"

检察官欲言又止，重新拿起之前的材料看了起来。

"恩雅这个孩子……她现在并没有生命危险，从诊断结果来看，顶多一个月就能出院了。吴警官您觉得，这些十恶不赦的臭崽子们会得到个什么处罚呢？"

检察官皱着眉头，把材料递给吴警官，上面记录着这次案件的犯人朴俊、韩闵久、尹兆涵这三个人。检察官也觉得很郁闷，掏了支烟出来叼在嘴里。

边吞云吐雾边说道：

"吴警官您心里也应该很清楚，这群黄毛小子最终还是会被释放的，他们的父母也不会撒手不管。就算是被关进了少管所，不出两个月就会被放出来。那个案子进去的三个人还是因为已经是成年人，所以才关了一年左右。但这次不一样啊，这次的强奸犯们都还是未成年人呢……"

检查官自己说着说着都有些上火，不断地挠着头发。

"不管怎么样，到最后还是会以协商结束的，就算是三家的补偿金加在一起也不会过一千万的，知道是为什么吗？"

检察官并没有要吴警官回答的意思，自己继续说道：

"这种案子，本身罚款就不多。更何况刘恩雅她还是单亲家庭长大的，别人会认为她自己就心理不太健康，我可以这么跟你说，那几家要是揪着这一点不放的话，我们也没办法……"

检察官自己已经不想再说下去了，只是不断地扯着自己的头发。吴警官也只是闭着嘴，不知道该说些什么。

检察官蹂躏着手中的材料，用力扔了出去。

"我也办过好几个类似的案子，你去转告刘恩雅的妈妈。让她别想着打官司了，还是拿点补偿金给孩子买些补药吃吃吧，免得人财两空。我们确实是无能为力。"

检察官的话并没有错。吴警官想着自己到底该怎么把这些话传达给宥琳，不禁有些头疼。

***

宥琳在警局门口徘徊了许久，终于下定决心走了进去。据说那几个孩子的父母过来要求协商了。

接到吴警官的电话，宥琳突然感觉有些不舒服，跑到卫生间里干呕了好一阵子。

罪犯们都是未成年人，不能对他们实施一些严厉的处罚。比起把对方告上法庭，最终弄得人财两空，还不如庭下和解来得更实在。这是吴警官转告自己的话。

和解。到底是怎么个和解法？难不成希望用那些臭钱让人闭嘴，就当什么都没发生过吗？真是异想天开。就算是他们拿着那些脏钱过来跪着求原谅，自己也不想碰这些东西。

但吴警官还是劝自己过来听听对方的父母们怎么说。

就这样，宥琳现在与那几家的父母们面对面坐着，面无表情。到底是怎样的父母，才能养出那样猪狗不如的孩子，他们有真正地管过自己的孩子吗？宥琳就想看看这些孩子的父母到底长着一副怎样的面孔。

朴俊的父母和韩闵久的妈妈都穿着旧衣服，怎么看都不像是家境好的样子。朴俊的妈妈连头发都没有绑起来，顶着一头乱糟糟的头发坐在那里，韩闵久的妈妈好像是做事做到半路上跑过来似的，指甲缝里满是脏兮兮的灰尘。唯独兆涵的妈妈穿着一身价格不菲的正装，一脸漠不关心地坐在远处，把自己与其他父母拉开了些距离。

韩闵久的妈妈一直在不断地叹着气，看到跟着吴警官进来的宥琳之后，大大地松了口气。

宥琳暗自捏了捏自己的手，坐了下来。她盯着面前的每一个人，但他们却不敢抬头与宥琳对视，只是偶尔吐吐舌头，或者是悄悄瞄一眼宥琳。

大家就这样沉默了很久，韩闵久的妈妈终于开口了，还带着点方言。

"都是孩子们玩过了火……我们和解吧。为此，我们几个也苦恼了很久。"

十分沙哑的声音。双方父母之间的桌子上，不知何时出现了一个信封。宥琳有些无语地看着那个信封，朴俊的爸爸结结巴巴地解释道：

"我家孩子虽然不懂事，但平时也是个善良的孩子。"

朴俊妈妈也补上一句：

"我们家准他脾气是差了些……"

所以你们想怎么样？跟别人说你们的孩子很重要，那我的孩子呢？我们家恩雅呢？宥琳气得有些头晕，都有些双眼发黑，呼吸不畅了。

然后，宥琳与兆涵妈妈打了个照面。她与其他几个父母不同，只是安安静静一言不发地坐在那里。

宥琳觉得现在的情况特别无语，不禁冷笑了一声。她用尖锐的目光扫过每一个人，然后把信封退了回去，宣示道：

"大家都站起来吧，我还是会走法律程序的。"

"什么，你说什么？"

韩闵久的妈妈惊得一下抬起了头。拿出信封之前还不敢跟宥琳对视的她，现在竟然像是要吃了宥琳似的瞪着她。

"既然犯法了，就应该要得到法律的制裁。"

宥琳说了这么一句，韩闵久的妈妈一下子从椅子上站了起来，指着宥琳的鼻子尖声说道：

"我说你这个女人，还真是固执啊……照你说的，非得让孩子退学，被送进牢里你才开心吗？这样我们会安心吗？嗯？！"

爆炸性的发言才刚刚开始。

"你就那么希望我们家孩子的人生被毁掉吗？话又说回来了，你们家孩子就没什么错吗？"

宥琳再也忍不下去了。有股气在肚子里翻滚得厉害。她也立刻站了起来，大声喊道：

　　"你说什么？你疯了吧？我们家孩子被你们家孩子给强奸了！她年纪才那么小，什么都还不懂，就那么残忍地……"

　　两个人的战争愈演愈烈，朴俊的爸爸连忙上前阻止。

　　"哎呀，闵久妈妈，别这样，我们还是平平静静地坐下来谈谈……"

　　但那个女人并没有让步的意思。反倒是卷起袖子，嘴里也不断地蹦着唾沫星子，一副要吵到底的架势。

　　"哎哟！现在露出真面目了吧！听说你还离婚了，想必家教也好不到哪儿去吧？说我们家孩子是混混，我看你们家孩子也好不到哪儿去！好像还是你们家孩子说要一起玩，还做了巧克力去找他们的呢！有因才有果，不是吗？哼？！"

　　巧克力？这又是什么话？不过当时恩雅的东西中间确实有一个巧克力盒子。难道恩雅是想把巧克力送给那些孩子，或者是送给其中某一个人？

　　那么应该是兆涵……是给兆涵的？

　　宥琳有些不知所措，也不知该说些什么了。朴俊爸爸这时开口道：

　　"啊，闵久妈妈！请你少说两句，不行吗！"

　　"那怎么办？看着她毁掉我们家孩子的人生不成？"

　　到底谁是被害者，谁是犯罪的人，为什么罪犯的父母可以对被害者的妈妈大呼小叫？稍微回过神来的宥琳拍着桌子喊道：
"你们给我听好了！这叫罪有应得。犯了罪就该为此付出代价！
明白吗？这才是法律，更是常识！"

宥琳用尽全身力气说完这一句之后就跑了出去。不管怎么
样，自己一定要让这几个垃圾一样的臭小子蹲监狱，一个都不
能落下。

"谈得怎么样了？"

看到宥琳出来，吴警官连忙上前询问道。宥琳却冷冷地回
答说：

"我不想和解。我一定要让他们得到应有的惩罚。"

"但是，恩雅妈妈。我之前也跟您说过……施暴者都是未
成年人，被判刑的可能性很小。而且恩雅还是在给他们发过短
信之后再上去的。不论是恩雅自发赴约的行为，还是她抵抗时
留下的伤痕并不严重，这些对你们来说都是弱点啊。"

吴警官还是在劝宥琳同意和解。虽然他的忠告是基于现实，
但对宥琳来说，那是一道伤疤一样的存在。

"您怎么能这么说呢？照你这么说，我们家孩子是早知如此
还义无反顾地上去的吗？肯定是被骗上去的啊！要不然，难道是
她还想受他们的欺凌？怎么能这样呢？搞不好会死人的啊！"

"审判原本就是一场证据的战争。而且，强奸罪的话……

要想被量刑是很困难的。"

"如果是因为太恐惧，所以没法反抗呢？"

宥琳反问道。吴警官有些答不上来，只是满脸悲伤地看着她。

"如果因为害怕，连手指头都不敢动，就那样僵在那里呢？"

"……法律本来就是这样。"

这真是一个让人泄气的答案。什么狗屁法律。

宥琳坚定地摇了摇头。

"有这些时间，还不如去陪陪自己的孩子。而我，还是相信法律。"

宥琳十分生气，推了一把吴警官，冲出了警局。吴警官一脸复杂地望着宥琳的背影。

***

时间过得飞快，转眼就到了开庭的日子。

犯罪的三个男生、恩雅，还有他们的父母全都出席了这次审判，吴警官和恩雅的朋友秀敏也来了。

恩雅满是忐忑地坐在证人席上，宥琳一直目不转睛地看着她。不仅是宥琳，整个法庭的人都望向恩雅，感觉法庭里的空气已经沉重得让人不能呼吸了。这些视线中，相当一部分都是抱着好奇和怀疑的态度的，另外还有一些是赤裸裸的愤怒和蔑视。

有种不好的预感。宥琳看着看着对方的辩护律师渐渐走来，俯视着恩雅，不禁咬紧了牙关。

然后开始提问了。

"那天，是证人你先发了短信，约被告尹兆涵傍晚见面的，是吗？"

恩雅缩了缩肩膀，犹豫了很久之后，艰难地开了口。

"……是。"

"你是因为喜欢被告尹兆涵，想送他礼物，才约了他，是吗？"

一直垂着头的恩雅稍稍抬头看了一眼兆涵，而兆涵并没有回避她投向自己的视线。恩雅变得更加忐忑，头也比之前低得更低了。

"证人？我再问一遍。你是因为喜欢被告尹兆涵，想送他礼物，才约了他，是吗？"

"……是。"

"证人你事发当天，除了尹兆涵之外，并没有看清其他被告的脸，是吗？"

那天楼顶确实很暗。恩雅藏在兆涵身后，却被他们用黄色胶带封住了嘴，然后被拖到地上之后，她事实上已经魂丢了一半了。当然没能看清楚那两个人究竟是什么样的。

"证人你坚持说自己是被强奸的，那么你有做出反抗吗？你因为自己喜欢尹兆涵，所以放弃了反抗，是吗？"

恩雅懵懵地望着律师，眼角有些泛红，律师的模样在她的眼里有些变形。但他的声音却冰冷地传入恩雅的心底。

"请回答。"

恩雅再一次看向了被告席。朴俊、韩闵久和尹兆涵三个人都眼神犀利地盯着她，看他们的嘴型也知道肯定没说什么好话。恩雅见状，不由得犹豫了一下，没能回答上来。

"因为喜欢他，所以对性行为没有做出任何的反抗，对吗？证人，请回答。"

被告方的律师再次逼问道。宥琳立刻站起来想要提出抗议，但却被吴警官给拦了下来。

"恩雅妈妈，你现在要是出头的话，反而对你们更加不利。除了证人之外，其他人都没有发言权。"

宥琳十分愤怒地看向吴警官，有些伤心。但吴警官立刻把头转了回去，没有继续劝说。她也只好茫然地重新回到了座位上。

整个法庭里回荡着被告方律师那朗朗有力的声音。

"性行为以外的原因，即证人由于反抗而产生的伤痕十分轻微，甚至可以说是没有伤痕。证人，你真的是被强奸而与被告发生性关系的吗？"

恩雅就像一只小动物似的，全身颤抖不止，极度不安地望着宥琳。宥琳满是遗憾，低声呼唤着女儿的名字。

"恩雅……"

***

稍事休息之后，法官入场，准备宣读判决书。

"下面，将宣读判决书。"

宥琳和恩雅，还有那几个学生都十分紧张地等待着命运的宣判。法官看了他们几个人之后，开始用事务性的语调朗读起来。

"原告刘恩雅指控自己被被告三人轮奸，但事发当时除原告之外，并无其他目击者在场。据被害者的证言含糊不清，不能阐述其在遭受强奸时另外两名被告的具体行为。"

宥琳听到这里不禁惊得站了起来。

"这到底在说些什么呢？"

负责的检察官和吴警官都紧紧地皱起了眉头。

"因此，本庭宣布，被告人韩闵久、尹兆涵因证据不足，判无罪释放。被告人朴俊对被害者进行性侵犯的罪行成立，但未对原告造成重大伤害，因而原告也对此有部分责任。考虑到被告人朴俊还是高中生……"

这一点都不像话。不能就这么眼睁睁地看着他们无罪释放。

"被告人朴俊处以6个月有期徒刑，缓刑一年执行，韩闵久和尹兆涵无罪释放。"

当，当，当。

法庭里回荡着议槌的声音，宥琳觉得自己头都要裂开了似的难受。她还是不敢相信审判结果，一定要向法官讨个说法。她对法官大声喊道：

"无，无罪？你到底在说些什么？！"

宥琳气势汹汹，像是马上要冲到法官面前问个究竟似的。法官只是看着宥琳，做出了一个无可奈何的表情，转身离开了。判决下了就没有推翻的道理。

"我们家女儿被那几个禽兽糟蹋成那样了！怎么能判他们无罪？！"

吴警官也被吓了一跳，连忙上前阻止。但宥琳并不会轻易冷静下来。

"这算哪门子审判啊？！"

宥琳自然而然地看向这次案件的三个始作俑者。她看到韩闵久和朴俊两个人笑嘻嘻地拍手庆祝，不禁怒火中烧。

"你们，你们这些畜生……！"

看到宥琳的反应如此强烈，闵久和朴俊嘲讽着说：

"哎呀，干吗这样吗？大婶，法官都宣判说我们是无罪了呢。"

"再这样折磨我们这些善良的人的话，你会遭报应的哦，大婶。"

恶魔一样的畜生们。宥琳感觉脑子里有根线断开了一样，径直朝那几个学生冲了过去。

"过来！过来，你们这些畜生！！"

法庭里顿时变成了阿修罗场。

警察冲上前去，想要拦住宥琳。尖叫声不绝于耳，整个场面极其混乱。

"你们都是干什么吃的！到底谁才能来一次公正的审判啊！"

"您别这样！"

"没证据，这像话吗？！孩子都伤成那样了！还缓期执行，这还有天理吗！"

"恩雅妈妈！"

宥琳还沉浸在无比的愤怒之中时，恩雅就连站都没能站起来。

她就那样望着虚空，慢慢地闭上了眼睛，陷入了深深的绝望之中。还不如什么都听不见，什么都看不到呢，那样也会比现在好很多吧。

吴秀敏

"你叫什么？"

"什……什么？"

"问你叫什么名字。聋了吗？"

"……我叫吴秀敏。"

秀敏的精神有些恍惚，抱着自己的衣服，心里想着今天都不知道是第几次了，最近老是遇上这种事。还不如死了算了呢。

死了应该就解脱了吧。那样的话，自己以后也不会再遇上这种事，自己也能渐渐忘了这些让人心寒的事。不用怕那个视频在网上疯传而担心得睡不着觉，更不用怕被爸爸发觉什么而自己一个人躲起来哭。

如果这件事被爸爸或者其他人知道了的话，会怎么样呢。

他会像《飓风营救》里面的爸爸一样，把那些坏蛋全都杀掉吗？然后以父女相拥而来个大团圆的结局？

真是痴心妄想。那种事情只会出现在外国的电影中。按爸爸的性格，他只会走法律程序，提起诉讼，最后无奈地吸支烟，事情就会这样无疾而终。而且他可能还会终生都以那种"你被强奸过"的有色眼睛看自己。

他还可能会因为警局同事的一句"你有本事怎么没保护好你女儿呀？"而情绪低落，然后去酒吧里买醉。就像当初妈妈出车祸去世之后一样。

秀敏不希望看到这样的爸爸。

就算准备自杀，自己也坚决不会写个遗书什么的东西留下。

她并不想戴上"被强奸后自杀的孩子"这顶帽子，只想单纯地以吴秀敏这一名字来被别人记住。

但是，要怎么死呢？之前想过服安眠药，但是自己是个未成年人，要买到自杀的药量根本就是不可能的事。想要上吊，结果家里连能挂绳的地方都没有。最后就只有跳楼或者割腕了。但是这两种方式自己想想都觉得恐怖。

不仅是没有勇气，现在这种状况就已经很可怕了，自己再以那种恐怖的方式死去，只会让自己觉得更加恐怖，更加可怕。

所以，今天又遇到这种事的时候，秀敏还是只能战战兢兢地小心应对着。她害怕这些坏蛋把自己的事告诉别人，更怕一不小心被别人发现。

秀敏觉得，整个世界好像都在用看抹布的眼光一样看着自己。全世界都与自己为敌。其中最大的敌人，就是她自己，她一点都瞧不起自己。

这就是地狱。再没有地方比这里更像地狱了。

"现在，还是先把衣服穿上吧？怎么，还想要？"

恶魔一样的畜生们。

为了不让他们发现自己颤抖不已的双手，秀敏刻意跑到离他们有点距离的地方穿上了衣服。刺耳的笑声回荡在整间屋子里。她的胸罩被那几个畜生拿在手里，互相传阅着玩儿。她只得茫然若失地站在一旁，想开口把胸罩要回来，但却出不了声。

"喂，去买些啤酒回来，还有下酒菜和烟。"

"什么？我现在可以走了吗……"

"有谁说不让你走了吗？让你买回来，你这个臭婊子。这样我们就让你走！"

秀敏掏出了一些钱。这些钱还是爸爸让她在补习班里上课时，给自己买些零食吃的零花钱。她从那个房子里出来之后，走在下坡路上还有点双腿发软，中间还停下了好几次。

"……吴秀敏。"

突然，有个声音在背后叫了自己一声。秀敏吓了一大跳，不禁缩了缩肩膀，回过头去。

一张十分清秀的脸，但眼里却闪着丝丝冷光。秀敏感觉全身的鸡皮疙瘩都要起来了，一动都不敢动。

"怎，怎么了……"

"继续管好你自己的嘴哟。"

他的眼神告诉秀敏，不论何时何地，都千万不要跟任何人提起这件事。这已经不是警告，而是威胁了。

"那个转学生也是一样。"

他终于说出来了。转学生。那个长了一张白白净净的小圆脸，还有一双美丽大眼睛的刘恩雅。

"让你好好闭上你的嘴。在我们把视频放到你老爸的派出所主页上之前。"

秀敏觉得自己的天都快塌了。蓝蓝的天空逐渐变得有些昏暗，像马上就要塌下来一样。秀敏就像一只坏掉的玩偶，走进了便利店。她失魂落魄地把啤酒和下酒菜码在收银台上，但却被店员告知没有身份证是无法购买的。终于，委屈化成泪水，一下子爆发了出来。

如果自己空着手回去的话，那些禽兽们又不知道会干出些什么事情来了。秀敏不禁哀求起来。她求去世的妈妈，求天上的神灵，求他们让自己能够买酒回去，求他们把自己从这个地狱中解救出去，求他们让自己重新再出生一次。

还有……求他们救救恩雅。

恩雅……

秀敏真的，什么都做不了。她也不能那么做。

4

审判结束已经一周过去了。

闵久从冰箱里拿出冰水，边喝边走向客厅。他那破旧的家里脏兮兮的，水槽里挤满了碗碟，很明显已经好几天没洗了，里面散发出阵阵恶臭，地板上也扔满了垃圾。他拖着长长的运动裤，不耐烦地踢开挡路的啤酒瓶，发现了正要出门上班的妈妈。

闵久急忙翻了翻口袋，发现里面空无一物。然后恶声恶气地对妈妈说道：

"喂，妈的，给我一万块再走。"

"……你想拿来干吗？"

对于儿子这种说话的语气，闵久妈妈已经习以为常了，这么点脏话还不至于让她动气。

"我要买烟。"

她深深地叹了口气。欲言又止地摇了摇头，最终还是妥协着从钱包里抽出一张一万块，扔给闪久之后就出门了。

"哎哟，我这是什么命啊。"

"嘿嘿，thank you 妈妈。"

拿到钱之后，闪久心满意足地回到了屋里。朴俊正坐在电脑前面，注意力超级集中地看着什么。他凑过去瞄了一眼屏幕，发现朴俊正在看黄片，不禁打了一下朴俊的脑袋说道：

"你这个变态，别看了。"

"为啥不看，这不挺爽的吗，你个臭小子。"

"这有啥好的，在这儿看还不如实实在在来一次爽呢。"

"闭上你的臭嘴。我要是再被抓住了，就要蹲6个月的监狱好吗？我还以为啥事儿都不会有呢，我怎么就这么倒霉，被判了缓刑呢。"

朴俊看着黄片，嘴里还不停地抱怨着。闪久冷笑着说道：

"我不是叫你别担心吗，看把你吓得，像个懦夫似的……"

"你个臭崽子……谁吓着了？要是谁能保证我不被抓的话，我现在就能把那个臭婊子上了。"

"嘻嘻嘻，你就瞎扯吧，说点儿实际的成不成，臭小子。"

闪久一副打死都不相信的表情嘲笑着朴俊，这时，朴俊突然有些邪恶地笑了，神神叨叨地说：

"喂，你还不相信我说的？我敢保证，我要叫那个婊子过来的话，她肯定二话不说地就会乖乖过来。要不把她叫过来？反正这是在你们家，肯定不会被逮住。"

"你这臭小子疯了吧……又栽在我们手上肯定没好处，是你你还敢来？"

"当时我们不还拍了视频吗，只要这个在手上就肯定没问题。"

朴俊说着说着就关了黄片，开始翻找着电脑文件夹，然后双击了一个视频文件，储存的名字叫"恩雅.avi"。

视频将当时的画面重放了一遍。手机把当时的情景一丝不漏地记录了下来。看到镜头拉近到恩雅惊声尖叫的画面时，这两个人不禁哈哈大笑起来。

"哇，这还真他妈的清楚哎，脸啊什么的全都拍上了。不过那个臭婊子要是拿着这个去警局报案的话？"

"看她那副样子也知道，她呀，绝对没那个胆子去报案。要不我们打个赌？赌她敢不敢来。"

朴俊一再保证着。闵久想起了审判当时恩雅的表现，她已经吓得不敢跟自己对视了。这种孩子肯定不敢拿着视频跑去报警的。但是，发视频威胁她，她就一定会来吗？

"好吧，妈的。但是她要是没来的话，怎么办？不来你给我一百万？"

"没问题，贪。不过她要是来了的话，我要第一个上，怎么样？那我就发短信啦，说真的哦！"

朴俊奸笑着掏出了手机，开始编辑起短信来，准备和视频一起发给她。

短信里面提到：你现在来的话，我们就把它删了。你要是不来的话，我们就把它放到网上去。

"OK。发过去了，靠！"

"晕，你个臭小子真发过去了？"

两个人就这么相视而笑，等待着恩雅的回信。

＊＊＊

吴警官带着女儿在附近吃比萨，他都不记得上次这样是多久之前的事了。

他一直觉得特别对不起女儿，自己每天都这么忙，根本就没能好好照顾她，没能尽到一个好父亲的责任。特别是经过这次恩雅的案子之后，他觉得自己有必要在女儿身上多花些心思了。但是自己平常就有些寡言少语，就算有心，也不知道该怎么表达出来。所以，在他看来，带女儿出来吃顿比萨就是上上选。

恩雅那件案子让吴警官的心情有些错综复杂。在他眼里，恩雅就像是自家孩子一样。无论是审判结果，那几个臭小子毫无教养可言的言行举止，还是恩雅妈妈的反应总是让他挂心。

心烦的不仅仅是他，还有他的女儿秀敏，她可是恩雅的朋友呢。

他们俩就这样一言不发地面对面坐着。正巧这时，比萨上来了。吴警官赶紧看着女儿说道：

"来，吃吧。"

但秀敏并没有要吃的意思，只是呆呆地看着他。

"干吗呢？怎么不吃啊。"

"恩雅……怎么样了？"

吴警官不知道该怎么回答女儿小心翼翼的提问，只好胡乱搪塞道：

"都解决了，你就别想了。全都已经结束了。吃吧。"

他往秀敏的盘子里夹了一块，但秀敏却根本就不想吃，只是盯着盘子里的比萨发呆。

"爸爸……"

不知道女儿想说什么，吴警官抬起头来看着秀敏。结果秀敏竟然说了一句震惊四座的话。

"我能不能去留学啊？"

"……为什么？"

"没什么，就是……"

正吃着比萨的吴警官叹了口气，无奈地看着秀敏。大概是从上个月开始吧，秀敏突然有了很大的变化，问她上学累不累、有没有发生什么不愉快的事的时候也经常不回答。吴警官觉得这应该是秀敏的青春期有些晚的缘故。也是，这次恩雅的事也会让她有些心慌吧。

他看着女儿，心情有些复杂。边吃着东西边说道：

"出事的是你朋友，你干吗去留学啊？你还真是不讲义气啊，都不在她身边安慰安慰她。吃你的比萨吧，就当你现在在意大利。"

但秀敏还是一口都没吃。真不知道这孩子现在脑子里都在想些什么，听完吴警官的话之后好像还有些负罪感的感觉。再仔细观察观察，发现她的情绪好像还不仅仅是青春叛逆期的表现。

吴警官突然想起了什么似的，怀疑地问道：

"喂，吴秀敏。难道你知道些什么吗？"

"嗯？"

秀敏吓了一跳，不禁抬起了头。吴警官不禁提高了嗓门，大声问道：

"认认真真回答我。这件事到底和你有没有关系？"

秀敏看着爸爸的眼神中满是恐惧。

"怎么不说话了？"

在爸爸的不断催促之下，秀敏不自觉地摇着头，结结巴巴地说道：

"我也害怕啊！第一个看见恩，恩雅的人，是我……但是那几个人太可怕了，我怕我也会变得和恩雅一样……"

秀敏的身子不住地颤抖着，眼神里也满是恐惧。吴警官看着女儿，无奈地摸摸了女儿的头。

"哎，你到底随了谁啊，这么胆小？你爸爸是警察，你有什么好害怕的？不管怎么样，你一定要好好对恩雅。别弄得这么没义气。在你们这个年纪，朋友是最珍贵的，知道了吗？"

"……嗯。"

秀敏依然低着头回答道。吴警官没有发觉，有一滴眼泪落在了秀敏的校服裙子上。

***

雨淅淅沥沥地下着，冰冷的雨滴敲打在窗户上，变成一注注的水流滑了下来。宥琳失神地看着窗外已经被大雨浇湿的城市，感觉到一种莫名的平静。就好像什么事都没有发生一样。

案子的判决下来之后，恩雅的状况也没能好转。出院之后，她也只是每天躺在床上，一动也不动。别说是出门了，要不是上卫生间，就连房门，她都不迈出去一步。宥琳也为了恩雅，放弃了店里的事情，专心在家里照顾她，心情也慢慢平静下来。

窗外的倾盆大雨好像一滴滴全都狠狠地砸在宥琳身上，让她全身痛苦无比。就算她尽力想要忘却审判那天的情况，却又总会在不知不觉中想起，这种情况都快把她给折磨疯了。

现在，到底该怪谁？是那些施暴者，还是他们的父母，又或者是对他们的这种行为睁一只眼闭一只眼的社会？宥琳不知道该怎么办了。

她已经不愿意去想这件事了。每天都反复告诉自己说这件事已经结束了，自己倒下的话，恩雅就真的无所依傍了。她是孩子的母亲，在恩雅痊愈之前，自己绝对不能就此倒下。

宥琳把已经干了的衣服放在膝盖上，折一条毛巾，发一会儿呆，叠了双袜子后，又停下来发呆，就这样慢慢、慢慢地叠着。

就在这时，门铃在玄关处响起，回响在整个被沉默吞噬的屋子里。

宥琳打开门，发现是秀敏一脸紧张地站在门外。这是恩雅出事之后第一个过来看望她的朋友。

秀敏鞠了个躬，宥琳这才勉强挤出了点笑容。

"啊，是秀敏啊。过来看恩雅的吗？"

"是，那个……我来告诉她这次的考试范围。"

宥琳特别高兴地拉着秀敏进了屋，就像抓住了救命稻草一样。恩雅回家之后，一直都没有开口说话。秀敏来了之后应该多少会说些话吧，宥琳这样期望着。

"吃午饭了吗？要不阿姨给你做些什么吃吃？"

"谢谢，不用了。我刚刚已经吃过了。"

秀敏的回答尤其小心，宥琳听了之后突然觉得有些不好意思了。当时要不是秀敏报警，恩雅怎么可能那么快就进医院得到治疗，但自己当时不管三七二十一就抓着她一个劲儿地追问，竟然都没对她说上一句"对不起"，就连感谢的话也都忘到九霄云外去了，真是不应该啊。

"好吧，谢谢你了。恩雅能有你这么个朋友，还真挺幸运的。"

宥琳紧紧抓着秀敏的手，牵着她走到了恩雅的房门前。

"恩雅啊，秀敏来了。"

恩雅的房门打开了。透过一丝缝隙，秀敏看到了恩雅，她赶紧跟恩雅打了声招呼。

"你好。"

"……你好。"

又陷入了沉默。恩雅现在与之前的她发生了太大的变化，以至于秀敏不知道接下来该说些什么，只能紧张地站在门口，摆弄着自己的手指。看不下去的宥琳连忙笑着对恩雅说：

"干吗呢？你朋友来了，出来见见吧。"

一直面无表情的恩雅这才慢吞吞地从门后走了出来。

"你怎么来了？"

"马上就要考试了……你不是还不清楚考试范围吗。"

恩雅和秀敏肩并肩地坐在沙发上。

恩雅的面前，不知不觉已经摆上了秀敏的课本和笔记，秀敏把它们一一摆好之后，就开始讲解了。

"从这里到这里，这儿会出到的。啊，这儿也会出两道题……"

恩雅一直似听非听地坐在旁边盯着秀敏看着。但秀敏好像有些不敢和恩雅对视似的，只是一直摆弄着课本和笔记，埋头认真说明着，尽量避开恩雅的眼神。

"啊，这部分的内容我已经复印好带过来了，你应该需要看看，我就不带走了。然后还有这个，从这儿开始……"

两个人就那样自己干自己的，尴尬的氛围尤其明显。就像分在两个不同世界的人坐在一起一样，感觉有什么东西横亘在她们之间。

这时，一直在厨房削水果的宥琳端着果盘走了过来。

"来，吃点水果再说吧。"

宥琳用叉子叉了两个水果，递给她们俩。秀敏鞠躬之后接了过去，但恩雅却还是茫然地坐着，一直看着秀敏的笔记本。

宥琳伸出的手稍稍降低了一些。虽然鼻头有些酸酸的，但她还是强忍住了，装作不在意地笑了笑。

秀敏好像有些看不下去了，突然出了声。

"赶快来上学吧，同学们都还挺挂念你的。"

宥琳赶紧搭腔说道：

"是啊，还要去学校参加期中考试……"

但这只起到了反效果。一直没说话的恩雅突然很讽刺地顶了一句：

"挂念我？到底在挂念我什么？"

她的声音听起来十分尖锐刺耳。恩雅心灵的伤口正在慢慢地腐烂，使得她现在的性格也有些阴郁了。她朝秀敏瞪着眼睛追问道：

"其他同学为什么要挂念我？他们都背着我说些什么？"

秀敏根本就没想到恩雅会是这个反应，只好小声回答说：

"那个，因为你一直都没来上课，所以……"

"你跟大家说了些什么吗？"

恩雅反问的时候，声音隐隐有些发抖。

"不是因为说了些奇怪的话，大家才会这样议论我的吗？"

恩雅的音调越来越高，秀敏已经有些惊慌失措了，挥着手否认着，想要尝试着去安慰情绪有些失控的恩雅。

"不是的。我什么都没说，真的。"

"真的？那你为什么从刚才开始就一直不敢看我？你进门之后都没敢直视我的眼睛！"

恩雅最终高声吼了起来，拿起面前的笔记本扔了出去。

宥琳也被恩雅的行为吓了一跳，连忙上去抓住恩雅，但却没能起到什么作用。恩雅怒气冲冲地朝秀敏扔着书，恶狠狠地训斥着她。秀敏极度委屈地摇着头，但却一直没有抬起头来看恩雅。

"你肯定在学校把我的事添油加醋大说特说了一番吧？我到底发生了什么事，现在全校同学应该都知道了吧！"

"不是的，我什么都没说，真的……"

"说谎，你不要再跟我撒谎了！"

宥琳抱着突然情绪激动的恩雅，使劲晃着她的肩膀。

"恩雅啊，你怎么了？秀敏是因为关心你才过来的，你怎么能这样呢！"

但现在的恩雅，完全听不进妈妈的劝告。

"我不回学校！不去！我不去！"

恩雅的脸色特别难看，她突然甩开宥琳，一下子站了起来，抓起茶几上的笔记本和课本就是一顿乱撕，疯了似的把那些纸扔得到处都是。

宥琳和秀敏已经被吓傻了，被恩雅扔过来的书砸中之后也不知道要去阻拦她。恩雅哭得像个泪人一样，宥琳觉得她这段时间忍了又忍的眼泪终于决堤了。

"出去！我让你出去！以后不要再出现在我面前！"

恩雅哭喊着，一支笔从秀敏的笔筒中飞了出来，直接划过了秀敏的脸。

"……啊！"

一道小伤口。恩雅看到秀敏的脸出血之后，也稍微冷静了一些。宥琳这才稍微安了下心，朝秀敏走了过去。

"秀敏啊，秀敏！你还好吗？"

"什么？嗯……没，没事的。"

秀敏随口回答了一句。她好像被恩雅突变的样子吓得不轻，已经感觉不到疼痛了。

宥琳连忙拿来消毒药给她抹上，还贴了一个创可贴。恩雅在一旁看着秀敏，有些坐立不安。应急处理完了之后，秀敏细心地收拾好了自己的书包，站了起来。

"对不起。我……先走了。"

秀敏逃也似的奔向玄关，恩雅见状，突然就变了脸。宥琳还没来得及阻挡，她又猛地站起来尖声叫道：

"你肯定也认为我像个傻子一样吧？那个臭男人有什么好的……你就觉得我自作自受对吧！所以你才会来找我。我也觉得我自己特别可怜，觉得我身上脏死了！"

听到这话，秀敏回过头来。

"不是你想的那样。"

秀敏背着书包站在门口，不知何时，她的脸上也满是眼泪。她从沙发上起身时好像就开始流泪了，现在更像决了堤的洪水一样，泪流不止。

"因为我觉得对不起你，因为我不能为你做些什么……我当时应该拉着你，不让你去才对。因为我没能拉住你……对不起……"

秀敏哭着解释着，恩雅也号啕大哭起来。

"怎么办……我该怎么办，秀敏啊。我以后该怎么办……"

"你什么都没做错，是那群人太坏了。你没有错，恩雅啊……"

秀敏扔下书包，奔向恩雅，一把抱住瘫在地上的恩雅嘤嘤哭了起来。她就那样抱着一直让她走的恩雅，陪着她哭了很久。

秀敏陪着恩雅哭了很长一段时间后就回家了，走时还说明天会继续过来，恩雅在她走后也没有回到自己的房间，而是盘着腿窝在客厅的沙发上坐着。

不论是恩雅，还是宥琳，两个人的眼睛都肿得高高的。然后宥琳开始忙碌了，先收拾了果盘，紧接着又叠完了衣服，还把遥控器递给恩雅，让她看看电视什么的。

突然，一直缩在沙发上，看着窗外的恩雅说话了。

"妈妈……为什么这种事情会发生在我的身上呢？"

并没有什么理由。宥琳也想这么问，为什么偏偏就发生在我女儿身上，她是个多么善良、多么美丽的孩子啊。

恩雅没有焦点的眼里流下了滚烫的泪水。宥琳也不知道该说些什么，只能把女儿搂在怀里，轻轻安抚着她。

"很累吧，恩雅啊，我的宝贝女儿……"

"妈妈……"

"你就把这次的事情当成你人生中将要经历的所有困难吧，这次过后就不会再有下一次了。恩雅，然后咱们把它彻底忘掉，好吗？那么就会没事的。妈妈会一直守护在你的身边，所以会没事的，一定会没事的。"

恩雅一直在默默流泪，宥琳就这样一直重复着这些话，安慰着依偎在自己怀里的女儿，抚摸着她的背，一直到她哭累了为止。

恩雅在妈妈怀里哭到泪干的时候，宥琳悄悄地用手擦了擦恩雅的眼睛，感觉自己有些对不起女儿。

"妈妈，秀敏她……会很生气吧？毕竟她什么都没做错啊。"

"没关系的，秀敏是个很善良的孩子，她会理解你的。妈妈会转告她的，说你觉得很对不起她。"

"……嗯嗯。"

秀敏的突然出现反而让恩雅的状态好了一些，宥琳不禁有些高兴。

"我们去洗洗吧，先洗个手。"

宥琳想牵着恩雅的手去洗手间，但恩雅却还是窝在沙发上，一动不动。

"没用的。"

"什么……？"

恩雅苦笑着看着稍有些惊讶的宥琳，轻声说道：

"我很脏的。不管我怎么洗，都不会干净了。"

宥琳瞬间无话可说，只能傻傻地看着恩雅，她心里的怒火又开始上升了。为什么我女儿要受这种罪？她才是真正想要问这个问题的人。

第二天，秀敏按照约定来了家里。恩雅虽然还是一脸的尴尬，但已经进步到自己主动开门走出来了。

"昨天还没整理完吧，所以……我在笔记本上重新抄了一份带过来了，在这儿呢。"

秀敏有些结巴地说着话，掏出一本新笔记本递给了恩雅。打开一看，里面用十分可爱的圆圆字体标出了考试范围和重要科目的重点。这么多内容，不可能在一两个小时之内全部写完的。秀敏好像为了恩雅，从昨晚开始一直写到来恩雅家之前的感觉。

恩雅紧紧抱着笔记本，直直地看着秀敏，好像下了很大的决心似的，开口说道：

"……谢谢。"

"没事啦，又不是什么大事。很快就写完了的。"

"还有，昨天……"

恩雅有些犹豫，秀敏紧闭着嘴等着恩雅继续往下说。

"昨天……对不起。"

"啊？没事，没关系的。你别老放在心上。"

秀敏又安慰了好几次，说自己没关系，让她别觉得对不起自己，恩雅这才点了点头。这下两个人终于可以一起安心学习了，可是恩雅却老是不在状态，集中不了注意力。没办法，宥琳只好把秀敏送走了。秀敏也有些无可奈何，在电梯里长长地叹了口气。

那天晚上，恩雅怎么都睡不着，一直在床上翻来覆去。这时，秀敏给她发来了一条短信。

——我有些话要跟你说。我们明天……在外面见个面吧？

秀敏发来的话，看起来有些沉重。恩雅盯着手机画面，陷入了沉思。自己回家之后，妈妈虽然提议了好几次，想让自己出去走走，但到现在为止，自己还没有出过家门呢。看了秀敏的短信之后，恩雅觉得明天外出这个建议也不错。

恩雅一想到妈妈每天晚上都会因为担心自己而难以入睡，经常在客厅里打转，就觉得自己现在也应该努力克服一下心理障碍了。于是，她给秀敏回了短信，约她明天在小区前面的公园里见面。

第二天到了。正好是周日，恩雅一直睡到正午才起床，宥琳十分开心地问她：

"今天周日，我们要不点外卖吃？你想吃什么？"

"妈妈，我出去一会儿。"

宥琳不由得睁大了眼睛。去哪儿，见谁，什么时候回来？宥琳想问的问题数不胜数，但她却有些犹豫。纠结了好久之后，终于决定什么都不问，只是笑着回答道：

"是吗？天气也不错，挺好的。要不要给你点零用钱？或者我跟你一起出去，你看怎么样？"

"没事儿的。你就别出来了。钱我这儿还有。"

恩雅摇摇头，拒绝了宥琳的提议。叼了一块宥琳大早上买回来的面包就回房间了。过了一会儿，她一身便装地出门了。

"快去快回哦，恩雅。"

宥琳用力抱了抱恩雅，把她送出了家门。恩雅对妈妈说了句"我很快就回来"之后，慢慢走出了小区。

明明约好了在公园里见面的，秀敏却站在恩雅家小区门口等着她。看见恩雅在往外走，秀敏一下子抬起了头。恩雅赶紧朝她走过来，但脸上的表情还是有些尴尬。

"你什么时候到的？"

恩雅问道。秀敏往前迈了一步。

"就刚刚。我们去一趟便利店吧？"

两个少女每人拿着一罐热乎乎的饮料，向公园走了过去。一开始两人还走得挺快，走着走着，速度就慢了下来。恩雅和秀敏都陷入各自的沉思当中，没有一个人敢轻易开口说话。

虽然是周末，但公园里的人却不多。偶尔能看见几个运动的人，或者是牵着宠物出来散步的人经过。恩雅和秀敏找到一条长椅坐下，嘴里还咬着饮料。

恩雅在想妈妈。有些事妈妈可能不知道，恩雅心里一直都很清楚妈妈每晚都会躲在自己房间里偷偷流泪。恩雅只要稍微在浴室里待的时间久一点，妈妈也会紧张地在门外打转。还有那天自己穿的校服、内衣已经全都找不到了，这也是妈妈悄悄处理掉的结果。

宥琳自从那天之后，就再也没有做过面包、曲奇、巧克力，再也没见她去过店里了。她只是每天围着恩雅打转，陪着恩雅说话，等着恩雅痊愈。

今天也是这样。自己明明可以告诉妈妈今天是跟秀敏有约，但就是不知该怎么说出口。宥琳也只是对恩雅报以微笑，没有再多问。

自己这样做，并不是因为怨恨妈妈，只是觉得很对不起妈妈，仅此而已。本来想成为妈妈的好女儿，但事情发展成这样，恩雅觉得这全部都是自己的错，根本就不敢跟妈妈对视。

她叹了口气。她感觉到秀敏因为自己的叹气声抬起头看向了自己。

恩雅这才开了口，缓缓说道：

"不是说……有话要跟我说吗。是什么？"

"嗯？啊……"

现在轮到秀敏没话说了。有话要说的人是秀敏，为什么她自己都这么欲言又止呢，她到底想说些什么？

"怎么了？"

恩雅再次问道。秀敏双手紧握着咖啡罐，低低地垂下了头。然后小声开口说道：

"那个，恩雅啊……"

就在这时，秀敏的手机响了起来，音乐声把凑过头去听秀敏说话的恩雅吓了一大跳。秀敏慌慌张张地拿出手机，接起了电话。

"爸爸？怎么啦？……不是。现在？……知道了。"

秀敏一脸死灰地挂掉了电话。她的表情，让人感觉有些失望，又有些安心。她看着有些意外的恩雅，说道：

"真的对不起，我姑姑突然来家里了，但是爸爸在外面……要不我们明天再说，可以吗？"

虽然对她将要说的事情比较好奇，但她也很有可能只是想说些安慰自己的话，所以恩雅无所谓地点了点头，表示同意了。从长椅上起身的秀敏，不知怎么的，恩雅觉得她表情竟然有些急切。她拜托恩雅说：

"明天一定要见面哦，知道了吗？我会给你打电话的。"

"……知道了。"

"那我先走了哈。"

"哦，去吧。"

秀敏说完，朝着家的方向飞奔而去。恩雅一个人坐在冰冷的长椅上，喝完手中的饮料之后，也慢慢走回了家。

***

下午两点，宥琳端着盛满零食的盘子站在恩雅的房门口。

她买了恩雅喜欢吃的零食，但却没有勇气进去。对现在的宥琳来说，叹气已经是常事了。她咬着嘴唇犹豫了一下，抬手敲了敲门。

"恩雅啊，你今天得去上课吧。"

没有回答，宥琳轻手轻脚地拧开把手走了进去。恩雅背对着她，躺在床上一动也没动。宥琳爱怜地看着女儿，把盘子放在桌上，轻声劝道：

"要重新去上课，还要去见见同学们啊。"

"……以后吧。"

"好吧，那你要不要跟妈妈一块儿出去旅游啊？你之前不是一直想去济州岛吗。"

"妈妈……"

"嗯？恩雅啊。"

"我可以当作什么事都没有发生过吗，如果那么做的话……"

恩雅转过身来，面对着宥琳问道。宥琳坐在床边，温柔地抚摸着恩雅的肩膀。

"我真的可以当作什么事都没有发生过一样吗？"

她的声音没有一点生气，干巴巴的。宥琳再也无法接下话去了，只能抓住恩雅露在空气中的手。

"恩雅啊，你想转学吗？"

"……转学？"

"嗯，我们转学吧。再搬一次家也没关系。要不……也可以回原来住的地方。你想怎么办，我全都听你的。"

"真的……？"

恩雅抬起了头，满是渴望地望着宥琳问道。宥琳用力地点了点头，为了恩雅，她没什么不能做的。

"转学吧，恩雅。"

"妈妈……"

恩雅站起来，投入了宥琳的怀抱。虽然两个人都已经热泪盈眶，但她们都尽力忍住了。宥琳就那样抱着恩雅，很长时间都没有松手，然后故意比较开心地问道：

"我们出去吃饭吧，怎么样？找个氛围比较好的地方，去吃牛排啊之类的。"

"……哪里？"

恩雅开心地笑了。

"去哪儿呢，杨平？弥沙里？或者我们开车去看海，怎么样？"

"嗯，妈妈你觉得哪儿方便就去哪儿吧。"

恩雅点头同意了。宥琳终于露出了久违的笑容，两人约着换好衣服之后在客厅会合后，宥琳就出去了。

恩雅现在最需要的就是时间。宥琳下定决心一定要耐心等待，她特别感谢恩雅给了自己一些回应，这意味着恩雅也在努力恢复着。走出恩雅的房间之后，宥琳就开始忙碌了起来。她换好衣服，收拾好包包，还带了一些零食，怕恩雅在路上饿着肚子。这时，恩雅的房间里突然传出了一声尖叫。

啊啊啊啊啊！

宥琳手中的盘子掉在地上，零食撒了一地。她连忙奔向恩雅的房间。

"怎，怎么啦？恩雅！出了什么事？"

那明明就是恩雅在尖叫。刚刚还因为要出去吃饭而高兴的孩子，现在就像个疯子似的不断尖叫着。

啊啊啊啊！

宥琳惊慌不已，赶紧去拧恩雅的房门，但不知何时，房门已经从里面上锁了，宥琳根本就打不开。

"恩雅啊，到底出了什么事？你倒是先把门打开啊！"

恩雅恐惧中带着呜咽的声音不断地从房间里传出，宥琳虽然一直摆弄着门把手，但无论如何也打不开门。宥琳一头雾水，不知道里面到底发生了什么事。

恐惧侵袭着宥琳，她都快急疯了。

"恩雅！恩雅啊……！"

宥琳不断地捶着门，侧耳倾听着里面的动静。突然，里面安静了下来，听不见任何声响了。

不安至极。宥琳觉得不能再等下去了，转身去客厅的抽屉里拿出了备用钥匙。就在这时，恩雅的房门咔嚓一声打开了。

"……恩雅？"

穿着一身便装的恩雅从房间里走了出来，一只手上还拿着大提琴包。她面无表情地看着宥琳，冷冷地开口说道：

"我去上提琴课。"

"……恩雅啊，现在吗？"

"嗯，现在。"

宥琳有些不敢相信她说的话，不禁睁大了眼睛看着她。最终妥协了。

"去吧，要我陪你一起去吗？"

"不用，我自己去会更好一些。"

恩雅说完之后就逃也似的离开了。

谁都能看出来恩雅现在的状态很不正常，宥琳连忙尾随着恩雅出了家门。但恩雅已经跑得很远了。

　　"恩雅啊……！"

　　不论宥琳怎么呼唤，恩雅还是没有回头。

刘恩雅

宥琳为了做外出的准备，走出房间之后，恩雅不禁松了一口气，看向自己的书桌。桌子上，各种各样的零食装满了整个盘子，里面全都是恩雅喜欢吃的东西。

虽然自己很感谢妈妈，也有些对不起妈妈，但就是不知道该怎么把这些感情给表现出来。

恩雅有多难过，宥琳也就有多难过。恩雅慢慢从床上起身，站了起来。

有些头晕目眩。恩雅只得又坐回床上，痛苦地揉着太阳穴来缓解疼痛。一想到宥琳，恩雅就想立刻站起来，告诉她自己已经没什么大碍了。但事情总是不尽如人意，现在只要恩雅一闭眼，脑子里就全部都是当时的画面，这一直折磨着恩雅，让她难以入眠。最近，恩雅每晚都会做噩梦。

不对，应该说现实本身就是一个噩梦。

她的状态并没有随着时间的流逝有所好转，反倒是越来越严重了。

嗡嗡嗡。

手机突然振动了起来。恩雅以为是秀敏发来的短信，立刻拿起了手机。里面是一条视频短信，恩雅盯着手机画面，感觉有些奇怪。

那个号码自己从来都没见过。恩雅下意识地点开了播放键，自己再熟悉不过的场面呈现在她的面前。

"……！"

是那天，那个地方。那个黑暗又冰冷的屋顶。

画面里，恩雅满是恐惧的脸占据了整个屏幕。晃动得特别厉害的画面里，唯独恩雅惨白的脸被拍得清清楚楚。那几个臭小子的奸笑声，恩雅可怜的呜咽声，还有她无力挣扎的裸体都被摄像机给记录了下来。

一段很长的视频。恩雅不禁瘫软在地。

她确认视频和短信的手指不住地颤抖着。

——拍得不错吧？你现在过来的话呢，我就把这个删了，不来的话，我就把它放到网上去。

"……啊啊啊啊啊啊！"

最终，恩雅爆发出了阵阵尖叫，做好了出门的准备。

***

"呼，呼，呼……"

恩雅满脸惊恐地奋力奔跑着，她觉得妈妈肯定会不放心她一个人出门，自己要甩开妈妈就只能尽力奔跑，就算跑岔气了也不能停下来。

千万不能让妈妈知道那件事。她简直就不敢想象如果有人看到那个视频之后会怎么样，就算是妈妈宥琳也不行，不对，因为她是妈妈，所以更加不能让她看见。

恩雅现在满脑子想的都是要删掉那个视频。她踉踉跄跄地跑着，口袋里还悄悄藏了把水果刀。

她奋力奔向短信里说的那个地方，朴俊每过一段时间就会给她发一条短信，告诉她该怎么走。

——经过 star KTV 之后，有一个十字路口，向右转之后往上走。

恩雅眼泪汪汪地按照指示走了上去。前方有两名警察好像正在巡逻，恩雅不由得停下了脚步，噙着泪水看着那两名警察。

好想得到他们的帮助啊，好想过去求他们救救自己啊。

但恩雅知道，自己那样做根本不起作用。不论是在屋顶，在医院，还是在警局，在法庭，所有的一切都让恩雅重新认识到了这一事实。没有谁能够帮她，有视频捏在他们手上，恩雅根本就没办法向别人求救。

警察们没有察觉到任何的不对劲，径直从恩雅身边走了过去。

"……呼，呼。"

都要哭了。朴俊的催命短信又来了。

——你这个臭婊子到底什么时候才能来啊，还不给老子快点？

恩雅无奈地闭上了双眼，眼泪顺着脸颊流了下来。她又开始跑了起来。虽然中途妈妈打了好几个电话，发了好几条短信，但恩雅全都没有理会她。

她就那样奔跑了好一阵子，终于，拐进了一条脏兮兮的小胡同里。两边的墙体看起来已经有些年代了，地上到处都是垃圾，这个地方对恩雅来说极其陌生。但恩雅并没有犹豫，她握了握口袋里的水果刀，走了进去。

——蓝色大门。

恩雅很快就找到了。就是这里，朴俊的家。恩雅咬着嘴唇，掏出了水果刀。

"晕，你他妈还真的来了啊。"

嘎吱一声，朴俊一把将门打开，奸笑着朝着恩雅走了过来。恩雅被吓了一跳，连忙将水果刀藏在身后。

"先进去吧，我们进去说。"

恩雅透过门缝瞄了一眼朴俊的家。里面的摆设都很平常，但在恩雅看来，那里就像是地狱一般，感觉自己会有去无回。一进门，恩雅就敏感地觉得有些不同寻常，不由得往后退了几步。

"啊，妈的。老子让你进来，别那么婆婆妈妈的。"

朴俊留心了一下四周，发现并没有人之后，一把抓住了恩雅的胳膊，把她拖进了屋里，然后迅速地锁上了门。他还刻意反锁了一下，这样，就算是天皇老子也进不来了。

然后他用力把恩雅推进了客厅里，大笑着朝里屋高声喊道：

"喂，妈的，你快出来看看是谁来了，嘿嘿嘿。"

房门紧接着被打开了，韩闵久探出了头。他看见跌坐在地上的恩雅，一脸不可置信地笑着说：

"什么情况？真来了啊。"

"我说什么来着？所以这次该我第一个上了吧？"

"知道啦，你个臭小子。我就让你这一次，你麻利点。"

恩雅并没有听见他们互相开玩笑似的对话，只是自己慢慢地从地上站起来，低声说道：

"把视频交出来。"

朴俊装作被吓了 跳的样子，反问道：

"什么？"

"我说让你们把视频交出来。"

"你在说什么啊？"

"……你不是说我过来的话就会把视频删掉吗，不是说会全部删掉的吗！"

恩雅失声叫道。朴俊和韩闵久就像已经约定好了似的，互相看了一眼，同时爆发出一阵狂笑。

"噗！噗哈哈哈！"

"噗哈哈哈哈！这小妞脑子没出什么问题吧？！"

"咳，咳咳咳！她现在在说什么呢？看样子她还病得不轻呢，是吧？要不怎么会自己找过来呢！咳咳咳！"

他们还在狂笑着，恩雅感觉有些不太对劲，但这时已经来不及了。窄小的房间里，根本就没有逃跑的余地。恩雅弯着腰，掏出刀子，对准了那两个嘲笑自己的臭小子，然后尖声叫道：

"我说，把视频给我交出来！"

刀子虽然是对准了他们，但恩雅握着刀的手却是不住地颤抖着。他们觉得恩雅的这副模样真是可笑极了，继续无所谓地嘲笑着她。

"哎哟哟，我真他妈的怕死了哟。"

"要是一不小心，就能把我们给刺死吧？"

他们俩没有一点惧意地朝恩雅逼近，还一个劲地戳着恩雅的头，继续嘲笑她。恩雅有些手足无措，只能满是惊恐地看着他们，泪水就在眼眶里打转。

"喂，你个疯婆子。你以为你拿着这个戳戳，别人就完蛋了？再怎么也该拿把菜刀或者是刺刀过来才像话嘛。"

"反正她也不敢刺的，跟个神经病似的……"

"视，视频，我让你们把视频交出来！"

恩雅终于忍不住了，她紧闭着双眼，对着空中就是一阵乱刺。闵久一不小心被她刺伤了。恩雅感觉刀尖划过了什么东西，一下子睁大了双眼。

"我靠，妈的，怎么回事……？"

血顺着闵久的手指流了下来，他自己也被吓了一跳，低头看了眼伤口。好像只是被划破了一下皮，但血却比想象中流得多。看到闵久的胳膊上流满了鲜血，恩雅倒吸了一口凉气。她受了惊的脸，比受伤的闵久还要苍白。

"我，我不是真的打算……"

"说些什么鬼话呢，你个臭婊子！"

闵久怒火中烧，对着恩雅的脸就是一巴掌。挨了一巴掌的恩雅无力地摔倒在地。

"啊，妈的，疼死了。这个是不是得绑一下啊？"

朴俊看着在旁边大呼小叫的闵久，嘲笑着说道：

"有病，稍微处理一下就行了，还在这儿大呼小叫。贴个创可贴吧，臭小子。倒是她伤了你，我一定要让她尝点苦头吃，给她点惩罚才行。"

"哎哟！我肏他妈的！还真是什么倒霉事都让我给撞见了。你今儿死定了，你个臭婊子！"

他们的影子渐渐逼近了摔倒在地的恩雅，她惊慌不已，想要从地上爬起来逃走，但却都是无用功。韩闵久一脚踢在恩雅的肚子上，她疼得只能捂着肚子，蜷缩在地板上，无法动弹。

那两个人就像事先约好了似的，朝恩雅扑了过来。

恩雅看着压在自己身上的韩闵久和朴俊，他们沉重的喘息声就回响在自己的耳边。真希望能把耳朵堵住。不，是想把耳朵给切下来。她还想把他们黏黏的皮肤和手脚从自己身上挪开，但无论她如何挣扎，也是无济于事。她的双手被绑得死死的，嘴也被他们那充满血腥味的魔爪给捂着，根本就没办法发出一点求救的声音。

与那时一模一样。其实，更加凄惨。

一直努力回避的噩梦再现的瞬间，恩雅的眼神再次失去了焦点。

***

——以后我们一叫呢，你就麻利地赶紧过来。知道了吗？要想报警的话呢，只管报，反正到时候我可不知道谁会把视频放到网上去。只要我们坚持说是一不小心放上去的，警察也拿我们没办法，懂了吗？还有啊，是你自己走过来的，可不是我们把你拉过来的哟。

——你也就当是享受吧。反正不管是做一次，还是做十次，不都没啥区别嘛，不是吗？

天空在旋转着。恩雅单肩背着大提琴，晃晃悠悠地走着。她已经不记得自己是什么时候，怎么走出韩闵久家的了，只知道是自己捡起散落在各个角落的衣服，自己缓缓走出了玄关。身后，他们的嘲笑声就像一双无形的手一样，抓着恩雅的脚腕，让她寸步难行。

太重了。恩雅在路边停了下来，把提琴包放在地上，呆呆地看着它。

以前为了参加比赛，每天去上大提琴课的日子，仿佛离自己已经很久远了。恩雅抱着提琴包坐在路边，疼痛从大腿一直延伸到小腹，胃里还不断地泛着恶心。她深呼吸了好久，不知道自己该何去何从。

路过的行人对她投来好奇的目光。恩雅就像什么都看不见似的，面无表情地坐在路边，过了好久才站起身来，然后装作什么事情都没发生过似的，背着提琴包走了。

并没有什么目的地。恩雅好像已经忘却了疼痛，漫无边际地走着。她还希望自己就这样，走着走着消失了，那该有多好。只要看到有车过来，她就想冲到马路中间去；看到高楼，就想从楼顶上一跃而下。

恩雅就那样魂不守舍地游荡在街上，橱窗的玻璃反射出了恩雅现在的模样。她顶着一头乱蓬蓬的头发，脸上还有些红色的伤痕，衣服也已经乱得不成样子了。她就这样衣衫不整地站在那里。

真可怕。

可怕到已经无法忍受了。她定定地盯着橱窗中的自己，却发现里面的人突然变成了视频中的自己，那里的她双眼紧闭，被脱光的身子努力挣扎着，但却明显显得有些有气无力，眼泪顺着她的脸颊缓缓流了下来。

韩闵久和朴俊把视频举到恩雅的面前，强制性地让她看。恩雅闭眼坚决不看的话，他们就把音量提高，放在她的耳边让她听。如果她尖叫着拼命挣扎的话，他们则像看闹剧似的哈哈大笑。这样的话，还不如像当时一样直接晕倒呢，这样就不会有这些诅咒一样的东西跟着她了。

恩雅再也受不了了，她开始狂奔起来。跟跟跄跄的她总是跌倒，再爬起，再跌倒，再爬起，最终，她跑进了一条没有橱窗的小巷。

恩雅有些双腿发软。直接瘫倒在了地上。她抱着提琴包，把头深深地埋进了双腿之间。

滴，滴。眼泪终于夺眶而出。

"……呜呜。妈妈，我该怎么办……怎么办。"

如果时间可以倒回的话，当时应该能做些什么的。

恩雅就那样哭了很久。这时，有一个人走了进来，站在了她的面前。恩雅连这都没有意识到，还在埋头哭着。嗒嗒，鞋敲着地板的声音。恩雅有些愣愣地抬起头来。

是奎珍。她和朋友们进到巷子里抽烟，偶然间发现了恩雅。

"喂……刘恩雅，好久不见啊？要见你一面还真不容易，妈的，都差点儿想去找你了。"

恩雅没有任何反应，只是抬起被泪水弄花的脸，呆呆地看着奎珍。失去了焦点的眼神里没有一丝感情。

任谁看都知道恩雅现在的状态有些不对劲，但奎珍并没有离开，反倒是走上前去，把恩雅抱在怀里的提琴包一把扔了出去，然后敲着恩雅的头说道：

"你以为我不知道吗？臭婊子，你听不懂人话是吧？我不是让你不要老缠着尹兆涵的吗！"

恩雅依然没有回答，也没有发出一丝呻吟。她只是任由奎珍对自己拳打脚踢，自己却依旧瘫软在地上，喘着气。

"听说你跟尹兆涵睡了！你以为我不知道吗？"

看到恩雅没有一点反应，奎珍更加上火了，她开始对恩雅扇起了耳光。恩雅依旧只是躺在地上，无言地接受着暴风雨般的洗礼。奎珍的朋友们见状，也都跑过来对恩雅拳脚相向，还有人踩着她的头发泄愤。

"喜欢吗？高兴坏了吧？妈的……还装清纯，早在你开始摇尾巴的时候就该把你看清楚的！"

喜欢？恩雅想着。

说我喜欢？

韩闵久讽刺自己的话语又一次回荡在恩雅的耳边。

——你也就当是享受吧。反正不管是做一次，还是做十次，不都没啥区别嘛。

她还想起了法庭上，律师逼问自己的话。

——你是因为喜欢尹兆涵，所以才没有反抗的，对吗？

说我喜欢？高兴……我高兴！

"啊，啊啊……啊啊啊啊啊！"

恩雅的悲鸣声回荡在狭窄的小巷里，像是要把巷子给撕裂了似的刺耳。

5

宥琳一直在小区里寻找着恩雅，但是恩雅就像消失了似的，不论怎么找都找不到。

恩雅出门之前，她就知道恩雅说要去上大提琴课是在说谎，但是以防万一，宥琳还是给学校打了通电话。果不其然，恩雅根本就没去上课。

那她到底是去了哪里呢。

宥琳突然想起了恩雅出门之前的行为有些反常，不禁有些心虚起来。担心着女儿的宥琳越想越不对劲，连忙给秀敏打了个电话。

"秀敏啊，是阿姨，恩雅的妈妈。你跟我们家恩雅……在一起吗？"

但秀敏对此一无所知。她也有些不安起来，不禁反问起宥琳来，问她恩雅到底去哪儿了。

"她就忽然出门了，我怎么找都找不到她……你知道她可能会去的地方吗？"

电话那头的秀敏也有些着急了，她告诉宥琳自己也会马上出门去找恩雅之后就急急忙忙地出门了。

"好的，谢谢你啊，秀敏。找到恩雅之后还麻烦你一定要给我打个电话。"

宥琳的心情十分沉重，就像有个重物一直压在自己心头一样。她在家周围转了转，没有发现恩雅的踪影，便急忙回家拿了点东西之后直奔公园而去。恩雅的手机之前一直是无人接听的状态，可是现在已经变成关机了，电话里只有冰冷的提示音不断地重复着。

肯定是出事了。

要是她出门的时候说只是出去散散步，自己也就不会这么担心了。宥琳就像失了魂似的，在小区附近徘徊了不到半个小时，最终还是不放心地给吴警官打了个电话。

很幸运的是，吴警官马上赶了过来，加入了寻找恩雅的行列之中。

"恩雅出门之前说她要去上大提琴课？"

"对。但是……她并没有过去。出门之前她突然在自己的房间里尖叫了好一阵子，然后有些恍恍惚惚地就出去了。"

泪水浸湿了宥琳的眼眶，她的精神已经濒临崩溃了。虽然自己努力不去想，但她害怕恩雅会一时半会儿的想不开。

就算宥琳没有再继续解释下去，吴警官也猜出了点什么不同寻常，他轻轻摇了摇头，告诉自己那是不可能的，但这并没有起到什么效果。现在只有尽快找到恩雅，把她实实在在地抱在怀里才能安心。宥琳因为担心女儿而全身不住地发抖着。

"不管怎么样，你还是在家里等着恩雅会比较好。我会一直在这附近巡视的，您就先回家吧。"

"不要！我们家恩雅现在还不知道在什么地方遇到些什么事呢……"

宥琳心里十分着急，声调也不自觉地高了八度，她扔下吴警官，边跑边呼唤着恩雅的名字，她撕心裂肺的声音回荡在狭窄的巷子里，久久没有消逝。她顺着小区公园一路向恩雅的补习班找过去，但依然没能发现恩雅的身影。

吴警官也放弃了让宥琳先行回家的想法。太阳慢慢地落山了，昏暗的街道上，路灯已经渐渐地亮了起来。宥琳留意着身边路过的行人，仔细地打量着他们的脸。就在他们经过离补习班不远的一个小巷子的时候。

"啊，啊啊……啊啊啊啊啊！"

尖叫声从巷子深处传了出来。虽然那个声音听起来很遥远，但这一声悲鸣似乎牵动了宥琳的心，她突然停下脚步，回过头来。

"恩雅，是恩雅……是我们家恩雅！"

"恩雅妈妈！"

宥琳开始飞奔了起来，吴警官也连忙追着宥琳的脚步跟了过去。

幽暗狭窄的小巷里，遍地都散落着烟蒂。冰冷的水泥墙之间，聚集着一群女学生，她们看着跟恩雅的年纪差不多。其中，有一个人跌坐在脏兮兮的地板上，她的头都低得快挨着地了，乌黑的长发包裹着她瘦小的身躯。

是恩雅。

宥琳踉踉跄跄地奔向恩雅，嘴里还不断地呼唤着她的名字。

"恩雅啊！恩雅！"

那群学生看到冲过来的宥琳和她身后的吴警官之后，立马四散逃开了。

"啊，妈的，快跑！"

"我靠。快跑！快……"

瞬间，孩子们已经逃得无影无踪，只剩下恩雅一个人静静地瘫软在地上。宥琳只能捂着嘴看着女儿，不知道自己该说些什么才好。

恩雅趴在冰冷的地板上，沉重地喘着粗气。她身上的毛衣已经被撕扯得不成样子了，头发也变得乱糟糟的，被拉开的伤口处，鲜血不停地往外冒着。恩雅的双眼肿得老高，但眼里却已经失去了光彩。她就那样一声不吭地趴在地上，只是双手握拳地护在自己胸前，全身都在发抖。

"恩雅啊……"

宥琳陪着她跪在地上，把她抱在怀里，呜咽着准备扶着她出去。

吴警官就站在这对母女身边，低着头，一脸复杂的表情。

＊

宥琳想带恩雅去医院看看，但恩雅却极力反抗，死活都不愿意。无奈之下，母女俩只好回了家。恩雅一回家便直奔浴室，想把身上洗得干干净净。宥琳则拿出一堆消毒药、绷带什么的，坐在客厅里等着恩雅出来。但一个小时过去了，浴室里却一点动静都没有，恩雅根本就没想从里面出来。

"……恩雅啊。"

宥琳有些不安，轻轻敲了敲浴室的门。这时，她听到恩雅的声音断断续续地传了出来。

"让我安静一会儿吧，妈妈。"

然后，里面响起了哗啦啦的水声。恩雅没有再多说什么，宥琳敲门的手无力地垂了下来，她顺着门滑坐在地，头深深地埋入了膝盖。

这个噩梦到底何时才是个头呀？

到底该怎么做，才能把恩雅从绝望的深渊之中解救出来？宥琳对无能为力的自己感到十分厌恶。对于那群在巷子里殴打自己的孩子们，恩雅闭口不提。只是敷衍着回答说自己也不认识她们，不知道为什么她们会找上门来。

蜷缩在地上的宥琳觉得天旋地转，这让她感觉世界如此之大，却没有自己的容身之所。身为母亲的她都已经如此绝望，那么恩雅的世界已经坍塌成什么样了呢？

应该已经是水深火热，一片狼藉了吧。

宥琳只要一想到这些，就觉得天都快要塌下来似的难受。泪水终于决了堤似的奔涌而下，她只能捂住嘴，防止自己的哭声被里面的恩雅听见。

宥琳靠着门哭了很久，稍稍平复一下心情之后才突然意识到，浴室里面已经听不见水声了。恩雅都已经在浴室里待了两个小时了，到现在都还没出来。

突然，极度的不安扑面而来。这种感觉就跟恩雅消失的时候一模一样。宥琳抬起头，擦了擦眼泪，晃晃悠悠地站起来，然后将耳朵贴近浴室。

但里面安安静静的，没有任何声响。

叫了几声恩雅，里面也没有回答。宥琳的心不禁沉了下去，使劲敲着门喊道：

"恩雅！你一直在里面干吗？……我很担心啊，这么长时间也该出来了吧。"

就算是这样，里面还是没有一点声音。宥琳尝试着推门进去，但门好像从里面上了锁，无论如何都打不开。

宥琳急忙让恩雅开开门，但无论怎么叫，恩雅就是没有回答。

再也不能坐视不管了。宥琳拖着拖鞋，急急忙忙去客厅的抽屉里找出了备用钥匙出来，准备直接闯进去。

也许是太过紧张的缘故，宥琳试了好几遍，才成功地把钥匙插进孔里，打开了浴室的门。

"……恩，恩雅！"

恩雅双眼紧闭地靠着浴缸，身上的瘀青清晰可见，清秀的脸已经高高肿起，伤口也多得数不过来了。不仅如此，不知道她是怎么把刀带进来的，浴室的地面上，被割下来的长发散落了一地。

那一头的乌黑长发就那样被她胡乱揪着割了下来。

宥琳只觉得全身的血液都凝固了起来，急忙奔过去抱住恩雅，不断抚摸着她瘦弱的肩膀。原以为已经流干了的眼泪再次流了下来。

"恩雅，打起精神来啊……拜托了，好吗？妈妈求求你了。你让我做什么都行，恩雅……"

浴缸里的水已经凉透了。宥琳奋力想把恩雅从浴缸里扶出来，恩雅却只是面无表情地睁开眼，看着宥琳的脸叫道：

"……妈妈。"

恩雅慢慢抬起浸泡在水中的双手，再一次抓住了自己的头发。咔嚓一声，又一缕头发被割了下来。所有的动作都发生在一瞬间，宥琳根本就来不及去阻止。恩雅就像一个没有生命的人一样，没有焦点地望着虚空。现在的她，跟原来的她简直判若两人。

恩雅一把将头发扔在地上，感觉连自己的头发都是那么的肮脏不堪。

宥琳失神地看着这一切。过了好久才缓过神来，慌忙夺下恩雅手中的刀。

"恩雅啊，别这样，好吗？我们还是去医院吧。"

恩雅全身无力地跌坐在地上，失声哭喊道：

"我想一个人待着。我……我就想一个人待一会儿，妈妈。"

"不行。恩雅啊，我们还是出去吧。"

"我只想一个人静一静，我拜托你不要管我！"

恩雅大叫着推开宥琳，光着身子朝自己的房间跑了过去。

哐——！

恩雅使劲关上房门，发出一声巨响。宥琳看着紧闭的房门，不禁再一次滑倒在地。

***

宥琳想了又想，还是觉得不能放任恩雅再这样继续下去。只要一想到恩雅现在如此的痛苦不堪，而那几个该死的臭小子却逍遥法外，宥琳就觉得愤怒不已。

别说时间是最好的良药，现在都过去这么久了，恩雅受到的伤害却越来越重，宥琳的生活也被搞得一塌糊涂。母女两人已经陷入了绝望的深渊，整天失魂落魄，像行尸走肉一般。眼看着店里装修的日子越来越近了，但恩雅却不能离开恩雅一步，根本就没有心思去想别的事情。

这时，她突然想到了一位律师，说不定她能帮到自己。

安慧秀。老公的前任情人，现任老婆。

她是宥琳认识的最有能力的女律师。虽然两人之间的关系并不好，但她至少也能跟恩雅挂上一点钩，就凭这一点，宥琳觉得，她是一个值得自己信任的人选。

过去的 2 年间，她一直环绕在宥琳和她的老公身边，扰乱着他们的生活。当时，宥琳还觉得特别愤怒，特别委屈，认为她就是破坏自己家庭的元凶。但现在，这些都已经不重要了。

慧秀是一名很优秀的律师。她在自己离婚的过程中将双方的纷争降到最低，使老公尽可能多地获得了利益。就算是在调解室里跟自己碰面的时候，她也没有一丝的胆怯，敢于正视自己的眼睛。

宥琳一想到这些，立刻拿起包包出门了。

当初为了调查老公的出轨行为时拿到的住址，没想到竟然在这时候派上用场了。她把车停好，急忙走进了电梯。下了电梯后，宥琳走在陌生的走廊里，脑子里面飘过了很多种与他们见面的情景。

自己是为了惩罚那些畜生才出此下策的，但这真的能够帮到恩雅吗？这次再失败的话，自己又该怎么办呢？

宥琳站在慧秀的公寓门口，深吸一口气，慢慢按下了门铃。

她肯定无法拒绝自己的请求。

按了两次之后，屋里传出了一个男声。宥琳觉得那个声音听着有些耳熟，不禁皱了皱眉头。咔嚓一声，门开了。一个40多岁的男人穿着家居服探出身来。

刘英民。宥琳的前任老公。

"怎，怎么了？你怎么会在这儿……？"

老公有些惊慌地看着宥琳。但宥琳却只是皱着眉头狠狠盯着他。

这时，他的身后传来了慧秀的声音。

"谁呀？"

虽然时间还不算晚，但慧秀已经换上了一身华丽的睡衣了。老公尽量挡住站在门口的宥琳，回答道：

"没，没什么。你先进去吧，人家找我有些事……"

但这根本就没用，因为宥琳的目标并不是他。

"我不是过来找你的。"

宥琳有点话中带刺地顶了一句，直直地看着慧秀。她推开老公，往前走了一步，慧秀也被她的突然到访吓了一跳，睁大了眼睛看着她。宥琳开口说道：

"有时间跟我聊一聊吗？"

"……什么？跟我吗？"

"对，我是专程过来见你的。"

慧秀瞟了老公一眼，又看向了宥琳。站在门口的老公有些不知所措，他叹了口气之后很严肃地问道：

"你现在是在干吗？"

"我们出去说吧，我会在外面等你。"

宥琳像根本就没听到老公的话似的，转身出门了。不论老公在身后喊什么，她都当作没听见。他们俩现在是同居还是结婚，这对自己来说已经什么都不重要了。

宥琳先下楼，站在楼前等着慧秀。不久之后，换了一身便装的慧秀走了出来。

"我们找个安静的地方再谈吧，跟我来。"

宥琳领着慧秀向地下停车场走去，坐上了自己的车。慧秀犹豫了一下之后，也坐上了副驾驶座。瞬间，沉默在既冰凉又窄小的车里扩散开来。

"您请说吧。"

稍等了一会儿的慧秀小心翼翼地说道。但宥琳依然还在犹豫着，不知道该怎么开口。她不知道自己该以什么话来开始这次谈话。恩雅经受的那些可怕的事要通过自己的嘴来给老公的情妇讲述出来，她根本就无法开这个口。

但她一想到揪着头发痛哭的恩雅，就觉得自己无论如何都必须要把这件事给解决了。宥琳再次下定决心，轻轻地开口说道：

"我就不拐弯抹角了。我遇到了些问题……如果你能帮我的话，那就太感谢你了。"

"到底是什么问题呢？"

慧秀再次小心问道。宥琳闭上双眼，一脸痛苦地叹了口气。

"我现在正在准备上诉。所以，我需要一个律师。我过来找你就是因为这个，我觉得你就是那个可以帮到我的律师。"

"但是我……"

"不用担心。我现在没有一点私人感情在里面。律师费我也会一分不少地给你的。"

宥琳已经下定决心，坚定地说道。慧秀也正色问道：

"到底发生了什么？"

"……从现在开始，我所说的事，还希望你不要让那个人知道。"

然后，宥琳把这段时间发生的事都给慧秀描述了一遍，那些让恩雅生不如死的事。慧秀貌似也被这件事惊到了，她不知道自己该做些什么反应才应该是正常的。

"怎，怎么会发生这样的事……？"

"还请你不要问了，因为我也想不通为什么这些事会发生在我女儿身上，我也无法相信。所以，我希望这件事情，你能帮到我。"

宥琳说完这句话之后定定地看着慧秀。慧秀跟宥琳对视了一下，咽了口口水问道：

"……为什么是我呢？"

使恩雅失去爸爸的女人。慧秀也应该知道自己对宥琳和恩雅来说是个大罪人。宥琳想不出来她有什么理由去拒绝自己的请求。

她继续对低头不语的慧秀说道：

"你是我认识的唯一一个女律师，通过我的离婚诉讼，我也知道你有多优秀。"

慧秀觉得胸口闷闷的，车里浑浊的空气让她觉得有些呼吸不畅。她凝视着窗外，摆弄着自己的长发。宥琳的这个请求，她答应也不是，不答应也不是，这让她很难抉择。

宥琳根本就没有心思去等她的回答，直接追问道：

"怎么样？你想帮我吗？"

"我也不清楚这样做到底合不合适。"

"是因为那个人吗？"

慧秀还在犹豫中。宥琳知道她到底在顾虑些什么，不禁皱起了眉头。

"你跟他认识多久了？"

"快2年了……"

慧秀并没有继续说下去。其实，他们应该认识3年多了，但她还是没有说实话。宥琳的脸映在车窗上。慧秀再也坚持不下去了，连忙打开了车门。她瞟了一眼宥琳，说道：

"我做不到……对不起。"

宥琳苍白的手一把抓住了正要逃离的慧秀，慧秀的动作被迫停了下来。宥琳抓着她的胳膊，冷冷地盯着她，咬牙切齿地一个字一个字说道：

"你，好像还没搞清楚情况，我现在并不是在请求，而是在要求你。因为你……"

宥琳的狠话呼之欲出，但她还是忍住了，没有说出来。她咬着嘴唇，深呼吸了好几次，尽量压住自己的怒气继续说道：

"你……因为你欠我的，如果我没有跟那个人分开的话，也就不会有这些事了。"

慧秀靠在座椅上，痛苦地闭上了眼睛。恩雅的这件事，不论是英民，还是慧秀，都要承担一定的责任。宥琳坚持这样的说法，而且在慧秀看来，她的这个说法其实是没错的。

慧秀把打开的车门重新关了起来。就像刚开始时那样，两人之间又充满了寂静。

但这次开口打破沉寂的，是慧秀。

"……你想要的结果是什么呢？"

审判有可能会被延迟，最后也有可能得不到宥琳想要的结果，而且，慧秀还没能充分了解事件的前因后果。但她有必要知道，宥琳想要的结果到底是什么。

宥琳平静地看着前方，坚决地回答道：

"死刑，全部都是。"

***

宥琳在提交上诉状之前，又去找了一趟负责恩雅这个事件的检察官。他在听完宥琳的理由之后，满脸复杂地靠在沙发上，双手扶着额头，显得十分郁闷。

"我之间也跟您说过，这个要判他们有罪几乎是不可能的。证明是强奸罪的证据不足，更何况犯罪者还都是青少年……"

全都是些消极的分析。这样不行，那样也不行，大韩民国的法律到底是为谁而定的？宥琳都想直接去法院门口示威反抗了。

但自己还是不能就此放弃。时间拖得越久，恩雅就会越痛苦。就算是为了恩雅，也绝不能就这样简单了事。

"学校那边会不会有帮助呢？学校的老师和同学都清楚恩雅平时是怎样的孩子，只要他们肯出面做证的话……"

但检察官依然只是摇头，否定了宥琳的假设。

"这应该也没什么效果可言。"

"等等，那我们也该给学校打个电话试试。"

宥琳心急地掏出电话，找到恩雅学校的号码，没有一丝犹豫地拨了出去。

信号音响了几声之后，一个年轻的女声接起了电话。

"那个，我是高一（3）班刘恩雅的监护人。我想约校长面谈一下……"

电话那头让宥琳稍等一下，然后传来了一阵骚乱声。宥琳平静地等着那边的回信。不久，一个中年男性接起了电话。

"嗯，您好。我是高一（3）班刘恩雅的……"

宥琳的话还没说完，就被校长怒气冲天的声音给生生打断了。

——啊啊，就是你吧？那个孩子的母亲。我说，你还想跟学校谈些什么？你就那么想看学校因为这件事而完蛋吗？

宥琳做梦都没想到对方的态度是这样的，她有些反应不过来这是个什么情况，特别无语地张着嘴，却不知道该说些什么。电话那头的校长见这边没什么反驳，态度更差地高声嚷嚷道：

——早就有闲言闲语说这件事了！托你女儿的福，我们学校的口碑已经差得不能再差了！人家都叫我们粪桶学校！

"这，您到底在说些什么啊？"

——发生那件事的时候不是已经放学了吗！那你为什么还要学校来负责呢！

真是没有比这个更让人无语的事了。宥琳苍白的脸因为愤

怒而变得通红,满腔的抑郁之情无法发泄,她已经快听不下去了。但校长却根本就不考虑宥琳的感受,继续朝她吼道:

——不是说在补习班那边出事的吗,补习班!

"您说什么?你现在……"

——你现在可能还没搞清楚,为孩子的行为负责的不应该是学校,而是你们这些父母!

"喂,怎么说话的呢!"

宥琳终于忍不下去,对着电话吼道。

"你们这些做老师的真是……!那是作为教书育人的人该说的话吗?学校的名誉比学生更重要吗?你倒是说话啊!你要是害怕那些闲言碎语,好啊,我就通过报纸、网络把这件事宣传宣传,让媒体播播学校的大名,让你们学校在全国民面前丢脸丢个痛快!"

——喂。你以为你这样做,丢脸的只有学校吗?你女儿应该更倒霉吧,嗯?报纸?电视台?你有本事就把他们叫过来试试啊。你想让你的宝贝女儿一辈子都背着被强奸的烙印吗?作为父母……你有时间还是好好教育教育自己家孩子吧,不要老想着法来丢学校的脸!

真是不敢相信。校长像倒豆子似的说完自己的话之后就直接把电话给挂断了,对面只传来一阵阵忙音。宥琳握着电话的手不住地颤抖着，愤怒的泪水浸湿了她的眼眶。

也不知道一直坐在旁边的检察官是不是听到了通话内容，宥琳听到他发出了一声叹息。

"……学校方面应该也不会提供什么帮助的，毕竟这次事件也让学校的形象大打折扣了。"

宥琳伤心地低下头，不断折磨着自己的头发。

"他们应该也会想办法让那些问题学生毕业吧。以后如果再发生类似的事件的话，他们也会很头疼。"

"……所以，也就是说走法律程序应该是行不通了吧？"

前路渺茫应该形容的就是现在的这种情况了吧。宥琳的双手顺着脸颊无力垂下，她突然想起了还在家里的恩雅。

"可以这么说。不管你请多优秀的律师和检察官，结果也几乎不会有什么变化。"

这个世道到底怎么了，竟然把最需要保护的孩子放在最危险的地方。这所有的一切就像是自己的错一样。暴力并没有一次性就结束，它就像多米诺骨牌一样，一个接一个地折磨着她们母女。

这时，就在检察官正在整理文件的时候，办公室的门突然被推开了，某个人走了进来。是宥琳的前任丈夫刘英民。他一进门就发现了坐在办公室里的宥琳，十分生气地大步走过来吼道：

"你算个什么啊！"

宥琳抬起头来。事情发展成这样，宥琳根本就不想见到英民。

"我怎么了？"

宥琳尖锐地顶了一下嘴。英民不由得皱起了眉头。

"为什么不告诉我？你把我当成什么人了……你这是在无视我吗？我是孩子的爸爸，是她的爸爸啊！你到底是怎么看孩子的？恩雅现在在哪里？她现在在哪儿！"

他恨不得揪着宥琳的衣领问。宥琳觉得无语至极，腾地一下站起来，看着老公。什么好事都没做，现在还好意思跑过来发脾气。做了爸爸之后就没做过一件像父母的事。现在孩子出事了，也只会在这儿发火。

宥琳盯着老公的脸，冷冷说道：

"别在这儿嘚瑟，臭男人。"

"什，什么？"

"如果不是你抛弃我们母女，也就不会发生这种事了。你跟那些畜生们又有什么不同？你就是他们的共犯，共犯！"

宥琳怒火中烧，她的尖叫声充斥着整间办公室。她提着包，头也不回地夺门而出。身后，老公的高喊声传来：

"喂！金宥琳！你给我站住！"

检察官一脸复杂地看着他们俩，什么话都没说。

李慧珍

随处可见的糕点店。虽然是一家连锁店，但可能地理位置不是特别好，店里总是显得冷冷清清的。

"还不如让我们忙起来呢，这样就不用想些杂七杂八的事了。"

留着一头帅气短发的女生站在柜台里，揉着自己的左手心里埋怨道。她的名字叫作李慧珍。

慧珍正想拿柜台上的英文菜单看一下，电话就在这时响了起来。

"啊，妈妈。没有，都没有客人。嗯，你的胳膊又不疼，赶紧过来吧，我都无聊死了。哈？算了，补习班。哎呀，我都说了我不想去！……哎，来客人了，挂了哈。"

当当，门上的铃铛响起，一位客人走了进来。

是一位留着短发的女高中生。

"欢迎光临。"

看着感觉像是跟自己同岁，还以为认识呢。但仔细一看，却发现是一个不认识的新面孔。苍白的皮肤，圆圆的大眼睛，但她的眼神里微微地透露出一些恐惧。

短发女生没有看柜台，径直走到蛋糕柜前停下，指着其中的一个蛋糕说道：

"请给我把这个包起来。"

那是一个小巧可爱的戚风蛋糕。

慧珍从蛋糕柜里拿出蛋糕，但胳膊突然一阵刺痛，蛋糕就在手上稍微晃了一下。可能是因为石膏还没拆多久的缘故吧，手上总有点使不上劲儿。要是蛋糕真掉下去的话，回头就该听妈妈那无止境的唠叨了。她暗自说了句脏话，对顾客问道：

"您需要几支蜡烛呢？"

"36支。"

很奇怪的数字。要是给父母的话，显得有点儿少，给哥哥姐姐的话，又多得有点离谱。难道是要做什么援交之类的活动？但如果是援交的话，也应该是她收到蛋糕，那又有什么必要来买呢？

慧珍心里想这些有的没的，但还是没有忘记妈妈的教导。她继续问道：

"蛋糕上需要帮您写上些什么吗？"

生意不好，所以妈妈想出这一招来提高服务质量。但似乎这也没什么特别的效果。

听到自己的问话，那个女生低着头犹豫了一下回答道：

"……我可以自己写吗？"

这也没什么不行的。正好自己还没那个信心呢，她要自己写，写坏了也不能怪别人。

慧珍连忙点了点头，回答道：

"好的，没问题。请您来这边……"

女生跟着慧珍进到里面，按照慧珍说的方法开始写了起来。她好像还挺紧张的，手一直在发抖。

慧珍还挺好奇她到底要写什么的，一直盯着她看着。

但那个女生写着写着就哭了起来。

"这是咋回事？"

出于礼貌，自己貌似也该问一问，看是否需要帮忙。但慧珍犹豫了一下，最终没有开口。

"那天"之后，慧珍就算是看到别人有些疼痛的时候，也不会贸然走过去询问了。因为当自己跌入深渊的时候，最希望的就是"别人都不知道！"所以慧珍虽然看到了那个女生的眼泪，也没有开口去问，只是安安静静地帮她结完账，然后就没有下文了。

然后，随着当当的一声，她看着女生离去的背影想到：

"也是，虽然不知道出了什么事，但肯定不会比我遇到的事更严重……妈的。"

6

恩雅站在窗边，出神地望着窗外。

根据宥琳的建议，她把头发剪成很干练的短发，发尾一直不断扫得脖子痒痒的。窗外，灰色的天空底下，一幢幢公寓高高地耸立着。远处的街道上，行人匆匆的身影不断映入恩雅的眼帘。

跟往常一样，宥琳又坚持打了好几通电话，但恩雅一直都没接。秀敏以前还经常给自己打个电话，发个短信什么的，现在也渐渐变得没消息了。刚开始她还说有什么话想对自己说来着，现在连她也没这个心情了。

每当身上有些刺痛的时候，恩雅都会不自觉地想起那天的事，这让她觉得自己快要疯掉，更加无法正常入睡。只要她一躺在床上，她就感觉全身酸痛，就像在游乐园里玩儿了一整天似的筋疲力尽。

比那件事情更可怕的是，事情到现在还没有结束。恩雅心里很清楚，只要视频还在他们手上，她就没办法脱身。说不定他们什么时候兴趣来了又会把自己叫过去给糟蹋一番。

恩雅看着窗户上的自己，脸上写满了无助和绝望。只要一想到视频的问题，她的脸就不由得皱成了一团。

她觉得自己的身体就像穿了个孔似的，每当呼吸的时候就会有一股寒气穿身而过。

宥琳看着恩雅的背影，深深叹了口气。恩雅到现在还是不愿意去学校上课，她根本就不愿意出门。她每天都沉浸在自己的伤心中，心情总是无比沉重。只顾着跟前夫斗争，上诉也一直没什么进展。不仅如此，装修咖啡店的日子也越来越近，但没有人去负责这件事。

真是一件顺心的事都没有。

这时，恩雅叫住了正要进厨房的宥琳。

"妈妈。"

恩雅虽然开口了，但却没有回头，只是背对着宥琳望着远处。宥琳苦笑一下，回答道：

"嗯？怎么啦？"

"明天是你的生日……对不起，我应该买个礼物给你的。"

"啊，还真是呢……"

自己最近忙得焦头烂额的，都把这件事给忘得一干二净了。明天就是自己的生日了，恩雅竟然经历了这么多事情之后还能记得自己的生日……宥琳突然觉得特别对不起恩雅，泪水就那样毫无预兆地流了下来。为了不让恩雅发现自己的异常，她赶紧低头擦了擦眼泪，若无其事地说：

"没关系啦，恩雅。谢谢你还记着我的生日，我有你这份心就够了。"

就算两个人在说话，但恩雅也一直望着窗外。宥琳犹豫了一下，又加上了一句。

"恩雅啊，明天我生日，要不我们做些什么好吃的来吃吃？"

"……好啊。"

"我好想跟你一起去买东西啊，我们去购物吧。对了，要不要把秀敏也叫上？"

"对不起，妈妈。就我们俩吧，两个人就好。"

恩雅的声音小得像蚊子在哼哼似的。宥琳擦干眼泪，从沙发上站起身来。

"好吧，就这么说定了哈。就我们俩好好玩玩儿。"

宥琳说完就开始忙开了，只要能让恩雅开心，她做什么都行。

恩雅也回到房间里开始收拾衣服，忙了起来。

玻璃窗可以映出宥琳的身影，恩雅通过窗户把宥琳的一举一动看得清清楚楚。宥琳悄悄擦眼泪的动作都没能逃过恩雅的眼睛。但恩雅觉得实在是太对不起妈妈了，她不知道该说些什么去安慰她。就在这时，丁零一声，手机响了起来。恩雅全身一震，条件反射似的先确认了发件人。

又是那群家伙。

恩雅拿着手机的双手不住地颤抖着，泪水从她惊恐不已的眼里流了出来。那是朴俊打来的电话，恩雅立刻本能地把它挂断了。紧接着，手机收到了一条短信。

——你以为你挂了电话我就找不到你了吗，喂，第三条还没拍呢，哈哈哈，明儿再来一趟吧。

恩雅的预感是准确的。噩梦并没有结束，搞不好现在才只是刚开始。

宥琳朝着浑身僵硬的恩雅走了过来。

"恩雅，不出去了吗？"

恩雅有些欲哭无泪地看着宥琳。

"那个，妈妈……"

"恩雅，怎么了，怎么突然这样啊？"

"我，我……"

恩雅不知道该怎么回答，只能无助地看着妈妈。可怜兮兮的眼里再一次充满了泪水。她欲言又止地犹豫了好一阵子，然后小心翼翼地开口说道：

"……我突然好想爸爸啊。"

"什么？现在吗？"

"嗯，就现在……"

宥琳看了眼恩雅，无可奈何地掏出了电话。

但不论她怎么打，老公就是不接，这让宥琳有些坐立不安起来。

"爸爸可能有些忙，联系不上他。要不然我们直接去找他吧，你要一起去吗？"

"……不了，我就在家里等着。"

"那，那好吧。我去去就回，你一定要好好在家待着哦。一定，知道了吗？"

"嗯。"

宥琳有些不太放心地看了看恩雅，犹豫了一下之后还是走了。她急忙驱车前往慧秀的公寓，而且在开车的时候也一直在不断地给老公打电话，但那边却还是没有接。

最终，她给老公留了一条留言。

"有件事要拜托你，希望你一定要帮我。这是恩雅的要求，今天……"

恩雅站在阳台上，看着宥琳的车飞快地开了出去。她赶忙回到房间，换了身衣服，奔向附近的一家糕点店。她要给妈妈准备一个最后的礼物。

***

宥琳像泄了气的皮球似的回到了家。

老公直到最后也没有跟她见面。虽然她一直坚持着给他打电话、发短信，但老公自始至终都没有任何回复。看样子他还在因为恩雅的事情而生气呢，他竟然都不顾恩雅的请求，坚持不接自己的电话。宥琳觉得心寒极了，她觉得事情发展成这样，所有的错都在自己身上，都是自己把事情弄成这副模样的。

心情无比沉重的宥琳觉得自己的双腿像灌了铅似的沉重不已。下了电梯之后，她走在回家的走廊里，叹息一声接着一声。最后，她终于下定决心，打开门回到了家里。

"恩雅，我回来啦。"

虽然自己的心情差到了极点，但她还是故作开心地跟恩雅打着招呼，毕竟作为母亲，坚决不能让女儿看到自己无助的一面。但恩雅却没有回答她。

家里安静极了。

有些不对劲。家里的空气仿佛变得特别沉重，特别的不自然。宥琳突然感觉家里的一切都是那么的陌生。她以为恩雅出门了，但恩雅的鞋却还整整齐齐地放在玄关处，跟自己出门之前一模一样。

宥琳突然听到了一些哗啦啦的水声从浴室里传了出来。

"恩雅！你在里面吗？"

宥琳边敲门边问道，但里面还是安安静静的，一点回应都没有。

真奇怪。寂静让宥琳觉得十分不安，她的心脏开始剧烈地跳动起来。

肯定又出了什么事了。

宥琳轻手轻脚地拧了一下门把手，发现门并没有上锁。

但推开门之后呈现在宥琳眼前的一幕，让宥琳觉得简直是难以置信。

血红的水不断地从浴缸里溢出，恩雅就安静地躺在里面，一动也不动。水一直从龙头里面流着，恩雅的脸上已经失去了血色，水溅得她满脸都是。浴缸和浴室的地板上全是恐怖的鲜红色。宥琳顺着溢出的血水看向恩雅，发现她的手腕处还不断有鲜血流出来。

她失声尖叫着冲向恩雅。

"恩雅啊——！"

恩雅全身都浸泡在浴缸里，双眼紧闭着。身边，划开她手腕的水果刀静静地躺在地上。

宥琳连忙关上水龙头，惊慌失措地把恩雅从浴缸里抱了出来。冰凉的血水染红了宥琳雪白的开衫。她把恩雅放在浴室的地板上，鲜血还在不停地从她纤细的手腕处喷涌而出。

宥琳有些六神无主地环顾了一下四周，发现墙上挂着的毛巾。她连忙用毛巾包住恩雅的手腕，尽量帮助她止血。

"恩雅，恩雅！是妈妈啊，你听得见我说话吗？"

但不论她如何呼唤，恩雅就是没有反应。宥琳一直哭着摇晃着恩雅的身子，试图把她摇醒，但根本就没什么效果。恩雅只是紧闭着双眼，一动不动。她的嘴唇已经由蓝转紫，失去血色的脸色就像尸体一样苍白得可怕极了。

说不定恩雅就会这么去了，说不定恩雅就再也不会睁开她的眼睛了，想到这些，宥琳突然觉得眼前一片漆黑。

必须要去医院。幸好离家不远的地方就有一家大医院。宥琳也不知道哪儿来那么大的力气，她直接把恩雅背起来，夺门而出。

等电梯的时候，宥琳觉得时间无比漫长。正在她考虑要不要走楼梯的时候，电梯门开了。

恩雅的重量全都压在宥琳身上，全身冰凉不已。下楼的时候，宥琳也没有放弃，一直呼唤着她的名字，但恩雅依然没有任何反应。

"恩雅，恩雅啊！你听得见我说话吗？恩雅啊，拜托你回答一下吧，恩雅啊……！"

寂静的电梯里，回荡着宥琳撕心裂肺的哭喊声。鲜血顺着恩雅的手，一滴一滴砸在地板上，杂乱无章。宥琳咬咬牙，强打起精神。她不能就这样看着女儿离开，女儿实在是太可怜了，她不能看着女儿就此死去。

宥琳背着恩雅，跟跟跄跄地撑到了停车场。身边的路人都惊讶地看着这对母女，泪水模糊了她的双眼。但宥琳现在什么都管不了了，她满脑子里只有一个想法——一定要让恩雅活过来。

"再等等！再稍等一下下就好……恩雅啊，妈妈一定会把你救活的，你再等等……！"

也许是听到了宥琳的呼唤，坐在副驾驶座的恩雅稍微有了点反应。她沙哑地叫了一声妈妈。

"妈……妈……"

"恩，恩雅啊！你醒了吗？"

"妈……妈……"

"没事的，恩雅！会没事的！一定会没事的……！"

宥琳边发车，边急急忙忙跟恩雅说着话，但她总是会被自己的呜咽声打断，几乎很难说一句完整的话。但无论如何，自己都要保持跟恩雅说话的状态，坚决不能让恩雅再睡过去，一心不能二用的她只要一开口就会忘了开车，这让她有些力不从心。身旁，恩雅断断续续地说着话。

"妈……妈，不要……哭……"

我的宝贝。我捧在手心都怕化了的宝贝现在正在一步步地接近死亡的边缘。恩雅就是她的全部，但现在，那唯一的一道光线也正在慢慢黯淡下去。宥琳觉得通往医院的路和阴沉的天空全都要消失一样，让她无法呼吸。

不论自己如何努力，眼泪还是不争气地流了下来。宥琳尽可能把车开得平稳，但被泪水模糊的视线还是不断影响着她。她明显地可以感觉到，随着时间的流逝，恩雅的呼吸也越来越虚弱。不祥的预感一直折磨着宥琳，缠在恩雅手上的白毛巾不知不觉已经被鲜血染得通红了。

"不行，恩雅啊……不行。你不能就这样留妈妈一个人在世上！"

一到医院，宥琳又背起了恩雅。已经失去知觉的恩雅不断地往下滑，宥琳用尽自己最后的一丝力气把她往上挪了挪，奔向急救中心。虽然摔倒了，虽然膝盖被擦破了皮，但宥琳就像没感觉一样，只顾着往前冲。她光着脚努力走着，脸色比背上的恩雅还要苍白。

"那个！快来救救我们家孩子……！"

好不容易到了急救中心，宥琳高声喊着，向医护人员求助。医生和护士们听见声响，纷纷跑了过来，帮忙把恩雅挪到了移动病床上。眼看着恩雅被戴上了氧气罩，推进了急救室，宥琳又忍不住哭了出来。

"恩雅啊，恩雅……"

宥琳已经疲惫到了极限，哭着瘫倒在地。

***

"失血过多。血压几乎没了，失血实在是太多了！"

恩雅躺在手术台上，全身插满了医疗设备。她的身边围绕着一圈医护人员，他们正准备给她做心肺复苏。

宥琳双手合十，透过急救室的玻璃门看着这一切。不安充斥着她的世界，她开始祈祷，虽然她并不信这些东西。

"上帝啊，救救我们恩雅吧。再让她陪我一段时间吧，让她无忧无虑地多活一段时间吧。请不要把她从我身边带走……求求您……"

恩雅躺在雪白的手术台上，没有一丝反应。医生们的脸上满是焦急，不论是心肺复苏还是电击，这些对恩雅来说，一点效果都没有。

"再用点力！现在还有希望！"

"血！直接拧开，马上输血！"

宥琳根本就听不见医生们的高喊声，她只是注视着手术台上的恩雅，嘴里不停地跟恩雅说着话"快起来，不要丢下我一个人，不要就这么走……"

就在这时，心电图发出尖锐的响声，划过了急救室里每个人的心。

哔哔——！

医生们还在咬着牙，坚持做着心肺复苏，但已经没用了。不论他们怎么努力，恩雅的脉搏已经停止了。

在旁边站着的另一位医生有些虚脱地走向恩雅，拿手电筒照了一下恩雅的眼睛，然后摇着头往后退了下去。

20点20分，恩雅咽下了最后一口气。

简直不敢相信。宥琳的心脏也跟恩雅一起停止了跳动。

"患者去世了。"

谁死了？宥琳有些不可置信地抬起头，看着里面的医生们。医生们则满脸沉痛地低下了头。

不可能，恩雅怎么会死呢。他们肯定弄错了。

肯定是因为伤口太大了，医生们只是做了这样一个假设而已，恩雅怎么可能丢下妈妈一个人呢，她不是这样的孩子。来医院的时候，她还打起精神让自己不要哭呢，这么善良的孩子，怎么可能就这么死了呢。

我的孩子，那是我的孩子啊！

宥琳的大脑里一片空白，她再也听不进任何话了。说谎，他们全都在说谎。恩雅失神地望着手术台上的恩雅，她的脸是那样惨白，和妈妈神似的眼睛，还有鼻子……还以为不论如何她都会笑着守候在自己身边，还以为她会一直陪着自己这个不懂事的妈妈，还以为……

泪水滚烫，眼睛就像被火烧似的难受。

"啊，啊啊啊……"

宥琳的双腿发软，原地晕了过去，跌进了无底深渊之中。

***

有个幻影一直在脑子里重播，好像之前在哪里见过一样。

某个月夜，银白的月光倾洒在自行车的车轮上，宥琳在前面骑着车，恩雅拿着澡篮坐在后座上，母女俩还未干的头发飘扬在风中。

宥琳晃晃悠悠地骑着车，毫无顾忌地嘲笑着恩雅。

“喂，恩雅。你该减减肥了，你太重，我都踩不动车了。”

“呀，妈妈！”

恩雅噘着小嘴，撒娇似的打着宥琳的背。

“这边的汗蒸房比原来那边的更棒，对吧？”

恩雅并没有回答，只是把脸靠在了宥琳的背上，像个小孩儿似的蹭了蹭，满脸幸福地笑了起来。

“哇！我觉得，妈妈身上的味道最好闻了。”

宥琳觉得有点痒痒，身子晃了晃，突然失去了重心。自行车也跟着她晃了起来。

“哎呀，小心点嘛。那儿可是我的性敏感地带哦。”

恩雅被宥琳的玩笑逗得大笑不止。两个人的笑声回荡在公园里，久久没有散去。恩雅一直挠宥琳的痒痒，宥琳则为了摆脱她的魔爪使劲儿晃着车，像要把恩雅摔下去似的。

随着时间的流逝，洒满月光的公园上空，恩雅的笑声渐渐减弱了。宥琳的耳边，还有心里也渐渐听不见恩雅的声音了。

现在，她什么声音都听不见了。

宥琳慢慢睁开了眼睛。

陌生的天花板映入眼帘。雪白的天花板和刺鼻的消毒水味道。她稍微转了转头，白色的窗帘和吐着蒸汽的加湿器也进入了她的视线。这是医院的急救中心。宥琳这才想起了一些片段，猛地一下坐了起来。然后跌跌撞撞地向之前恩雅躺着的急救室走去。

但那里，已经没有了恩雅的身影，只剩一张床空空地摆着。

宥琳有点不知所措，一名护士朝她走了过来，对她说道：

"你女儿在那里。"

宥琳跟着护士，转身走向一张被床帘挡住的床。

她慢慢拨开床帘，身上盖着白床单的恩雅就安安静静地躺在那里。宥琳的双手又开始颤抖起来，她轻轻掀起床单，恩雅的脸呈现在她面前。一张没有血色的，冰冷的脸……她伸手抚摸着恩雅的脸，她的脸是如此的冰凉，就像被冰冻了一样，冰凉刺骨。

"恩，恩雅，恩雅啊……"

也许是哭了太多的缘故，宥琳已经没有眼泪可以流了。她的眼睛干涩得生疼生疼的，却没有一滴眼泪。

现在的宥琳，比之前的任何时候都要哭得伤心。

她根本就不敢相信恩雅已经死了，还一直在不断地抚摸着恩雅的头发，她觉得只要一直摸着，恩雅就会突然睁开眼睛对着自己笑，以为恩雅还会埋怨她来迟了，认为恩雅还会撒着娇说自己睡不着，让宥琳陪着她多玩一会儿。

但恩雅并没有笑起来，也没有哭，她只是安静地躺在那里，身体渐渐变凉。

她就那样丢下宥琳，一个人走了。

"呜，呜呜呜呜呜……"

宥琳握着恩雅的手，颤抖不止。

"恩雅，恩雅啊？恩雅……恩雅，恩雅，恩雅啊……"

周围的人们都向母女投去怜悯的眼光。宥琳把自己的额头印在恩雅的额头上，失声痛哭起来。

***

恩雅的葬礼办得很简单。

宥琳身穿黑色丧服坐在恩雅的遗像前面。那还是当时为纪念恩雅上高中而拍的照片，照片里面，恩雅看着宥琳，笑得特别开朗。宥琳出神地看着恩雅的照片，想起了当年恩雅下定决心说要好好学习，要更加用功练习大提琴，争取在高中生大提琴大赛中获奖的样子。现在，恩雅已经离开了，但宥琳还记得她所说过的话。

在宥琳出神的时候，过来看望恩雅的人流源源不绝。亲戚、朋友、吴警官和秀敏也过来了。已经离婚了的老公也陪着宥琳，守在恩雅的遗像前。之前还是不吵不欢的两个人在恩雅离世之后也渐渐冷静了下来，没有了恩雅，任何吵架都失去了它的意义。

"恩雅妈妈。"

吴警官走了过来。宥琳闻声抬起头来，她的眼里布满了血丝，那是她长时间没能睡觉，没能好好休息的结果。她的脸已经瘦得不成人样了，泪痕还清晰地挂在脸上。她应该很久都没有好好吃顿饭了。

恩雅死了，自己的孩子那么痛苦地结束了自己的生命，宥琳哪里还有心情吃饭？光想想她就直觉得反胃。

吴警官看着这样的宥琳，有些可惜地开口说道：

"恩雅妈妈，您还是多少吃点儿饭吧……"

宥琳坚决地摇头拒绝了。她是坚决不会离开恩雅半步的，坚决不可能。

"我们家恩雅，她很讨厌一个人的。所以我要在这里陪着她。"

吴警官终于不再劝说了。他找不出什么话去安慰她，自己也无比纠结。这时，宥琳主动跟他搭话了。

"吴警官。"

"什么？"

"我想撤诉，还有撤诉的可能吗？"

宥琳之前已经提起诉讼了。但现在事情发展到了这个地步，已经没有继续打官司的必要了。

"恩雅一直都这么痛苦……我却没能帮上忙。"

吴警官十分惭愧地低下了头。

"……对不起。"

吴警官没有再多说什么，他心里很清楚，不论他说些什么，都安慰不了宥琳。于是他只是鞠了个躬之后就转身离开了。

宥琳也只是用自己干涩不已的眼睛茫然地看着恩雅的遗像，久久没有说话。

***

时间是如何流逝的呢？

不知不觉中，恩雅的葬礼已经结束，宥琳也回到了家里。打开门，首先映入眼帘的就是玄关处的鞋子，恩雅的鞋和拖鞋还整齐地放在门口，仿佛她还没有离开一样。视线稍微移动，客厅另一头的阳台上，恩雅的衣服还挂在衣架上，那件内衣还是前不久给她买的呢。

　　一切都是陌生的。家里的空气都透露着一股陌生的味道，宥琳觉得自己就像误闯进了别人家一样，呆呆地站在玄关处，久久不敢进门。

　　宥琳视线所及的地方，满满的都是恩雅的痕迹。恩雅用过的饭碗，和恩雅一起看过的电视，一起坐过的沙发，一起骑过的自行车，一起用过的厨具，所有和恩雅一起的事……

　　宥琳瘫坐在了冰冷的客厅地板上。

　　没有意义的时间就那样飞逝着，一小时，两小时，三小时。

　　宥琳只是面无表情地坐在地上，什么都没做。夜越来越深，漆黑笼罩着整间屋子，但宥琳并没有打算开灯。远处开过的地铁声传来，回荡在寂静的屋子里。

　　布谷鸟挂钟响起，不知不觉中，已经到晚上 10 点了。与挂钟同时响起的，还有宥琳的短信铃声——丁零零。

　　——亲爱的顾客，祝您生日快乐。

　　宥琳盯着手机看得有点出神。自己都没想起来，今天竟然是自己的生日。

　　她这才有些回过神来，浑身无力地站了起来。

　　突然，她看到浴室的门还敞开着，那是恩雅割腕自杀的地方。宥琳停下脚步，定定地站在浴室门口，朝里面看了看。

地板上还残留着恩雅的血迹，红得有些可怕。

宥琳慢吞吞地走向浴室。出事之后她一直都没有心思去打扫，导致现在的浴室地板上全都是血印。

她打开水龙头，安静地清理着恩雅的血迹。好几次她都差点哭出声来，但还是让她咬牙忍住了。就算哭死在这里，恩雅也不可能再回来了。现在，只剩宥琳一个人了。这个空荡荡的家，这个荒凉的世界，就只剩下她一个人了。

宥琳强忍着悲痛，大致打扫了一下卫生之后走向了厨房。她打开冰箱，想喝点水缓解一下干渴的嗓子，却发现了一个蛋糕盒安静地躺在冰箱里。

宥琳轻轻拿出盒子，打开一看，精致的蛋糕上面写着两行英文——Don't cry mommy。字体圆圆的，十分可爱，宥琳立刻明白了。这是恩雅为自己准备的最后一个生日蛋糕。

——不哭，妈妈。

就算自己已经痛苦不堪，但恩雅还是苦心为妈妈准备了蛋糕去安慰她。恩雅就是这样的孩子，虽然自己十分受伤，却还一直担心着妈妈。

宥琳不由得双膝跪地，强忍着的泪水再一次喷涌而出。到底哭到什么时候才是个头？宥琳自己也不清楚了。

***

第二天，宥琳去恩雅的房间里打扫卫生。她想要把恩雅的房间保持原样，就像恩雅最后使用时的那样。

她先把晾在阳台上的衣服收起来，整整齐齐地放入衣柜里。然后开始擦拭书架上的灰尘。她看到了恩雅当时骑着自行车的照片，照片里的恩雅笑得特别甜。

至少恩雅还能在照片里无忧无虑地笑着。宥琳看着照片里的恩雅，虚弱地露出了笑容，恩雅要是能在天国也这样笑着的话，那该多好啊。

突然，宥琳看到了照片旁边的手机，那还是前不久自己买给恩雅的新手机。宥琳盯着那个手机愣了一下，接着把它拿了起来。她的手机需要输入密码。

但宥琳知道恩雅设置的密码，她总是用同样的密码，从来不换。

那就是昨天，宥琳的生日。

宥琳翻看着手机里储存的短信，回忆着恩雅的点点滴滴。希望这个手机能够帮助自己记住恩雅的一切。宥琳的眼睛再次变得湿润起来。

但是，她在恩雅的手机里看到了那几个家伙的名字。

朴俊。

宥琳的脸色瞬时间变得苍白无比。当她看到发件人上写着他们的名字时，只觉得体内血气上涌，血液倒流。

宥琳颤抖着打开了短信。

——现在过来，趁着我们还没把这个发给你妈妈之前。

——你以为你挂了电话我就找不到你了吗，喂，第三条还没拍呢，哈哈哈，明儿再来一趟吧。

已经没有眼泪可流了。宥琳紧皱起了眉头。

莫非，不可能，不可能的。

宥琳颤抖着双手，把那些家伙发来的短信一一确认了一遍。然后，她发现了一个视频文件。

——拍得不错吧？你现在过来的话呢，我就把这个删了，不来的话，我就把它放到网上去。

放到网上去？什么东西？宥琳不由自主地动了动手指，点了播放键。视频就这样播放了出来。

那是让人很不爽的地方，那个黑暗的屋顶。那不正是恩雅之前去的那个补习班的屋顶吗？

拍得混乱不已的视频里，不时传出他们的奸笑声。朴俊，韩闵久，尹兆涵。就是他们几个人。宥琳睁大了眼睛看着视频，不一会儿，里面就出现了恩雅的身影。

恩雅的嘴被胶带封得死死的，满是惊恐的眼睛漫无目的地转动着，一个人拖着恩雅的双腿出现在了视频里。虽然画面十分昏暗，看不真切，但那分明就是朴俊和韩闵久两人。里面还隐约能看见尹兆涵站在一旁观战的身影。

——妈的，我从哪儿下手呢？嗯？要不从下面开始？

——切，真没情调。一般啊，都是先从上面开始的，你个傻子。就因为这样，你才找不到女朋友啊。

——闭嘴，你个臭小子！反正我先上了啊？帮我好好抓着她，别让她乱动。

这对宥琳来说，简直就是地狱一般的画面。自己的宝贝女儿竟然这样被那些畜生们糟蹋。

宥琳觉得肚子里有一股怒气正在不断上涌，她被气得有些站不稳了，四肢不断地发抖，还有些喘不上气。她把手机紧紧地攥在手里，根本没办法把视线从手机上移开。

恩雅的呻吟声和呜咽声不断刺激着宥琳。

恩雅的痛苦就是由此开始的。宥琳强忍着眼泪，把视频从头到尾看了一遍。但是，在视频的最后，她竟然发现了另一个意想不到的人物。

"……！"

一个女生的身影从画面里一晃而过，竟然是秀敏。宥琳暂停了视频，仔细盯着画面看了又看。没错，就是秀敏。秀敏正满脸惊恐地藏在屋顶的门后。

"秀敏她……竟然在现场？她就在那里……？"

宥琳有些不敢相信，又把那个场面回放了好几次，但不论怎么看，画面里的人明显就是秀敏。顺滑的及肩短发，精神灵动的眼睛，不是她还有谁？

看完视频之后，宥琳又连忙翻看了之后发来的短信。也许还有其他的视频也说不定呢，宥琳这么想着。翻看着手机的宥琳已经手指冰凉，抖得不行了。

这次，是一间窄小破旧的房子里。在那里，恩雅又一次被朴俊和韩闵久强奸了。宥琳的脸又皱成了一团。竟然还有第二次？宥琳仔细看了眼时间，发现竟然是在审判后不久。宥琳突然想起了那天，恩雅背着大提琴说要去上课，然后绝尘而去的背影。

那么她锁着门在屋里尖叫，也是因为这些畜生们。

"恩雅……"

宥琳捂住自己的嘴，继续看着视频。朴俊从身后抓着恩雅，恩雅却根本就没办法反抗，只能无助地流着眼泪。她就那样流着泪，咬着牙，低头承受着这一切。当她看向拍着自己的镜头时，宥琳可以明显地看到，她的牙齿都在颤抖。

韩闵久把大提琴扔给了那样的恩雅。

——喂，给我们拉一个听听。

——呀！你个变态。你没看见我正爽着吗。

——那有啥不行的？同时进行不就可以了吗，多有意思啊！搞不好我们还是第一个这么玩儿的人呢？

——晕死，你真变态。嘿嘿嘿嘿！

虽然恩雅一直在摇头拒绝，但韩闵久还是坚持把大提琴递给了她。真是狠毒至极。恩雅最终还是没能幸免，只能按照他们的要求，被他们强奸的同时还要拉大提琴给他们听。吱呀，大提琴随着恩雅的身体一起晃动着，破了音。在那种情况下，怎么可能拉出音乐呢。但那几个畜生却觉得这一幕很有趣似的，一直很兴奋地哈哈大笑着。

——喂，看着镜头拉啊。我让你看镜头，臭婊子！

韩闵久把镜头对着恩雅拉近，准确地捕捉到了恩雅眼神里的恐惧。

宥琳也与画面里的恩雅来了个对视。

那是放空的，预感到死亡的眼神。

"啊啊啊啊啊——！"

恩雅绝望的嘶喊声响彻整间屋子。宥琳攥着手机，像个疯子似的跌坐在地上，不断用指甲挠着地板，痛彻心扉也不过如此了。她自残似的抽打着自己的脸，像只受伤的小兽一样呜咽起来。真想杀了他们。宥琳真想现在就把视频里面那几个臭崽子们给杀了。她满腔郁愤，头疼得像马上要爆炸了似的难受。再也看不下去了，宥琳把手机高高举起，想要把它砸个粉碎。

但她不能这么做。

——妈妈……妈妈……

她听见了恩雅呼唤自己的声音，宥琳再次看向手机。视频里，恩雅正寻找着妈妈，她的手一直在颤抖着。

朴俊和韩闵久一边扇着她的脸，一边嘲笑道：

——臭婊子，都多大岁数了，还在找妈妈呢？

——你妈现在应该在看着电视，浪费大好时光呢。

宥琳再也看不下去了，她猛地站起来，握着恩雅的手机冲了出去。她根本就没时间，也没那个心思去想其他的问题。

宥琳乘坐电梯直接下到了地下停车场，走向车的过程中还给别人打了个电话。几声信号之后，电话接通了。是秀敏。宥琳尖锐地问道：

"是秀敏吗？"

秀敏的声音听起来稍微有些慌张。宥琳急忙横穿过停车场继续说道：

"嗯，是这样的。秀敏，是我，恩雅妈妈。我有些事情想问你。"

还没等秀敏回答，宥琳就直接继续说了下去。

"你那天，也在屋顶，对吧？"

秀敏根本就没想到宥琳会问这个问题，一时间竟然不知道该如何回答。但宥琳也管不了这么多了，她厉声逼问道：

"快说啊，你那天也在屋顶上，不是吗！"

宥琳应该已经知道了全部的真相了吧。秀敏这么想着，不知该拿什么话去回答她。

——……是。

听秀敏的声音，貌似也已经到了崩溃的边缘。这让宥琳更加生气了。既然都知道事情的全部，为什么闭口不提，装作什么都没看见一样呢？假如当时秀敏刻意出庭做证的话，那么不论是审判，还是恩雅，都不会是现在这个结果了。宥琳急忙坐上车，尖锐地继续问道：

"所以，为什么你什么话都不说呢？审判的时候，为什么你一字不提呢？为什么！"

——对不起，阿姨。真的对不起……

"你现在跟我去一趟警局吧，把事情的始末全都告诉警察！"

但秀敏却突然特别恐慌地大叫起来。

——不，我不去！阿姨！不行！我不去……

"你不去？为什么？你还是不是恩雅的朋友了！你……难道，你跟那几个畜生是一伙的？"

——不是的！真的不是那样的！

"那你为什么要这么做呢？嗯？"

秀敏沉默了下去。宥琳耐着性子，静静地等着秀敏的回答。忽然，她感觉到电话那头的秀敏正在无声地哭泣着。

秀敏的哭声越来越大，里面饱含着说不清道不明的委屈。宥琳也乖乖地闭上了嘴，屏息等着。她感觉秀敏都要哭得背过气去了。这时，秀敏咽了咽口水，犹豫了一下，艰难地开口说道：

——我，我也……我也被他们给……而且是在恩雅之前……

"你说什么……？"

瞬间，宥琳觉得有种天打雷劈的感觉。

——我，我也跟恩雅一样被他们给糟蹋了……太可怕了，我因为害怕，一直都没敢跟爸爸说起过那件事。

"怎么会这样……"

宥琳的眼前浮现出了秀敏费心安慰恩雅的画面。一直以为她被保护得很好，是一个活泼开朗的孩子，没想到她竟然跟恩雅一样，这段时间一直活在水深火热之中。宥琳被这个突如其来的冲击砸得有些不知所措，好半天都没有说话。

秀敏也哭了很久，一直在求宥琳原谅她。

——对不起，阿姨。我也特别害怕……真的对不起，真的……

宥琳握住方向盘，把头深深地埋了进去。不只是恩雅。从他们拍视频来威胁被害者的手法来看，肯定是干过很多次了。

还会发生这样的事吗？

到底还会有多少无辜的孩子被这些禽兽不如的畜生们糟蹋？那些孩子们肯定也跟恩雅一样，哭着，挣扎着，无助地呼唤着妈妈。

宥琳的心一下子沉到了谷底，她不禁想到：天哪，那么多大人都干吗去了？我的孩子，还有其他孩子们正徘徊在生死边缘的时候，大人们都在干些什么？

——呜呜，呜……对不起。我也被他们拍了下来……他们威胁我说要是我说出来的话，会把视频直接放到网上去……

"……好吧，我知道了。别哭，秀敏啊。也别害怕，是阿姨不对，阿姨错怪你了……"

电话那头，秀敏还在不断抽噎着。宥琳像要把手机捏碎了似的握在手里，泪水一滴滴地滴在屏幕上，滴滴答答。

"恩雅啊，妈妈以后再也不会哭了，再也不哭了。"

法律做不到的事，就由人来亲自解决好了。宥琳心想，自己绝对不会放过那几个畜生。恩雅和秀敏的遭遇，其他孩子们的痛苦，她要让他们也尝尝被人践踏的滋味，让他们血债血偿。

宥琳咬着嘴唇，深吸一口气，向秀敏压低声音问道：

"秀敏啊，他们在哪里？现在。"

——我，我也不知道。

"你好好想想，他们平常都会去哪儿？"

——补，补习班。他们一般不是在补习班的屋顶，就会在小区的公园里面转悠。但是阿姨你怎么突然问这个？

"我想去见见他们，找他们好好聊聊。"

秀敏被宥琳的想法吓了一跳，尖声阻止道：

——阿，阿姨？太危险了。他们都不是什么好惹的家伙……！

宥琳心里也十分明白这个道理，但她不会就此退缩。

她拭干眼泪，踩了一脚油门。汽车发动了，空旷的停车场里发出了尖锐的摩擦声。

"谢谢你秀敏。我们下次再聊吧。"

——阿，阿姨！

宥琳说完就挂了电话。因为愤怒而气红了双眼的她死死盯着前方，她的目的地正是那几个小子经常去的补习班屋顶。

把车停在补习班附近之后，宥琳轻手轻脚地往屋顶走去。昏暗脏乱的楼梯上，散落着几十个烟头，整个楼道里弥漫着一股莫名其妙的恶臭。

想到恩雅当时满心喜悦地拿着巧克力盒子走过这个地方，宥琳不禁咬紧了牙关。

快到屋顶的时候，宥琳听到上面有什么人在大声吵嚷着。她悄悄推开门，透过缝隙，发现有一群男生围在一起。他们蹲在地上，嘴里吞云吐雾地正欢呢。不用猜也能知道，这肯定又是一群无所事事的不良少年。

在那群小混混中间，宥琳发现了一个熟悉的身影——朴俊。他就在那里吐着痰，肆无忌惮地笑着。宥琳不由得皱起了眉头，她屏住呼吸，稍微往门口靠了靠。那群小子的谈话清晰地传入了宥琳的耳朵里。

"所以我让她走她还不愿意呢，一直缠着我说感觉特别好，啊啊地叫着让我再加把劲。"

"瞧你那嘚瑟劲儿。然后你就又把她叫过去了？"

"我靠，就算我现在叫，她也肯定二话不说就过来！"

朴俊还不知道恩雅已经死了。对他们而言，恩雅不过就是一个解闷的玩偶而已。他还为了跟其他人显摆，立刻掏出手机拨通了恩雅的电话。

然后，宥琳手中的电话响了起来。

宥琳的视线转向手机画面，来电人是朴俊，这一点毋庸置疑。她颤抖的身子瞬间变得冰凉，慢慢把电话举到耳边。

"哟呵？臭婊子今儿电话还接的真快啊？喂，是我。你现在立马来补习班屋顶一趟。上次就算我发善心放过你，你自己也知道不来的后果是什么吧？"

宥琳并没有回答。朴俊那嘚瑟的笑声直直地传过来，刺激着宥琳的耳膜。她透过门缝，十分仇恨地盯着笑声的主人。

停止的心脏开始跳动了起来，宥琳的心里泛起了阵阵杀意。

"为什么不说话啊，你个臭婊子？呀，这可是你最后一次机会，你要是不来的话，我立马就把它放网上去，我可是说到做到的。赶紧给老子过来。"

再也不能忍了。宥琳的嘴唇都快被自己咬破了。她一脚把门踢开，走上了屋顶。老旧的铁门被宥琳使劲一踢，发出巨大的声响。包括朴俊在内，所有的不良学生全都看向了宥琳。

宥琳攥着恩雅的手机，瞪着眼睛，一步一步地朝朴俊走了过去。手机画面显示，到现在还正在通话中。

"来的不是你要找的人，还真不好意思哈。"

干涩的嗓音响彻屋顶。宥琳的到来是朴俊根本就没有想到的，他不禁吓得全身一震。其他的人也没搞清楚到底是个什么状况，互相交换了一下眼神，在旁边轻声嘀咕着。

宥琳挂断电话，一步步地渐渐逼近朴俊，嗓子颤抖着一字一句问道：

"是你发的吧？"

问了也是白问。还能有谁，肯定是他们那一伙干的。但宥琳就是想听到他的亲口承认，紧接着又问了一遍。

"那个视频，就是你发的，是吧？"

朴俊猛地站了起来，不由得倒退了好几步。

"手机拿出来。"

"什，什么？"

"交出来！手机！"

宥琳继续朝朴俊走了过去，凶神恶煞地逼问着。朴俊也明显有些慌张，结结巴巴地顶嘴道：

"嗬，去你的……妈的，大婶你算个什么东西啊？"

朴俊没想到宥琳会知道有视频这件事，慌张得都忘了狡辩。

"怎么？现在你想撇干净了？刚才你打电话时那副傲娇的样子都去哪儿了？"

宥琳的嘴角扯出一丝冷笑。

"我，我不知道啊。不就是开个玩笑嘛……"

"别跟我废话。快把手机给我！"

"妈的，都说我不知道了！"

被逼进角落的朴俊慌忙扫了眼四周，其他的人正看着朴俊，小声嘀咕着。

走到这一步，宥琳真的算是铤而走险了。朴俊见已经没了退路，只得乖乖地掏出手机，反过来对着宥琳吼道：

"妈的，这个大婶还真是疯了吧……你要是真想拿走的话，有胆就自己过来拿啊。"

"你说什么？"

"但你要硬抢的话，摔坏了我可不负责的哦？"

朴俊重新找回勇气，和那群狐朋狗友们一起哈哈大笑起来。他拿着手机不断在宥琳面前晃荡，那张脸上，根本就看不到十几岁少年的天真和单纯。

宥琳觉得自己的世界观都被颠覆了。

未成年人？青少年？因为他还未满 18 岁就不能判他有罪？

他哪里还有点未成年人的样子？

恩雅之前所受的痛苦，她现在终于能够体会了。宥琳的身子一直在微微颤抖着，她已经被愤怒冲昏了头脑，直接冲过去，伸手去抢朴俊的手机。

"给我！给我！"

"你他妈的疯了吧，大婶？还不给我放手？"

朴俊根本就没想到宥琳真的会扑上来，不禁有些惊慌，想要用力把宥琳推开。

"母女俩还真他妈的像。虽然不知道你要什么，但不是我！

绝对不是我，你个疯女人！"

朴俊的高喊声就在宥琳的耳边回响着。生平从来没跟别人动过手的宥琳终于忍不住了，她对着朴俊的脸就是一巴掌扇了过去。

啪！

宥琳狠狠地扇了朴俊一巴掌。所有的事情都发生在一瞬之间，朴俊僵在原地，一副不可置信的表情。脸颊被扇得火辣辣地疼，朴俊拿舌头顶了顶腮帮子，看向周围。朋友们都在对自己和宥琳指指点点，他的脸腾地红了起来。挨打那点疼并不算什么，他只是觉得自己丢脸丢大发了。

朴俊皱着眉头暗骂了一句，但宥琳还是不依不饶地试图去抢手机。两人就像拉磨似的争夺了好一阵子。

"滚开，你个疯子！"

"给我！快把手机给我！"

"我肏你妈的！"

两个人的争吵声从补习班的屋顶远远地传到了街对面，在一旁观战的小子们也看得是津津有味。但朴俊却越来越焦躁不安了。宥琳抱着必死的决心来找他算账，她的力气，比想象中的要大得多。

最终，宥琳成功地把手机从朴俊的手心里抢了过来。

"你，我会把这个交给警察的。你的余生都会在监狱里……不，你一定会下地狱的。知道了吗？"

宥琳高声喊道。朴俊一脸无语至极的表情看着她，其他的小子们也看着宥琳转身离去的背影轻声嘀咕道：

"晕,什么情况？妈的,所以朴俊他是败给了那个大婶吗？"

"嘿嘿嘿，他个傻缺。"

这些对话当然被朴俊听得一清二楚，他现在对宥琳简直就是恨得牙痒痒。环顾四周，发现刚好有些木棍散落在旁边。他随手抄起一根，跟在宥琳身后追了出去。

"喂，你个臭婊子！"

朴俊追着宥琳到楼梯处，使劲踹了她一脚，然后一棍敲在她的后脑勺上。砰的一声，血瞬间喷涌而出。宥琳整个人都失去重心，往前一倾，从楼梯上滚了下去。

跟在他们身后的那群小子惊讶地睁大了眼睛，这回真闯祸了。但朴俊已经失去了理智，还在对着已经倒下的宥琳一顿拳打脚踢。

"臭婊子！真是什么样的妈生什么样的女儿啊，你们俩都他妈有病！不是吗？"

楼道里不断回响着砰砰的声音。

"喂，我们是不是该拦着点儿啊？那个大婶头上都已经出血了哎？”

他们虽然一直在旁边嘀嘀咕咕，但却没人敢上前去阻拦一下朴俊。

呼，呼，呼……

朴俊闷头发泄了好一阵子之后才直起身来，嘴里还在不断地喘着粗气。宥琳趴在地上，头上血流不止。朴俊看着她，拿脚踹了一下，但宥琳没有任何反应。

“什么，什么情况啊这是？”

就像死了一样。突然，恐惧向朴俊袭来。他赶紧把宥琳翻过来，抢回自己的手机，踉踉跄跄地仓皇而逃。但他并没有跑多远就站住了。

补习班的楼梯上，聚集了许多人，大家都在叽叽咕咕地谈论着什么。楼上的动静实在是太大，大家都跑出来想要看个究竟。

“看什么看，妈的！好看吗？给老子让开！”

朴俊用力拨开围观人群，冲出了补习班的大楼。但他的逃亡也就到此为止了。

哔哔哔！

接到报警电话后，警察赶紧朝这边赶了过来。

朴俊被这个阵势吓了一跳，掉过头去撒腿就跑，但这次他也没能跑多远。几个警察从旁边的巷子里冲出来，一把把他制服，反手铐了起来。

"啊，放开！妈的放开我！"

他边叫边奋力挣扎。楼梯上围观的人们在你一言我一语地让人赶紧去叫救护车过来。

人群中，有一个人一直躲在别人身后，冷眼看着这一切。那就是秀敏。报警的是她，叫救护车的也是她。她亲眼看着朴俊被警察带走之后，连忙往楼顶跑了过去。

宥琳就倒在距离屋顶不远的楼梯上，鲜血还在汩汩地向外涌着。秀敏见状，尖叫着朝她跑去。

"阿，阿姨！你醒醒啊，打起精神来！"

宥琳稍微睁开了一下眼睛，看见是秀敏之后，努力挤出了一丝笑容。

"对，对不起，秀敏。我……"

宥琳的意识已经渐渐模糊不清了。她感觉自己慢慢地跌入了无底深渊，眼睛抖了几下之后就完全晕了过去。秀敏尖叫着痛哭起来。

远处，救护车的警笛声越来越近了。

宋敏静

朴俊无期停学，韩闵久有期停学，尹兆涵留校察看。

然后是被强奸了好几次的刘恩雅自杀。

虽然学校一直对此藏着掖着，但一些闲言碎语还是在孩子们之间传开了，而且有愈演愈烈之势。那些传闻大多是从恩雅的补习班同学那里，沈奎珍那帮子人，还有跟着朴俊和韩闵久混的那些小混混那儿流传开来的。

传言的内容也在不断地变化着。有人说是转学过来的恩雅一直像个跟屁虫似的黏着尹兆涵，经常跟他们几个一起玩，出了事之后就贼喊捉贼怪别人。也有人说是因为恩雅不得沈奎珍的喜欢，最后被沈奎珍给整死了。

但是，随着恩雅的自杀，传闻反倒是渐渐

消停了。这倒不仅仅是因为大家对这件事的关注度有所降低，而是因为事实已经明明白白地摆在了大家面前。到底谁是受害者，谁是犯罪者，一目了然。

但是，传出刘恩雅已经自杀的消息后的第二天，学校里面又有了新的讨论话题。

"朴俊他是不是疯了啊？怎么能拿木棍去敲人家妈妈的头呢？"

"不是说是铁管吗？我还听说人家都已经倒地上了，他还在不停地打她呢。我家跟那个补习班离得很近，那天我真的听到了警笛声。大家都聚在一起讨论这件事呢。"

敏孤，宋敏静。坐在角落里安静地写着数学作业的宋敏静停下了手中的动作，侧耳倾听着同学的对话。

刘恩雅，敏静经常能看见那个转学生背着大提琴走过走廊的身影。虽然自己记不清楚她到底长得怎么样，但是她背着大提琴的背影却深深地印在了自己的脑海里。

"但是，你们说到底是谁报的警呢？那个补习班的大叔有点智障，一直说自己不知道上面发生了些什么。"

"谁知道呢。不过，这只是我的猜测哈，不是说吴秀敏还跟着救护车一路哭着跟到医院去了吗？会不会是她啊？她爸还是个警察呢，而且她也跟恩雅关系最好了呢。"

"真的吗？但是恩雅她不是转学过来的吗？才转过来没多久，关系就那么好？我看啊，要真是她报警的话，也只能说她有那种报警意识，知道要报警而已。"

敏静放下手中的自动铅笔站起身来，走到那两个嚼舌根的女生面前大声问道：

"……那个，吴秀敏是几班的啊？"

她像个幽灵似的，一声不响地走到那两个女生面前，把她们吓得浑身一激灵。

"嘀，吓死我了。魂都快吓跑了，真是的。"

"就在旁边的（3）班，吴秀敏。"

她们俩看着二话没说，扭头就走的敏静，在背后低声嘀咕道：

"怎么回事儿，那个敏孤。"

"喂，喂！她全听见了。"

敏静才不管她们在背后说些什么呢，径直向（3）班走了过去。

7

一睁眼，宥琳就发现自己正躺在某间医院的病房里。这段时间已经来过好几回医院了，宥琳看着头顶白色的天花板，不禁苦笑了起来。

头好疼。宥琳稍微摸了一下头，发现自己的头竟然被绷带包得严严实实。现在回想一下，自己好像刚被打的时候，额头就已经被磕破了。她挣扎着想要从床上坐起来，但全身都疼得厉害，根本就无法挪动。呻吟声不由自主地从她嘴里冒了出来。

"哦？阿姨……？"

宥琳一睁眼，一直守在她身边的秀敏腾地一下就站了起来。自从宥琳被抬上救护车住院之后，秀敏就一直守在她身边照顾她，连家都没有回。堆在桌上的书和校服就是最好的证据。

宥琳悄悄看向秀敏的校服。

"稍，稍等一下！我去叫医生过来！"

秀敏有些慌张地冲了出去。不久之后，吴警官那张再熟悉不过的脸就出现在了病房里。他满脸担忧地问道：

"您还好吗？"

宥琳眨了眨眼，盯着吴警官看了一会儿，感觉有点儿头疼似的扶着头回答道：

"……过去多长时间了？"

"您已经睡了整整一天了。所以，您现在已经没什么事了吧？"

"你看我现在像是没事的人吗？"

其实谁都清楚，宥琳现在的状态怎么可能会好呢？从恩雅去世的那天开始，从那件事情发生的时候开始，宥琳就一点点在走向崩溃的边缘。她现在觉得整个世界都是阴险可怕的，就连无能的警察也一样。

吴警官听完，有些尴尬地叹了口气，再次开口问道：

"我还正想问您呢。之后都发生了些什么？您现在是完全记不起来当时的情况了吗？从楼梯上摔下去之后。"

宥琳当然想不起来当时的情况了。吴警官紧皱着眉头继续说道：

"是朴俊那家伙，对吧？是他把你弄成这副模样的，是吗？我现在立马就把那个臭小子关进拘留所去。只要您简单写一下事情陈述就……"

吴警官早就已经准备好了纸笔，边说边掏了出来。宥琳面无表情地看着他，开口问道：

"进拘留所的话，大概会待多久？"

"像这样的情况……一般会两个星期左右吧。"

这话他自己听着都没有底气。宥琳不禁冷笑了一声。

"算了吧。"

"……什么？"

面对吴警官的反问，宥琳感觉有些荒唐地摇了摇手。看着有些摸不着头脑的吴警官，宥琳突然觉得有些寒心。

"不是朴俊,是其他的孩子。不对……我记不清到底是孩子,还是成年人了。难道是头被伤得太厉害了吗?"

"你讲的是什么话啊现在?朴俊他可是在事发现场被派出所的巡警当场抓到的啊。"

"他应该是看到巡警朝自己追过来,心里害怕才逃跑的吧。朴俊他本来也就不是什么善类,没干过什么好事,不是吗?"

"宥,宥琳你?"

"反正应该不是那个孩子干的。"

宥琳一直坚持主张不是朴俊所为,吴警官的表情也阴沉得厉害。他再次严肃地问道:

"……所以我们就这样不给一点惩罚地把他放了吗?"

宥琳并没有回答,只是发出了一声冷笑。现在的她,就像个疯子一样。

"你为什么去找他呢?"

吴警官一问到这儿,秀敏连忙瞟了一眼宥琳。但宥琳依然没有做任何回答,只是继续冷笑着。她就那样,一直笑到自己没了力气,一直笑到眼里满是泪水。最后,连她自己都分辨不出自己到底是在哭还是在笑了,只有呜咽声回荡在病房里。

***

托宥琳的福，朴俊立马被释放了。只能监禁短短两周的时间，宥琳觉得这么短的时间对那些畜生来说根本就算不上什么惩罚。他们该受的惩罚根本就不止这些，根本就不配被原谅。既然他们是畜生，那就不能像对待人那样去对待他们。

宥琳失神地躺在病床上。吴警官走后不久，朴俊的父亲就找了过来。

"那个……"

他穿戴整齐地站在病房门口，犹豫着要不要进去。宥琳的情况实在是太糟糕了。她不仅头上缠着厚厚的绷带，而且脖子上还留着瘀青，身上的伤痕也……

她身上的伤多得已经不能简单地用轻伤来形容了。

更可怕的是，宥琳的脸上几乎毫无生气，她安静地躺在病床上，就像幽灵一样，面无表情。慢慢地，她把头转向了朴俊的爸爸。

"您的千金……虽然……我真的不知道该说什么来谢罪了……"

谢罪？宥琳冷冷地盯着他。他一直低着头，重复着自己没脸来见她之类的话，但宥琳还是从他的身上看到了朴俊的影子。父子相似也是很正常的事。宥琳再次把视线从他身上收回，转向窗外。现在的她，就像恩雅死之前一样，眼睛里已经失去了焦点。

"那个……"

他又试图叫了宥琳一声，但宥琳还是看着窗外，像是没听见似的。

"那个，怎么就发展成现在这样了……我真是没脸见您了。"

朴俊的父亲深鞠一躬，表示了自己的歉意。宥琳这才冷笑着开口道：

"哼哼哼……脸面？你当然没有啊。你怎么能有脸呢。"

他的表情微微有些复杂，咬了咬嘴唇，然后从口袋里掏出一个信封递到宥琳面前。

"您还是先把这个收下吧。还请您这次也高抬贵手，睁一只眼闭一只眼。我们也知道事情不能就这么简单了事……请您收下吧。"

宥琳瞄了一眼信封。信封看着还挺厚实。

"……我们放了很多，您会满意的。"

听到这句话，宥琳好不容易才忍住冷笑。满意？还跟我提满意？他以为这件事只要拿钱就能解决吗？而且之前在解决恩雅那件事的时候，他也是想用钱来打发人。宥琳在心里不断冷笑着，她回过头去看着窗外说道：

"如果我被你儿子打死了，你还会把这个信封放在我的遗像前面吗？"

"……什么？"

"我不需要，你拿走吧。"

"但，但是……"

朴俊的父亲些微有点惊慌。宥琳冷冷地轻声劝告他：

"拿走吧，你以后会用得着的。"

"……什么？"

宥琳看着朴俊父亲映在窗户上的影子冷笑着。

***

几天后，宥琳正常出院了。

她一回到家便开始收拾起行李来。恩雅的照片，几件衣服，还有她最后留下的蛋糕，宥琳全都收了起来。拿出蛋糕的那一瞬间，虽然差点哭了出来，但她还是强忍住了。她就一直面无表情地收拾着行李，像马上要出远门一样。

傍晚时分，宥琳开车出门了。她悄悄地跟在朴俊身后，注意着他的一举一动。

那小子就算是出了宥琳这件事之后，也还是没有一点悔改的样子。他依然还跟那群小混混一起嬉戏打闹，抢小孩的钱，骑着摩托车在马路上狂飙。

朴俊的这些行为，一个不落地全被宥琳看在眼里。她一直在等只剩朴俊单独一人的机会。

然后，某一天，机会来了。朴俊跟朋友们分开之后，一个人骑着车进了一个地下停车场。安静的停车场里没有任何人，只有朴俊的摩托车聒噪不已。

宥琳也悄悄把车停了进去，在远处观察朴俊。只见他把摩托车停在角落里之后，从口袋里翻出一样东西——竟然是一把长长的螺丝刀。

他闲庭信步似的环顾了一下四周，走到一辆高级车旁边，停下了脚步。再次确认没有人之后，他弯下腰开始了他的下一步。仅仅只用了2秒的时间，车门"咔嚓"一声就被打开了。警报装置真的是一无是处，竟然一声都没响。他的手法，一看就是老手。

朴俊毫不犹豫地钻进车里，驾轻就熟地把导航仪卸了下来。出来的时候还不忘顺走了车里的现金，开心地在地上吐了口唾沫。

他将刚刚的战利品飞快地装进事先准备好的包里，开始物色下一个目标。不一会儿，他就盯上了不远处的另一辆高级车。

只见他优哉游哉地哼着歌，又把螺丝刀插进了门缝里。连着两次竟然连作案手法都一模一样。他把卸下的导航仪和现金塞进包里，从车里退了出来。

就在朴俊正准备骑着摩托车离开作案现场的时候，他发现了站在自己身后的宥琳。

宥琳就像幽灵似的站在他身后，定定地盯着他。她的脸上虽然已经没有了血迹，但还有红肿的伤口清晰可见。在医院里缠上的绷带也已经不知去向，她只是拿恨之入骨的眼神死死地盯着朴俊。

"晕！妈的，你干吗啊？"

朴俊被吓得浑身一震，不自觉地往后退了几步。宥琳却继续向他逼近。

"你是不是还有什么没跟我说的？"

虽然朴俊还是脏话连篇，但现在的他明显比当时在屋顶上要惊慌很多。没有一个人的地下停车场，几束昏暗的光线打在宥琳的脸上，让人看得有点鸡皮疙瘩都要起来了。

"我，我什么都不知道啊！"

看着要抵赖到底的朴俊，宥琳长叹了一口气。然后一字一句地说道：

"没关系，你说吧。反正恩雅已经……死了。"

听到这句话,朴俊显得更加慌张了。宥琳死死地盯着他的脸,继续说道:

"是谁又把我们恩雅叫出去的?都是谁策划的?"

朴俊地躲避着她的眼神,他明明就是心虚了,但却故作镇静地大声吼道:

"什么,你说什么?都他妈的说些什么呢?"

"那个视频……是谁拍的?又是谁拿着的?除了你,谁手里还有那个视频?"

宥琳的语调依然十分平静,继续追问着。宥琳往前走一步,朴俊就往后退一步,冷汗直流。最后,无路可退的他终于大声吼了起来。

"为什么,为什么老来纠缠我啊!啊,妈的,倒霉死了。"

"什么?"

"算我倒霉,惹错了一个丫头,还真是没完没了了。你想看视频的话,去黄网上看去啊!干吗老缠着我不放啊?!臭婊子……到头来还他妈的死了……啊,真晦气。"

宥琳不由得皱紧了眉头,她现在已经红了眼了,狠狠地盯着朴俊。

"干,干吗?看着我干吗啊!"

真想现在就把他给杀了。如果可以的话,真想把他那张脏话连篇的嘴塞满石头，真想把他的身体撕得粉碎。但宥琳还是忍住了。她动用了全身的力量，慢慢地转过身去。

宥琳什么话都没说，把身子转了过去。朴俊看着她离开的背影，觉得还是马上离开这个鬼地方为好。他拿起刚刚偷东西用的包，慌慌张张地坐上了摩托车。

"晕死，那个臭婊子算个什么东西啊。"

他到现在还冷汗直流，赶紧动手发动了摩托车，朝停车场的出口开了过去。就在他要开出停车场的那一霎那。

嘭！

宥琳的车撞上了朴俊的摩托车。随着沉重的撞击声，朴俊的身体飞向半空，然后重重地摔在了地上。

"咳咳！"

胸口像撕裂了般的难受。肋骨好像被撞断了一样。他的身边，摩托车的碎片散落了一地。朴俊抱着肚子在地上挣扎着，不断地喘着粗气。

太恐怖了。搞不好自己就这么玩完了，一定要逃出去。朴俊在心里这么想着。用尽全身力气才勉强站了起来。

但就在这时，一道强光向着刚站起来的朴俊射了过来。

哐当当！

宥琳的车再次朝朴俊撞了上去。被车从正面撞击的朴俊一头撞在了停车场的柱子上。"嘭"的一声，柱子上沾上了鲜红的血迹。朴俊的头骨已经完全被撞得粉碎，鲜血汩汩直流，就连眼珠也变得通红。朴俊低声呻吟着，嘴里不断地吐着血红色的泡沫。

宥琳从车上下来，一脸冷漠地俯视着朴俊。

"救，救救我……大，大婶……救救，救救我……"

朴俊向宥琳伸出手，希望她能救救自己。但宥琳只是冷眼看着他向自己求助，开口说道：

"你继续啊。"

"拜托你，救救我……"

"我让你继续啊。就像恩雅当初求你们放过她一样，哭着求我啊，求我啊。"

朴俊的眼神正在渐渐失去焦点。宥琳一直站在他身边，等着他慢慢咽气。但朴俊现在还有一息尚存。宥琳见状，又重新回到了车上。

倒地不起的朴俊只能看到宥琳的车轮。发车的声音传入他的耳朵。他只见车轮往后退了一下之后，立刻加速朝自己飞奔过来。

嘭。

又是一声沉重的撞击声。被车轮碾过的朴俊稍稍抽搐了一下，紧接着就安静了下去。

宥琳没有倒车，而是直接下车去确认朴俊是不是已经死了。已经咽气的朴俊躺在地上，睁大了双眼。但他的眼里已经没有了焦点，宥琳的脸倒映在他的瞳孔里，一副哭笑不得的表情。

"恩雅啊……"

妈妈会一个个给你报仇的。

生平第一次杀了人，而且尸体还就在自己身边。宥琳不由得握紧了双手。但与以往不同的是，她并没有哭。

她咽了口口水，双手颤抖着去翻找朴俊的口袋。突然，她在他的上衣口袋里摸到了一样东西——手机。

他的手机里还好好地存着发给恩雅的视频。宥琳恨之入骨地看着视频，毫不犹豫地按下了删除键。

这时，嗡嗡嗡的声音从入口处传来。有车要进来了。宥琳看了一眼朴俊的尸体，连忙上车，神不知鬼不觉地离开了现场。

不知何时，天上竟然下起了黑色的雨。

***

雨淅淅沥沥地下着，噼里啪啦地砸得震天响。派出所里，资料堆得像座小山似的。吴警官叼着一根烟，坐在桌前翻阅着资料。在他那乱七八糟的办公桌上，还留着好多喝剩下的咖啡杯。

之前暂时出去了一趟的宋警官听到对讲机里的内容之后，连忙回到局里，直奔吴警官跑了过去。

"吴警官！事件闹大了。"

"又怎么了？"

吴警官现在只要一听见"事件"这个词就头疼。怎么这些乱七八糟的事全都赶在这段时间了呢。

"你知道吧，那几个强奸犯。"

听到这话，吴警官依然是一副漫不经心的表情问道：

"强奸？谁啊？这年头，强奸犯多了去了。"

这可把宋警官给郁闷坏了，他轻敲着桌子说道：

"哎呀，就是那几个臭小子啊。在屋顶上把人家小姑娘给……"

刘恩雅的那个案子。吴警官抬起头来，整个身子往座椅上一靠，开口道：

"那几个家伙怎么啦？案子不都已经结了吗？"

"刚刚有消息说，其中的一个家伙死了。听别人说好像是肇事逃逸来着。"

肇事逃逸。听着还有点像是一次偶然事件……但搞不好并不是那样。有种不祥的预感涌上吴警官的心头。他想起了宥琳在医院时那种没什么好顾虑了的表情。

他沉思了一会儿，觉得越想越不对劲，赶紧把烟灭掉起身问道：

"事发现场是在哪里？"

"是一个停车场。某某大厦的停车场里。"

幸好那个地方并不远。吴警官连雨伞都没拿，直接冲了出去。

宋警官见状，也连忙带着雨伞跟了出去。

早已经赶到事发现场的警察们正在牵着警戒线，散开围观的人群。吴警官一眼就发现了躺在柱子边的朴俊。他的情况要比想象中的凄惨很多，吴警官不禁皱起了眉头。

"什么时候死的？"

"好像还不到一个小时的时间。"

"监控录像呢？"

"已经拿到了，正准备去确认一下。"

"……走吧。"

吴警官让取证人员留在现场，自己和宋警官一起走向停车场的管理室，开始一点点地确认起了事件发生时的监控录像。

"先把摩托车撞倒……在停车场里转了一圈之后，又把人撞了一次，然后才离开。这看着怎么像一起早有预谋的事件呢。等一下……？"

撞朴俊的那辆车怎么看着有点眼熟呢。吴警官连忙叫道：

"等等！把刚刚的画面再倒回去看看！"

肇事之后，有一个人靠近过朴俊。瘦削的身材，吴警官一眼就能认出她来。那明明就是宥琳。

从画面里看到宥琳好像对着血流不止的朴俊说了些什么，然后重新上车，再完全从他身上碾了过去。朴俊貌似就因为那一下而彻底毙命了。

吴警官现在的心情已经不能用饱受冲击来形容了。他自言自语似的低声说道：

"宥，宥琳她怎么会……？"

"你认识她吗？"

宋警官抬头问道，他根本就没认出宥琳来。吴警官无比郁闷地抹了把脸大声吼道：

"你个笨蛋！那不是刘恩雅她妈妈嘛！"

"啊……！"

"等等，我还要去个地方。你先回去，马上下拘捕令缉拿金宥琳！懂了吗？"

吴警官说完就消失在了雨夜里。宋警官满脸复杂地看着朴俊的尸体被抬上了救护车。

***

大雨依然淅淅沥沥地下着。宥琳把车停在 8 个车道的路肩上，开着警示灯，像个疯子似的翻看着朴俊的手机。她一个不落地看完短信之后，又开始翻找起电话簿来。不一会儿，她就找到了自己想要的那个名字。

尹兆涵。

她的手指停在了兆涵的名字上。那个小子某种程度上来说其实应该是所有这些事件的元凶。如果他不去接近恩雅的话，这些事情都不会发生了。

宥琳稍微犹豫了一下，深呼吸之后按下了通话键。接通提示音之后，车里回荡着流行音乐的彩铃声。过了很久，兆涵终于接起了电话。

宥琳虽然打通了电话，但却不知道要说些什么才能把他叫出来。

她突然觉得脸上有些抽筋，最终还是一句话没说就挂断了电话。可是，兆涵紧接着又把电话打了过来。宥琳没接，他又锲而不舍地发了条短信过来。

——怎么了？有事吗？

宥琳的双手有些颤抖，给他回了短信。

——地下信号不好断掉了。等会儿 11 点的时候，你能来一趟补习班楼顶吗？

——为什么？

——有些话想跟你说，挺着急的。必须在那儿说才行。

过不久，兆涵回了短信。

——我知道了。

宥琳看短信的眼神变得狠毒起来。车慢慢启动了，车窗外，雨还在噼里啪啦地下个不停。

***

11点。补习班楼顶上，一身便装的兆涵准时出现了。他在空无一人的屋顶上转了一圈之后，向着栏杆走去。大雨依旧，淅淅沥沥。

他一手打伞，一手在湿漉漉的口袋里翻找着什么，然后，掏出了一包白色包装的烟。兆涵俯视着楼下的巷子，点燃了烟，一口叼在了嘴里。叭的一声，白色的烟雾从雨伞底下冒了出来。

就在这时，早已经在屋顶恭候多时的宥琳悄无声息地来到了他背后。

"尹兆涵。"

兆涵下意识地回过头来，看到朝自己大步走过来的宥琳之后吓了一跳，不禁打了个激灵。

宥琳根本就没有打伞，她全身都被大雨浇得湿透了，手里握着一把刀。

"狗！"

雨伞从大惊失色的兆涵手中滑下，他开始一步一步往后退去，宥琳也对他步步紧逼。兆涵正准备逃之夭夭，但却不小心被地上的啤酒瓶绊了一下，一屁股实打实地跌坐在地上。还没来得及爬起来，宥琳已经来到了他的面前。

兆涵的衣服跟宥琳一样，也已经被大雨浇得湿透了。宥琳因为淋了太久的缘故，整张脸都苍白得毫无血色。她俯视着兆涵，拿着刀的手不住地颤抖着。朴俊流着血死去的场面一直回荡在她的脑海里。

但是，她无法停下来。宥琳向兆涵问道：

"你，知道我是谁吗？"

"你，你想干什么啊？"

兆涵脸色惨白地叫道。他颤抖的双手一直挖着地面，想要尽可能隔宥琳远一些。他的脸上写满了对死亡的恐惧，一点点向后退去。

但是，这也无济于事。宥琳把刀对准兆涵的脸抬了起来。兆涵下意识地拿手挡住自己的脸，身子往后一缩。

"啊，啊啊！你，你到底想干什么？"

宥琳悄无声息地把手机举到他面前，恩雅的那段视频充斥着整个屏幕。

"这是你一手策划的吧？是你把恩雅引诱过来的吧？"

"呃呃……！"

现在的兆涵满是恐惧，根本就不敢正眼看手机，只会躲避宥琳手中的刀子。宥琳狠狠地给了他一巴掌，然后抓住他的下巴，逼他看着手机。

"好好看看！这到底是谁策划的？"

"我，我不知道！我什么都不知道！"

"别给我装糊涂！"

"真的，我真的不知道。我，我也是个受害者！"

兆涵都快哭出来了。但宥琳依然没有相信他的话。

"你说谎！"

"我只是按照其他人的指示行动而已，真的！"

宥琳的眼睛眯成了一条线。现在，兆涵开始求宥琳放过自己了。

"谁让你干的？是谁！"

宥琳大声吼了出来。全身淋着雨的兆涵浑身发抖，开口说道：

"全部，所有人都是……"

"……什么？"

真是个让人无语至极的答案。

"他们知道恩雅喜欢我……他们说，如果我不把恩雅叫出来的话，就会把我的视频传到网上去。是朴俊和韩闵久他们几个。"

"视频？不要再说谎了！"

"我，我没有说谎！阿，阿姨你也应该知道啊，我本来就跟他们几个不熟的。"

宥琳有些震惊地看着兆涵。其实她也不知道兆涵到底跟那几个臭小子是什么关系，只觉得他跟那个满嘴脏话的朴俊和韩闵久不太一样，他不论在哪里都沉默不语，只是安安静静地跟在后面而已。而且，第二个视频里面，也没有看到兆涵的身影。

但是仅以这一点理由，并不会让宥琳对他生出怜悯之心。

"阿，阿姨。我真的不知道那几个畜生会把事情做到那种地步。我真的不知道事情最后会发展成这样。"

兆涵抱住宥琳的腿，浑身发抖。就算宥琳把他踢开，他还是会爬过来继续求宥琳原谅。

"我真的对不起恩雅……放过我吧，好吗？我之前有段时间精神有问题，还吃药接受治疗过。当时我偷东西的时候被他们拍了下来……"

朴俊。他直到最后也没有承认自己的罪行，更没有求宥琳放过他。宥琳又想起了他那张恶魔似的脸，然后宣告似的告诉兆涵。

"朴俊已经死了。"

"什么……？"

"我说，朴俊已经死了。现在只剩你和韩闵久两个人了。"

兆涵的表情瞬间僵硬起来。他一脸不相信的表情看了会儿宥琳，又看了看宥琳手中的刀，紧接着用手捂住了自己的嘴。宥琳面无表情地看着兆涵的反应，继续向他问起了韩闵久的去向。

"……韩闵久他在哪里！"

"那，那个……！"

"在哪里！"

宥琳催促的声音响彻屋顶。

"不，不知道。我真的不知道他在哪儿。"

"那你就叫他过来，打电话。不然的话就是你死，懂了吗？"

宥琳举起刀威胁着他。兆涵这才慌慌张张地从口袋里掏出手机。但是，透过他的指缝，宥琳看到了兆涵的手机背景画面。

"……等等！"

是恩雅。那是兆涵跟恩雅的合照。画面里，恩雅还笑得十分羞涩。宥琳一手夺过兆涵的手机，像是要把屏幕看穿似的一直看着恩雅的照片。

泪水毫无预兆地流了下来。宥琳突然觉得嗓子有些干得说不出话来。

"我，我真的不讨厌恩雅。只是……我也不知道事情怎么就发展成那样了。"

"……怎么就？你竟然说怎么就？"

"对不起！我错了！我无论如何都应该保护恩雅的……"

兆涵小心地看着宥琳，瑟瑟发抖地说着一些悔不当初的话。

宥琳看着兆涵手机里恩雅的照片，她笑得是那么的开心，那么的羞涩。感觉只要自己一提到兆涵，她还是会满脸娇羞，跟自己事无巨细地聊。

指着兆涵的刀子慢慢放了下来，宥琳呜咽道：

"你知道恩雅有多喜欢你吗？"

兆涵一言不发。雨势越来越大，雨水混着宥琳的泪水一道流了下来。

"你都不知道她每天从学校回家，说起你的时候有多羞涩，给你做巧克力的时候又有多开心……这些你都知道吗？"

兆涵根本就没法回答，只能低着头抽噎着。

宥琳吃力地转向兆涵，低声说道：

"……你走吧。"

"什么？"

"赶紧走，在我改变主意之前。"

兆涵听到这句，有些不敢相信地看了眼宥琳，稍稍鞠了个躬之后立刻逃也似的奔下了楼梯。

宥琳独自一人站在屋顶，抬起头仰望着漆黑的天空。冰冷的雨滴敲打在她的脸上，也敲进了她的心里。

***

宥琳大步流星地回到店里，进门之后立马把卷帘门关了起来。窗前的百叶窗也被她全数放下，店里立刻陷入了一片黑暗，伸手不见五指。她打开了厨房里的一盏小灯，走了进去。

店面才装修到一半，整个空间里回荡着冰箱嗡嗡——的声音，还没有运行的店里悄然无声。

宥琳浑身都在颤抖。

湿透的身体已经失去了温度。湿衣服紧紧黏在身上，寒气透过皮肤直达心底。可是宥琳对此根本就没有察觉，更没有注意到不断颤抖的身体。

她拿起出门前放在隔板上的手机一看，发现有十几通未接来电和短信，而且这些都是前夫和吴警官打过来的。宥琳没有对这些事上心，干笑一声之后将手机扔在了放在角落的沙发上。

她不知不觉走到冰箱前，伸手打开了门。整个空旷的冰箱里，只有恩雅送给宥琳的蛋糕被放在正中间。Don't cry mommy。不哭，妈妈。

宥琳睁大双眼，拼命忍住了眼泪。但喉咙里、胸腔里、心里深处的呜咽声是无论如何也忍不住了。

我的孩子就那样独自一人去赴死了。

"妈妈对不起你……对不起，恩雅。"

宥琳看着蛋糕，嘴里重复着这句话。你一直到结束自己的生命之前都还在为妈妈担心，可是妈妈却连你的这句"不哭妈妈"都没能坚持为你做到，真的对不起。宥琳又这样哭了好一阵子，最终蜷在沙发上睡着了。

然后，第二天的太阳升起。

宥琳从沙发上醒来，用凉水洗漱的时候才发现，原来一天已经过去了。雨后转晴的窗外，刺眼的阳光洒了进来。她站在洗漱台前，看着镜子里的自己。满脸委屈的宥琳已经不见，镜子里，映出的是另一张冷漠的脸。

宥琳简单洗漱之后，掏出了恩雅的手机，开始翻看里面的短信。她要找的，正是朴俊给恩雅发来的威胁短信，短信里面写明了怎样去韩闵久家的路线。当时写诉状的时候，宥琳曾经看到过这一情节，所以她知道朴俊短信里说明的就是韩闵久的家。

宥琳把短信读完之后，拿起刀驱车上了路。她现在正顺着恩雅当时走过的路线一路朝韩闵久家开去。

——十字路口右转，继续往上走。

宥琳仿佛看到背着大提琴包往上爬的恩雅就在自己眼前一样。她咬牙强忍住泪水，一想到恩雅是因为那些畜生才走过这条路的，她就感觉自己心碎了一地，愤怒不已。

宥琳顺着短信里的指示，顺利驱车来到了韩闵久家那个杂乱的巷口。巷子里，只要是一个角落，就堆满了成山的垃圾，连周围的墙体都透露着一股穷酸劲。

宥琳再次确认了一下短信里标明的地址。

就在这时，有几个感觉很面熟的人碰巧从宥琳的车前走过。那是在警局里见过面的韩闵久的父母。宥琳的眼睛稍微眯了起来。既然他们出门了，那么家里应该就只剩韩闵久一个人了吧。

宥琳坐在驾驶座上，面无表情地看着他们离去的背影越走越远。等到他们完全消失在巷子的那一头时，宥琳这才重新发车，把车开进了巷子里。

——蓝色大门。

宥琳停好车之后走进巷子，正好就站在韩闵久的家门口。

这就是他们把恩雅叫过来之后让恩雅受尽侮辱的地方。站在门口，宥琳突然觉得有一股强烈的愤怒和恐惧感朝自己袭来。但现在她不能回去，她已经无法回头了。

宥琳小心翼翼地把耳朵贴在门上，偷听了一下里面的动静。但屋里却十分安静。她抱着侥幸心理拧了一下门把手，但门却已经被上了锁。

她站在门口犹豫了一下，然后回到车里拿出了一顶帽子。戴上帽子的宥琳深呼吸了一下，摁下了门铃。

叮咚。

宥琳摁了三次之后，屋里终于有动静了。宥琳连忙把帽子调整了一下。过了一会儿，吱呀一声，门开了，韩闵久从里面探出头来。

"谁呀？"

他还是一副刚起床时睡眼惺忪的样子，并没有认出戴着帽子的宥琳。宥琳沉着地回答道：

"我来检查水管的。"

闵久并没有对宥琳产生什么怀疑，直接就放她进来了。

宥琳进入房间之后，先站在玄关处扫视了一下屋子。视频里见到的客厅首先映入了她的眼帘。宥琳痛苦地闭上了深藏在帽子底下的眼睛，镇定一下之后再次睁开。这个房子里的空气、味道，它的所有都让宥琳觉得无比恶心。

"水管好像没什么问题。你父母都不在吗？"

"不在啊……"

"你们家一天的用水量是多少？"

"这个我怎么知道啊？"

也不知道是不是觉得宥琳的问题比较烦人，韩闵久开始显得有些不耐烦了。

"啊，去你妈的。我正玩儿游戏呢，妈的又死了。没事儿了你就出去吧。"

他从冰箱里拿出一袋牛奶，背部毫无防备地正对着宥琳。宥琳的呼吸瞬间乱了节奏。韩闵久一手拿着牛奶就准备往回走，慢慢地向宥琳转过身来。

"……大婶，那个，为什么……"

宥琳从口袋里抽出刀，毫不犹豫地朝韩闵久刺了过去。

"呃呃！"

刀锋深深地刺进韩闵久的背。突然被攻击的韩闵久双腿无力地倒在地上，不断呻吟着。他手上的牛奶掉落在地上，鲜血不断从伤口处冒出。

宥琳一把把刀从他背上抽出，尖声喊道：

"是你干的，对吧？你把我们家恩雅……！我要杀了你！你这个猪狗不如的东西……你也有吧？视频在哪儿！"

宥琳再次试图刺向闵久，但就在最后一瞬间被好不容易缓过神来的韩闵久一把抓住了手腕。宥琳并没有放弃，反倒是更加用力地将刀锋向他的脸逼近。刀锋上的血就在韩闵久的眼前一滴一滴流了下来。

宥琳的眼里满是复仇的疯狂。她把全身的重量都压在了刀尖上，韩闵久越来越顶不住了，连忙朝外面求救。

"妈，妈的……！救救，救救我！外面有人吗？"

他的脸上充满了对死亡的恐惧，双腿也在乱蹬着。宥琳一脸狠毒地加了把力，更加用力向下压去。

"去死吧，你个臭崽子！"

"你……滚开！臭婊子！"

韩闵久好不容易从宥琳手中逃了出来，连忙一把推开了宥琳，大声吼道。

宥琳被他一掌推倒在地上，发出一声呻吟，刀也从手中摔了出去。不知何时，倒在地上的韩闵久已经站了起来。他感觉背后的伤口有些火辣辣地疼，伸出左手一摸，发现鲜血沾满了自己的手掌。他惊声尖叫起来。

"我肏，他妈的。这，这都是什么跟什么啊……！"

没有了刀的宥琳这次直接空手朝韩闵久扑了过去。她重新把闵久扑倒，整个人坐在他身上，用力掐住了他的脖子。

但闵久也不是什么省油的灯。他被掐着脖子的时候，还能反抗起来，一拳狠狠打在宥琳的脸上。

宥琳感觉自己手上的力气已经渐渐用尽了。闵久越是反抗，宥琳身上的伤口就越多。不论他再怎么受伤，宥琳想要一个人斗过他还是有些吃力的。

闵久感觉到宥琳有些力不从心，立刻开始挣扎了起来。虽然背上还在不断流着血，但他已经感觉不到痛了。不知不觉中，宥琳掐着闵久的手已经失去了力气，闵久则一脚踢向宥琳的腹部，宥琳直接向后倒了下去。

闵久喘着粗气站起来，咬牙看着倒地不起的宥琳。他心想，一定要在宥琳爬起来之前下手，不然就没机会了。于是，他开始朝宥琳的身体一顿拳打脚踢。

"来吧！他妈的！你想跟我斗，是吧？"

"呃，啊啊……！"

宥琳尽可能地将身体蜷缩起来以保护自己减少疼痛，但却没什么效果。闵久这次直接骑在她身上，狠狠地扇着她的脸。每一巴掌都把宥琳扇得晕头转向，全身上下都像马上要骨折了似的难受。

不能就这么倒下，一定要给恩雅的复仇来个了结。宥琳咬着牙反抗起来，她勉强抓住闵久的胳膊，尖声喊道：

"是你干的吧！全都是你策划的，是吧？你快说啊！"

"是！就是我干的！我把你女儿干得可爽了！你就那么想听这句话吗？嗯？"

他笑得一脸邪恶，使劲掐住宥琳的脖子，额头上都暴出了青筋。随着时间的流逝，宥琳渐渐失去了意识，不知不觉中，手脚也停止了挣扎，整个人就像死了一样。

啪嗒一声，一直奋力想要推开闵久的双手也滑落在地。

"……嗯？"

闵久这才真正觉得有些恐惧了。他看了看一动不动的宥琳，喘着粗气逃出了家里。

他先环顾了一下四周，确认没有人看见之后，立刻藏进了附近的一条小巷里。刚刚打架的那股子兴奋劲还没过去，他一直在哼哧哼哧地喘着粗气。就这样提心吊胆地藏了一阵子之后，他终于从口袋里掏出了手机。

得赶紧给朴俊打个电话。但也不知是怎么的，就是联系不上朴俊。

——对不起，您拨打的电话已关机，请稍后再拨。如需留言，请在哔声后……

闪久没那个耐心等下去,直接挂断电话,开始找兆涵的号码。十分幸运的是,电话一拨出去,那边就接了起来。

"喂,你他妈的在哪儿呢?那个疯女人直接找到我家来了,还拿着把刀。"

——谁啊?

"就那个,补习班屋顶!那个转学生她妈!"

电话那头的兆涵听到这里,不禁倒吸了一口凉气。他没想到宥琳真的会去一个一个找他们报仇。犹豫了一下之后,兆涵故作镇定地问道。

——所以呢?怎么样了?

"不知道,她朝我扑过来,我就使劲反抗啊,可是他妈的她好像晕过去了。"

——现在那女人在哪里?

"在我家里,我现在该怎么办啊?"

——你先回去确认一下她的状态,然后再跟我联系吧。

"你也赶紧来我家一趟,你个臭小子。"

闪久挂断电话之后又四下看了看,确认没有人之后连忙奔回了家,背上的伤口还一直在流着血。

他咬咬牙走进玄关,满脸紧张地朝屋里望了一眼,发现宥琳依然还倒在客厅的地板上。

闵久咽了口口水，小心翼翼地朝宥琳走了过去。偏偏就在这时，宥琳发出了一声呻吟，让人感觉马上就要醒来似的。闵久被她吓了一跳，不由得往后退了好几步。紧接着，他又显出了一副凶狠模样。

"臭婊子，你今儿死定了！"

然后，又是一顿拳打脚踢。宥琳只能束手无策地躺在地上任他蹂躏。好疼。宥琳根本就无法反抗，只能躺在地上不断呻吟着。闵久这才确信宥琳已经再也爬不起来了。

"喂，臭婊子。我今儿一定会把你给碎尸万段，知道吗？但是我可不能这么轻松地就让你死了。"

闵久好像想到了什么特别有意思的事一样，嘻嘻哈哈地跑过去把大门上了锁。然后骑在宥琳身上，不由分说地开始动手解裤腰带。

"像干你女儿一样，我今儿也让你尝尝那滋味。妈的，你应该感谢我吧？就当是我给你的赏赐好了，臭婊子。"

宥琳听到这里，瞬间来了精神。

她用尽所有的力气踹向闵久，然后拼死挪动着自己的身体。虽然顶多也就算个爬行，但她也并没有停下，尽量让自己脱离闵久的魔爪。

"疯婆子一个！我说过我会杀了你，是吧？嗯？"

闵久直接扑向宥琳，不管三七二十一地挥动着拳头。但宥琳也没有放弃，她用尽最后的一丝力气站起来，朝厨房逃了过去，然后打开橱柜。里面整齐地摆放着几把菜刀。

闵久全身一震，赶紧冲过去，一把拍在宥琳的手上。宥琳抽出的刀掉落在地，但她继续朝刀的方向伸出了手。

"你个疯婆子！"

闵久突然意识到，再这样下去的话，自己真的有可能会死在这个女人的手上。不论是杀死她，还是自己被她杀死，结果就是这样二选一了。一想到这里，闵久不禁举起了拳头。

哧啦！

可是，就在一瞬间，闵久的瞳孔瞬间涨大。肚子上有明显的刺痛感传来。他一脸不可置信地看向肚子，发现那里被宥琳插上了一把刀。

"咳，嗬嗬……？"

闵久抱着肚子倒在地上，宥琳这回终于能站起来了。

"呃嗬……呃嗬……"

宥琳喘着粗气站在一旁，闵久则抱着肚子，躺在地板上抽搐着。宥琳有些不敢相信地看着自己的手，手心里，还残留着鲜血。她还没有拿稳刀把，只是拿着刀刃，然后就刺了出去，她更不知道自己是哪里来的力量能把刀给送出去的。

"疯婆子你还真……！"

在地上挣扎的闵久用充满血丝的双眼看着宥琳。宥琳的双手也在流血，但她毫不在意，直接把插在闵久肚子上的刀又拔了出来。

鲜血从闵久的肚子和嘴里喷涌而出。宥琳冷眼看着他说道：

"求我啊，说你做错了。"

"什，什么？他妈的！"

"求我啊，求我……我就给你叫救护车。"

"求，我干吗要求你啊！"

"……你不是做错了吗？你把我们家恩雅害成那样，赶快求我，求我我就放你一马。"

闵久紧握的拳头开始颤抖起来，然后用十分恐怖的眼神看着宥琳，咆哮般的说道：

"他妈的，还他妈的显摆呢。臭婊子……"

"……是吗？"

宥琳边说边照着闵久一脚踹了过去，这回，闵久直接趴在了地上。然后，宥琳拿着刀一步步逼近，闵久明显感到有些恐惧了，浑身颤抖着说：

"你，你想干什么？"

"我这就帮你实现你的愿望。"

宥琳直接把刀插了下去。

噗噗!

一股热血直接喷到了宥琳的脸上。但宥琳并不在意,只是一遍又一遍地挥舞着刀。韩闵久连一声呻吟都没能发出来,就这样被她捅死了。

韩闵久死不瞑目,眼里还盛满了惊恐。他的这个样子,跟朴俊死的时候一模一样。

将韩闵久杀了之后,宥琳慢慢地站了起来。然后就着洗漱台的水洗去了脸上的血印。冰冷僵硬的脸已经有些扭曲了。她不知道自己到底是在哭还是在笑,只是任由眼泪流淌。

现在,自己已经过了那条江,没有回头路可走了。宥琳深叹一口气,身子不自觉地开始发抖起来。

接下来只剩一件事要做了。

跟着恩雅,去她的那个世界。

金宥琳

车水马龙的道路上，热气奔腾。现在正是盛夏，警笛声充斥着整个世界，代替了行人匆匆的脚步。人们毫无表情的脸倒映在车窗上，给人产生了一种距离感，那是对所有的事物都漠不关心的表情。窗外的风景全是一如既往的冷漠、寂寥，这种感觉充斥着整座城市。

宥琳看着窗外的一切，流下了眼泪。

咖啡店里，只有排气扇嗡嗡嗡地运行着，外面连个招牌都还没有。宥琳关上大门，独自一人坐在店里，任眼泪肆意流淌。

紧握着窗沿的手滑下，她直接顺着墙体滑坐在了地上。冰凉的水泥地面，凄凉的心境，宥琳的眼泪再一次流了下来。

这里与外面只有一窗之隔，但却像两个世

界一样遥不可及。他们的时间在流逝，而自己的时间却已经停止。或者说是已经死去。

从失去恩雅的那一瞬间开始。

她泪眼朦胧地看着自己的手，伤口处的肉已经翻开，看起来特别触目惊心。她用丝巾将伤口包起来，已经凝固的血迹上又不断有新的血液浸出。

这世上的一切事物都是可怕的。所有的一切在她看来都是敌人。世上已经没有正义可言，所以她杀了他们。因为他们根本就不配被称作人，年龄并不是什么障碍。

宥琳坐在地上哭了好久，突然像是被什么吸引住了似的站了起来。嗡嗡嗡，那是某种电器的声音。对了，发着蓝光的冰箱。宥琳拖着松松垮垮的丝巾向冰箱走了过去。鲜血顺着她的手指落下，滴在积满灰尘的地板上。

宥琳昏昏沉沉地打开冰箱，一股凉气迎面而来，包裹住了宥琳的整个身子。

"哈哈……"

宥琳呼出了一口白气。她长叹一口气，看向自己的手。整条丝巾已经被鲜血染得通红。没有焦点的眼里再次涌出了泪水，她小心翼翼地摘下了丝巾。

里面的伤口显露出来。她用手压了压，深红色的血哗啦啦地流了下来。

宥琳再次把视线转向冰箱。圆滚滚的蛋糕就像在对宥琳说着悄悄话一样——Don't cry mommy。

宥琳的脸因为痛苦而皱成一团。她再一次痛苦地将身子蜷起，失声痛哭起来。就这样反反复复了好几次，宥琳还是没能从痛苦中缓过来。妈妈除了哭以外，都不能为你做些什么，真的对不起。希望恩雅千万不要看到妈妈这副样子。

"恩雅……"

现在终于要做个了结了。宥琳下定决心，咬了咬已经结上血痂的嘴唇。

复仇已经结束，朴俊和韩闵久已经变成两副冰冷的尸体，再也不会折磨恩雅了。宥琳慢慢挪动脚步，朝楼顶走去。

微风吹拂，吹散了宥琳蓬乱的头发，也吹干了宥琳脸上的冷汗。

她颤颤悠悠地站上了栏杆。现在只要往下一跃，一切就都结束了。宥琳站在栏杆上，深呼吸了一会儿，然后从口袋里掏出了朴俊和韩闵久的手机。

她毫不犹豫地将手机扔在了地板上。两个手机啪嗒一声被摔得稀烂，滚得老远。

宥琳的身上满是伤痕，她已经用光了所有的力气。抬起头，看着空旷的天空，宥琳的嘴里轻声呢喃道：

恩雅啊，下辈子一定还要做妈妈的女儿哦……

8

朴俊死了。

听到这个消息的秀敏满脸惨白地坐在教室的椅子上。虽然她还不知道韩闵久也已经死了的事实，但光朴俊一个人的死就能推测出很多种可能。吴警官虽然努力瞒着秀敏，但想瞒就能瞒住的就不能称为"事件"了。

肯定跟恩雅有关。秀敏十分确信，这肯定是宥琳在为死去的恩雅报仇。

她毫无意识地抬起头，看向坐在窗边的兆涵。他正戴着耳机跟其他同学聊天。就在与他眼神交汇的一瞬间，秀敏不禁打了个寒噤，急忙转过头去。

她站起身来，逃也似的离开了教室。

她没有自信能够若无其事地坐在教室里听课。无论如何，自己都该做些什么了。但是，怎么做？秀敏走着走着，渐渐跑了起来，然后停在了自己被发现的那个楼梯口处。

秀敏心想，我要去阻止宥琳吗？为什么呢？她握着手机的手心里已经满是冷汗了。朴俊和韩闵久、尹兆涵那几个畜生，自己不也一天几十次地咒他们不得好死，死有余辜吗？

真希望能有谁帮自己将他们几个残忍地杀了。

秀敏正站在楼梯口出神地想着这些，稍显慌张。这时，有谁叫了秀敏一声。

"吴秀敏。"

秀敏回头，发现曾是初中同学的宋敏静站在那里。她是秀敏初二时的同班同学，进入高中之后，两个人分到了不同的班，也就渐渐疏远了，也不知道她是为什么要叫住秀敏。

"我从昨天开始一直有去找你……但是每次你都不在教室。"

是因为太久没见的缘故吗？秀敏觉得现在的敏静跟她记忆中的那个同学有些不一样。但她为什么要来找自己呢？秀敏正想开口问呢，敏静却先开口了。

"朴俊、韩闵久、尹兆涵……我想跟你聊聊有关他们三个的事。"

敏静注意到了秀敏脸上一闪而过的不安，然后抛出了决定性的一句。

"难道你也……？我就有这种感觉，觉得像是。"

秀敏的双手开始颤抖，紧紧攥着手机。犹豫了一下之后，终于点头承认，然后反问道：

　　"……你也是？朴俊，据说他已经死了。"

＊＊＊

　　吴警官为了打听出宥琳的行踪，正在寻找所有跟宥琳有关的人。她的前夫、邻居、离婚前所居住过的小区里，她曾经学习过游泳的学校。但是所有人都对她的行踪一无所知。虽然他给宥琳打过无数电话，但她从来都没有接。

　　"现在的情况很不乐观。您有接到过她的电话……不是，您最近有见到过她吗？"

　　吴警官直接找到了宥琳前夫现在的住处。他窝在沙发里，嘴里叼了根烟。

　　"……葬礼之后就再也没有见过她了。"

　　充满了深深的悔意和痛苦的声音。吴警官叹了口气，把自己的联系方式递给了他。

　　"如果遇见了的话，还请您联系一下我。"

　　但这几乎是不可能的。不论是吴警官，还是宥琳的前夫，都对此心知肚明。

　　这时，慧秀拿着饮品来到了客厅。她的表情有些不太自然，一直摆弄着自己的手。然后像是下了很大的决心似的大声开口说道：

"金宥琳把他们杀了……这个你们确定吗？"

"对……是那样的。"

慧秀想起了当时宥琳提到死刑时的表情。

"那时……我应该拦下来的。她说想要他们被判死刑的时候，我应该更加明确地反对来着……"

但现在才后悔已经太迟了。恩雅死了，宥琳则为了给女儿报仇，正在一个一个去找那些畜生们算账。

"有情况还请第一时间联系我。真的拜托了。"

吴警官也跟他们一样，觉得十分遗憾。三个人之间的空气就像凝固了一样沉重。

吴警官正想向他们告辞，紧急出动的电话就打了过来。他跟留在警局的宋警官打完电话之后，一脸苍白地站了起来。

"什么，发生了什么事……"

慧秀问道。吴警官一脸饱受冲击的表情看着他们，欲言又止。

金宥琳将韩闵久乱刀砍死。这件事他根本就不知道该怎么说出口。

他疯了似的驱车向韩闵久被杀的地方奔去。

韩闵久家门口，警车和救护车整整齐齐地停了好几辆，周边也已经拉起了警戒线。小区居民有些不明所以，都站在一旁交头接耳。客厅地板上，韩闵久的尸体被白布盖着，鉴定组的成员正在有序不紊地搜查证据。

"吴警官。这个情况不太乐观吧？再怎么报复杀人……杀人手法也太残忍了。那儿已经完全被砍得血肉模糊了。"

"先不说这个，有没有丢什么东西？那小子的手机呢？"

"啊，对了。手机没了。跟朴俊那时的情况一样。为什么要把手机拿走呢？"

吴警官听到这里，已经陷入自己的沉思当中。突然，他瞄到了闵久房间里的电脑。

"宋警官，翻翻这家伙的电脑看看。"

宋警官点了点头，朝房间里走了进去。

最先检查的还是 jpeg 格式和 avi 格式的文件。老旧的电脑发出轰隆隆的呻吟声，显示出了好几十个文件。宋警官看见那些文件名之后，不禁特别无语地笑道：

"晕死，这儿完全就是黄片天堂嘛。嗯……好像除了这些奇奇怪怪的文件就没了呢。"

"再仔细找找，肯定会有些什么的。"

宋警官继续在电脑上自己翻找着。这时，他突然发现了一个名字很短的文件，叫作"恩雅 .avi"。吴警官好像也发现了它，拍了拍宋警官的肩膀说道：

"就那个。把那个点开看看。"

宋警官没有多说什么，直接打开了文件。视频的内容就那样赤裸裸地呈现在他们面前。

是恩雅被强奸的画面。都是那些畜生们相互传递着相机拍摄下来的成果。吴警官看着画面里的恩雅已经失去焦点的眼睛，看着她无助的表情，一股怒气由心而发，大声吼道：

"这些畜生们还把这个给拍下来了？"

视频里可以清楚地看到韩闵久和朴俊，另一边，尹兆涵的脸也出现在了画面里。所以，他们几个其实是共犯，而且现在只剩兆涵一个人还没有被宥琳杀死。吴警官赶紧站起身来问道：

"宋警官！现在兆涵人在哪里？"

"应该在学校吧现在。"

"那小子家住在哪里？……走吧！我们也得把他列入调查对象。"

两个人驱车直奔兆涵的家里而去。

兆涵跟穷困的韩闵久和朴俊不同，家住在特别高级的住宅小区里。吴警官他们一到他家，就开始仔细翻找了起来。兆涵的母亲则是一副漠不关心的样子坐在客厅的沙发上，静静观察着他们的行动。

正在检查电脑的宋警官这次也发现了一个类似的文件。

"找到了！"

宋警官稍微侧了侧身，好让吴警官能够看清整个屏幕。那个文件夹里储存着很多个以女生的名字命名的 avi 文件。吴警官一脸震惊地看着电脑里的名字。

恩雅，敏静，慧珍，还有……秀敏。

秀敏的名字也夹杂在这些受害者的女生名字当中，这让吴警官觉得有种五雷轰顶的感觉。不可能的，怎么可能呢？他的双手颤抖着，慢慢将鼠标移到文件上，双击了一下。

画面晃动得特别厉害，一个少女被他们抓住了。那分明就是还留着短发的秀敏，吴警官独一无二的女儿。秀敏也跟恩雅一样，正在被朴俊、韩闵久和尹兆涵三个人围起来轮奸。

自己宝贝得不行的女儿正在屏幕里哭得特别无助。她一直在求他们停下来，一直在重复自己的爸爸是警察……但是那几个畜生根本就没听进去，依然奸笑着我行我素。

吴警官再也看不下去了。他眼前一片漆黑，觉得体内的血液都凝固了一样。他不由得攥紧了拳头，对着键盘使劲锤了下去。

他突然想起了恩雅妈妈。法庭上激动不已的样子，躺在医院的病床上苦笑的样子，还有失去恩雅之后陷入疯狂报复的样子。恩雅妈妈的这些样子就像放电影似的在他的脑海里旋转着。

吴警官咬牙切齿地吼道：

"宋警官！那个畜生……把尹兆涵给我抓起来！"

"是。啊？"

"没时间了！快点！"

吴警官现在已经快发狂了。宋警官连忙答应下来，冲出了尹兆涵的房间。吴警官喘了口气之后，也跟着他跑了出去。出门之前，吴警官跟尹兆涵的母亲对视了一下，但那个女人还是一副儿子的死活与我无关的表情。

等得人心急如焚，可电梯还偏偏一直停在最高层不下来。不容他们多等，两个人直接走楼梯往下奔去。

跑着跑着，宋警官好像突然明白了什么似的，"啊"了一声之后停了下来。一脸沉重地对身后的吴警官说道：

"哥。搞不好现在那些视频已经都传到网上去了。他分享到了哪些地方也是个大问题……"

"……什么？"

"兆涵那个臭小子用了分享软件。不是有那个软件嘛，把文件放在文件夹里就能直接被别人分享的那个软件。"

"什么？你说的都是真的？"

"而且我注意看了，他还有视频剪辑的软件呢……那小子完全就是一个专家啊。依我看，那小子肯定是始作俑者。韩闵久的电脑里根本就没有那些东西。"

"这是什么意思？"

"我的意思是，兆涵那家伙是担当着收集文件然后分享的角色。如果不是为了这个的话，他就没必要把文件放在共享文件夹里了。"

简直不敢相信。他们才十八岁啊，这些小孩的犯罪性质也太严重了。一想到视频里那些被糟蹋的女生，吴警官就觉得他可以充分理解宥琳的心情了。把朴俊碾死，把韩闵久乱刀砍死，这些都是他们应得的报应。

只要一想到秀敏也被他们糟蹋过，吴警官也不敢保证自己会不会做出一些过激的举动。

吴警官尽量让自己平静下来。必须要冷静。宋警官的话是对的，一般这种事件发生的时候，只要他们手里拿着受害者的视频，他们就有资本去继续要挟受害者。他们如果还没有坏到那种地步的话，一般也不会把视频往网上放的。

"真是群猪狗不如的东西！"

吴警官咬牙切齿地坐上车，跟宋警官一道向兆涵的学校开去。

***

闭着眼睛站在屋顶栏杆上的宥琳慢慢睁开了眼睛，楼下的行人匆匆忙忙地走来走去，但宥琳觉得自己跟他们就像是两个世界的人一样，毫无关联可言。自从她决意要结束一切之后，今夕是何年已经显得不再重要了。

宥琳最后看了一眼自己的手机。未接来电的提示上，赫然写着吴警官的名字。宥琳看着手机，突然想到了秀敏。

虽然她现在应该在学校，但通话提示音还没有响几声，秀敏就迅速地接起了电话。

宥琳苦笑了一声，轻声说道：

"秀敏啊，是阿姨。"

——阿姨，你在哪儿呀？

秀敏的声音听起来有些慌张。

"你声音怎么了？难道……你听说了？是啊，现在你可以放心了。朴俊和韩闵久他们，以后再也不会折磨你跟恩雅，还有其他的孩子了。"

宥琳的声音听起来特别沉着，根本就没有一丝的负罪感。语气反倒是像给秀敏传达什么好消息似的。

——……什么？阿姨，韩闵久他也死了？

秀敏不敢相信自己的耳朵。虽然电话那头的秀敏看不到自己，宥琳还是肯定地点了点头。

"嗯，我们做家长的应该早就保护好你们才是……阿姨做得太晚了，对不起啊，秀敏。"

——阿姨，这不是你的错啊。您现在在哪里？我们可以见一面吗？我可以从学校出来。

秀敏这是在为自己担心吗？宥琳扑哧一声笑了出来。

"不用了，你没必要出来，秀敏。阿姨这段时间真的特别感谢你。虽然忘记很难，但阿姨还是希望你能够忘记这些事……以后，你一定要连恩雅的那份一起好好活下去，这是阿姨最后的请求了，知道了吗？"

——什么？阿姨您在说些什么啊？阿姨，别这样，您不能这么做。

秀敏已经猜到宥琳想要干什么了，嗓音不由得提高了八度。

"没关系的。反正现在全都结束了。阿姨……太累了。"

宥琳看了一眼楼底，觉得眼前一阵晕眩。从这里掉下去的话，百分之百会没命。那么自己的痛苦也就全都结束了。

"我欠了你很大的人情呢，恩雅也是一样。谢谢……"

就在宥琳准备跟秀敏告别的那一霎那，秀敏突然急忙叫住了宥琳。

——阿，阿姨！您仔细听我说。我现在正和朋友在一起。她说兆涵好像用过什么共享软件！阿姨，还请您一定要帮帮我们！好吗？

听到这里，宥琳也有些蒙了。

"这是什么意思？兆涵不是被朴俊和韩闵久要挟的吗？"

——什么？不是那样的，阿姨！他，尹兆涵他一直都在指使另外两个人！尹兆涵是我们学校里混混中的老大！

宥琳在暖风中打了个寒战，身子不自觉地晃了一下。都是尹兆涵干的？那小子分明在补习班的屋顶上抱着自己的腿边哭边求自己放过他。还说自己是被朴俊和韩闵久抓住了弱点，无可奈何才那么做的。但他竟然是整个事件的始作俑者！

宥琳把手机拿近了一些，再次问道：

"……你说是尹兆涵干的？"

——是，是他干的，阿姨！真的是他干的！

宥琳的大脑里一片空白，表情也瞬间扭曲了起来。尹兆涵求自己时说过的那些话都是在说谎，他的眼泪，他对恩雅的忏悔也都是假的。那全都只是他为了从宥琳手中逃命而演的一场戏。

宥琳终于明白了事情的全部。她低声说道：

"好的，我知道了。"

说完，她就直接挂断了电话。

刚挂完，手机又响了起来。这次是吴警官打来的电话。

宥琳满腔愤怒地将自己的手机扔了出去。一道美丽的抛物线划过天际，摔在地上发出一声清脆的破裂声。宥琳站在栏杆上，慢慢将头转向另外一个方向——恩雅的学校。

很近。

对，现在还不能死。宥琳从栏杆上爬了下来。在她的口袋里，还揣着沾满了血的刀子。

***

宥琳先于吴警官一步到了恩雅的学校。她把车停在校门口，横过马路之后，在教学楼前停了下来。

大提琴协奏的声音传来。十几名女学生正在练习室里联奏李斯特的《爱之梦》。那是恩雅最喜欢的曲子。宥琳轻轻地闭上了眼睛，回想着恩雅演奏时候的样子。

学校现在好像正是午休时间。操场上有学生在打着篮球，还有学生成双成对地跑向小卖部买上零食，然后坐在树荫下边吃边聊天。整个校园都呈现出一种平和的氛围。

但是喧喧嚷嚷的校园里，已经再也看不到恩雅的身影了。

大家好像已经把恩雅的死忘得一干二净一样。宥琳闭着双眼，悲伤和郁愤涌上心头。

过了一会儿，她转过身，向教学楼里走了进去。

"啊，阿姨……"

就在这时，她跟正从楼里走出来的秀敏打了个正脸。宥琳的眼里含着泪水，愣愣地看着对面走过来的秀敏。

秀敏一见到宥琳，长时间的委屈也化成泪水爆发了出来。

"阿姨，阿姨……我该怎么办？"

"……秀敏啊。"

路过的孩子们都十分惊讶地看着她们俩。宥琳只得轻声安慰着秀敏，过了一会儿，好不容易平静一些的秀敏止住了哭泣，抬起头来，转身对藏在自己身后的女生说道：

"……这位是恩雅的妈妈。"

她的眼神纯真，就像一只可爱的小狗一样，但表情却十分微妙，就像没有表情一样。宥琳从她别在胸前的名牌知道了她叫作宋敏静。

敏静看着满脸血迹的宥琳，犹豫一会儿之后开口说道：

"我也……我也是。跟恩雅，还有秀敏一模一样。"

宥琳听懂了她的意思，表情再一次沉到谷底。不自觉地握紧了口袋里的刀，手也颤抖不止。

"我一直在学习。想要入侵尹兆涵的电脑……但他好像从前天开始就把那些全部……放到了共享文件夹里。只要输入正确的提取密码，那些东西将会直接被公开。"

宥琳特别无语。那么到现在为止，自己到底都干了些什么？

"现在已经跟放在网上没什么区别了。我要去警局报警，现在只有一个方法，那就是找到原电脑，删除源文件，然后让已经传出去的文件染上病毒。再没有其他的方法了。秀敏也……决定和我一起去了。"

"阿姨，你也跟我们一起去吧，好吗？呜呜呜……我们去警局报警，把所有的事情都说出来，把他们送进监狱，好不好？"

两个孩子拉着宥琳哭了起来。已经被愤怒冲得头晕眼花的宥琳打了个趔趄，把她们抱在怀里轻轻地抚摸着她们的背安慰着。她的脸上也满是泪痕。

现在宥琳只想着一件事，那就是如果自己还能这样抱着恩雅，那该多好。秀敏还在劝宥琳跟她们一起去警局，但宥琳却不那么想，她根本就不想去警局。

警察？法庭？反正到最后那些畜生还是会被无罪释放，去了又有什么用呢？他们只会将被害者说成加害者，将恩雅逼到绝路。在宥琳看来，警察也好，法官也罢，他们都是这个案子的共犯。

"秀敏啊。"

"阿姨……"

"你们教室在哪里？"

秀敏的脸色瞬间变得苍白起来。宥琳十分急切地再次问道：

"在哪里？"

秀敏的手心已经满是冷汗了，她犹豫了起来。宥琳见状，正想继续问下去的时候，敏静把手抬了起来，直接指向兆涵所在的高一（3）班的窗户。

刚刚还在抽泣的秀敏一脸不可置信地看着宥琳和敏静，敏静站在一旁，咬着发白的嘴唇强忍着眼泪。宥琳没有理会她们，自己径直向三层冲了上去。

走廊上的阳光灿烂得刺眼，天空依然是那么晴朗。宥琳把手中的丝巾散了下来，从里面抽出了一把小刀。

最后一次。

宥琳走进教室，一眼就发现了坐在教室最后那个窗边的兆涵。他正坐在课桌上跟旁边的同学聊天，根本就没有意识到宥琳已经进到了教室里。宥琳就站在后门前，看着兆涵，然后大步走了过去。

瞬间，她就已经来到了窗边。在她的身后，丝巾缓缓飘落在地上。她手握着刀刃，用力握刀的虎口已经有些发白了。

好几个孩子莫名其妙地看着突然闯进教室的宥琳，但宥琳却对这些毫不在意，直接冲向兆涵。当兆涵意识到有些不对劲，转过头来的时候，所有的动作都已经迟了。

噗！

宥琳挥刀直下，直接刺进了兆涵的大腿。

"……呃啊！"

教室里爆出了学生们的尖叫声。这幕惨剧发生得如此突然，孩子们都惊声尖叫着四散跑出了教室。学校瞬间成为了炼狱。

但宥琳的眼里只有一个人，那就是兆涵。两个人终于对上了眼。宥琳的眼里满是憎恶和强烈的杀意。兆涵早已经被吓得魂飞魄散，他像是感受不到痛苦似的，满嘴怪声地尖叫着向后门跑了过去。

宥琳一言不发地跟着他走了出去。

"让，让开！都给我让开！"

兆涵拨开围观的人潮，连滚带爬地跑着。大腿已经被宥琳狠狠刺上了一刀，他没办法很快逃跑，只能跛着脚挣扎着。鲜血从大腿流下，染红了他的鞋，在走廊里留下了一连串血红的脚印。宥琳踩着高跟鞋，嗒嗒嗒地跟在他身后。孩子们惊恐地看着一脸镇静地拿着刀的宥琳，自觉给她让出了一条道。

惊慌失措的兆涵朝着屋顶逃去。虽然在逃跑的途中经常因为踩空而摔倒，但只要一看见身后的宥琳，他又不得不爬起来继续往前跑去，就这样跌跌撞撞地一路逃到了屋顶。

兆涵一上楼就想直接把门锁上，但宥琳不知不觉中已经追到了眼前，她赶紧对着门奋力一踹，兆涵就直接被一股冲力弹倒在地。

紧接着，屋顶的门就被上了锁。

只剩下宥琳和兆涵两个人在上面。

***

"在哪儿？那小子在哪里！"

晚到一步的吴警官蹙紧眉头环顾了一下四周，发现学校已经变成了一片炼狱。学生们的尖叫声不绝于耳，有几个老师想把学生们关回教室了解一下情况，但却是力不从心。吴警官奋力拨开人流向前冲去。

就在这时，他发现了人群之中正在哭泣的秀敏。

"秀，秀敏啊。"

秀敏一见到爸爸，终于忍不住，大声哭了起来。吴警官一把抱住女儿，无言地抚摸着她的头发。虽然他特别想知道女儿为什么不说自己也是被害者，为什么不向警察求救，但看着情绪激动的女儿，他还是忍住了。对现在的秀敏来说，她需要的不是打破砂锅问到底的爸爸，而是一个能够给她安慰的怀抱。也许秀敏曾经也像恩雅一样想过结束自己的生命，但她并没有那样做。仅凭宝贝女儿现在还完完整整地站在自己面前这一点，吴警官就已经谢天谢地了。

但他心中的郁愤真的快把他折磨疯了。他也想把尹兆涵给碎尸万段，但为了秀敏和恩雅，为了其他的被害者和宥琳，更是为了自己，他也不能就这么让宥琳把尹兆涵给杀了。不管用什么方法，他都一定要亲手把尹兆涵给送进监狱，让他付出他该付出的代价。

就在这时，宋警官焦急的声音混杂着噪音通过无线电传来。

"找到了吗？"

"他们应该在屋顶上！我们发现了血印！金宥琳现在应该跟他在一起！"

吴警官听完，直奔屋顶而去。宋警官已经到了，他正在为打开屋顶的门而绞尽脑汁。

"都让到一边儿去！"

吴警官退后几步，然后奋力撞向铁门。随着哐当的金属落地声，门直接被撞开。吴警官身手利落地在地上滚了一周，拔出手枪站了起来。

屋顶上也是血迹斑斑，他悄悄跟着血印走过去，发现了站在屋顶某个角落的两个人。兆涵躺在地上，浑身上下都是血。宥琳则只是居高临下地看着他。

"住手！别再错下去了，金宥琳！"

吴警官举枪对准宥琳大声喊道。但宥琳就像没听见似的，自顾自地把兆涵给翻了个身，从他身上搜出手机之后，直接扔了出去。

吴警官皱着眉头确认了一下兆涵的状态。他现在已经被吓得全身发抖，看到警察出现之后，连忙大声求救道：

"救救，救救我，叔叔……"

吴警官看到他现在这副样子，恨得是咬牙切齿。但是他却不能让兆涵就这样死在宥琳的刀下。他咔嚓一声打开保险，再次朝宥琳喊道：

"宥琳！把刀放下！要不然我就只能把你当成现行犯直接射杀了！"

宥琳听到这里，停下手中的动作转过头来。她已经下定决心，把兆涵杀死之后，自己也会自杀，就像她在电话里所说的那样。

宥琳把瘫软在地的兆涵提起来，直接把刀架在了他的脖子上。

"我不能放下，在把这个畜生杀死之前，我绝不能放下！"

"金宥琳。我们已经知道那个家伙是主犯了！我们已经掌握了充足的证据，真的！现在只剩兆涵一个人还活着了……反正，这次我们一定会把他告上法庭，让他得到应有的惩罚！"

这回轮到兆涵惊呆了。他像被电击了似的瞪大了双眼，自言自语道：

"证，证据……"

"是，你个畜生。我们已经在你的电脑里找到了那些视频！"

兆涵的眼神有些扑朔迷离起来，半晌也没说出一句话。宥琳看着失神的兆涵，轻叹了口气，发出了一声冷笑。

吴警官已经有些失去耐心了，他最后一次喊道：

"金宥琳！你就算是为了恩雅，也要将这个家伙送上法庭啊！"

这句话已经再也不能左右宥琳的想法了。她举着刀，又一次向兆涵的脖子逼近。

"吴警官。不，秀敏爸爸。如果秀敏也跟恩雅一样自杀了的话，如果你是我的话……你会怎么做呢？"

这个问题根本就无法回答。他虽然也是满腔愤怒，但却不知道该如何回答宥琳的这个问题。宥琳对他笑了笑。

"反正我是要下地狱的……已经杀了两个了。"

"恩雅妈妈……"

"那再多杀一个也没什么问题了。"

宥琳手中的刀越来越近，兆涵感受到刀锋的凉气，皮肤上传来金属的触感让他濒临了崩溃的边缘。

"恩，恩雅的死跟我一点关系都没有！根本就不关我的事，她不是自己自杀的吗……！"

宥琳听到这里，更加气愤了。

刀尖直接刺入兆涵的脖子。皮肤被撕裂的痛苦传来，兆涵差点晕了过去。等他反应过来的时候，才意识到宥琳正在拉着自己往某个方向走去。强烈的求生本能让他想要挣脱宥琳的束缚，但是碍于架在脖子上的刀，他没能成功。最终，他还是被宥琳拖到了栏杆旁边。

宥琳一直以倒退的姿势拖着兆涵，当脚后跟碰到栏杆的时候，她稍稍回头往下看了一眼。高度应该足够了。

那一瞬间，吴警官读懂了宥琳的心思。

"金，金宥琳！停手吧！"

他拿着枪冲向宥琳。宥琳站在栏杆边，看着朝自己飞奔过来的吴警官，露出了一个虚脱的笑容。

"我太累了。现在我真的太累了……如果下雨的话，那该多好啊。"

嗒，她一只脚跨上栏杆。然后抓着兆涵向后倒去。

兆涵已经被吓破了胆，慌忙尖叫起来。但宥琳却是一脸泰然自若。

"别怕，你不会孤单的。我一定会跟着你一直到地狱的。"

说完这一句，宥琳和兆涵就一起从屋顶跌落了下去。宥琳望着头顶的天空，背朝地面落下。

原来，
今天的天
真的
特别
晴朗。

妈妈别哭
她，为惩恶，已成魔。

同名剧本

《妈妈，别哭》

1. INT 序 / 咖啡店（午后）

切入镜头——

商场外的马路一片拥堵。

不知是否是因为夏天到了，地面上升起一层青气。

可以看到一家商店的外部构造，没有招牌，卷帘门已落下。

沾满灰尘的风扇叶在转动。

1—2 层咖啡厅的内部装修暂时中止，内部黑暗而空旷（像 pascucci 那样的咖啡厅）。

收音机里传来的声音：

首尔现在气温是 29° C……5 月气温反常，一度刷新了最高值。

这时段的高速公路塞满了郊游赏花的车辆,拥堵得犹如停车场。

不知从何处传来了因疼痛而大叫的女子的呼喊。

倚着墙坐着，低着头的女子，是 36 岁的金宥琳。
追随着宥琳的视线向下看去，一只照相机掉落下来。
不知是否因为受伤而缠着丝巾的左手。
宥琳因为过于恐惧而痛哭着。

这时，"嗡——"一阵打破静默的噪音传来。
宥琳仿佛是听见了声音，向角落望去，一只蓝色玻璃门冰箱立在那里。
宥琳将丝巾散下来，站起，向冰箱走去。
鲜血不断地从她的手中流下，滴落在布满尘埃的地板上。
宥琳打开了冰箱的门，一阵冷气扑面而来。

宥琳：哈……

宥琳的手伸进冰箱，被寒气刺了一下。
她缓缓地解开了丝巾，借着冰箱的光，可以看到手上似乎有一条非常深的伤痕，鲜血从中涌出……
在冰箱前站定，宥琳低头看着自己的手，站定。
画面向受重伤的手掌移动，冰箱里有一只被咬了一口而塌下来的鲜奶油蛋糕，蛋糕上用巧克力写着一句话——"Don't cry,mommy(别哭，妈妈）"。

宥琳的表情变得复杂而微妙，再次号啕大哭，透着恐惧与绝望。

画面变暗，标题出现。

2. 内场 法院 / 离婚法庭（上午）

与之前的场景不同，在这里干净的丝巾覆盖了整个画面。

宥琳将脖子上的丝巾解下。

她静静地凝视着前夫。

宥琳和宥琳请的男律师。

桌子对面坐的是前夫刘英民。

律师，将离婚协议写好递交给宥琳。

女律师（慧秀）：宥琳，盖下图章就可以了。

宥琳，没有回答，看着前夫，而前夫避开了她的目光。

宥琳，稍稍调整了一下呼吸，拧开了印泥盒。

3. 外场 法院 / 前（上午）

匆匆行走的宥琳。

在她身后前夫紧紧跟着。

前夫：恩雅她妈。

宥琳：……

前夫：谢谢你。

宥琳：只是请了个厉害的律师而已。（重新把丝巾系上）

前夫：（苦笑）……以后准备怎么过？

宥琳：你别管了，按时寄生活费就好了。（迅速地离开且自言自语）王八蛋……

4.外场 大学校园（下午）

在美丽的校园喷泉旁匆匆走过的宥琳。

恩雅在她后面紧紧跟着。

恩雅穿着校服，背着大提琴，蓝色的大提琴琴盒和恩雅差不多高。

宥琳在打着电话，显得非常忙碌。

恩雅皮肤白净，看上去比同龄人小。

宥琳：（打电话）好的，我知道了。嗯，停车的地方有吗？好的，好的。

恩雅：妈妈，走慢点好吗？

宥琳：好的，（一边打着电话，一边接过了恩雅的大提琴）一个小时内一定过去。今天课上得怎么样？

恩雅：妈妈。

宥琳：嗯？

恩雅：你见了老爸吗？一切都还算顺利吗？

宥琳：就那样呗……（话头一转）你的大提琴学得怎么样啦？

恩雅：我就……这样呗……好有压力啊……

宥琳：之前不还说挺有意思的嘛。

恩雅：（停下了脚步）最后你还是决定要离婚？

宥琳：（有些尴尬地）恩雅啊……

恩雅：（毫不在乎似的向前走去）我就随便问问的。

宥琳辛酸地望着向前走去的恩雅。

5. 内场 宥琳的商住两用公寓楼（下午）

画面淡入——

恩雅靠着阳台栏杆，抱着小狗"OK"，望着公寓外景。

内

宥琳和恩雅新家的内景。

这里是富川中洞新区。穿城而过的地铁显得格外迷人。

宥琳打开厨房的橱柜，环顾四周。

她穿着正装显得非常干练，身体曲线依然优美。

房主蜷坐在地上，欣赏着宥琳美丽的背影。

宥琳：这里集中供暖吗？

房主：啊？

宥琳：（转过头）我在说暖气呢，这里有没有集中供暖？

房主：啊，当然了。

宥琳走向阳台。

宥琳：这里能安防盗窗吧？

房主：是，是。但是这里已经是高层了，好像没必要安装防盗窗吧？

宥琳：太危险了，还是得装。等一下……

宥琳向阳台上的恩雅走去。

宥琳：感觉怎么样？

恩雅：比想象的小一点。

宥琳：当然小啦。你不喜欢？

恩雅：没有，还好啦。

宥琳：那么就住这里啦？有什么不满意的地方吗？

恩雅：（对着小狗说）OK 啊，咬这个大叔，咬他——

房主远远地向宥琳和恩雅瞟了一眼，恩雅不喜欢这个男人的
目光。

宥琳：怎么了？

恩雅：没什么，讲讲价吧。

宥琳：（扑哧一声）先生，我们签约吧。

6. 室内 室内游泳馆（上午）

哨声……扑通！！！

镜头向室内推进 25 米。

宥琳正潇洒地划着水，自由泳的姿势。

自然地转身。

在水池中将泳镜摘下的宥琳，拿着计时器的女游泳教练。

宥琳表情十分明朗。

女教师：啊，现在转身越来越好了。去参加比赛都没问题。

宥琳：还没有呢，就这水平。

女教师：（笑）店面看得怎么样了？听说您要开一家咖啡店。

宥琳：这……地段好的地方租金太高，租金便宜的地方地段不好。最近这件事真是太让我头疼了。

宥琳叹了一口气……感觉有人在看着自己。

接近 30 岁的帅气的志旭。

志旭，看着宥琳会心一笑，又接着做自己的事。

宥琳，不明所以。

宥琳：（对女教师）我今天还有许多事，先走了。

7. 内场 宥琳的公寓（上午）

铁路旁。

十分晴朗的天空下高层商住两用公寓的外景。

咣——咣——咣

宥琳正在用力地举着平底锅将钉子钉到墙上去。

但这只是白费力气。

因为平底锅太重了，手微微颤抖。

宥琳：（手热辣辣地）真是的……工具箱跑哪儿去了？

屋里随处散落着行李。

宥琳的电话响了。

宥琳将钉子和平底锅放在地上，接了电话。

一边听着电话一边向窗边走去。

宥琳：喂？干什么，没事别打电话……去学校了。我不是叫你不要给我打电话了吗？

前夫（声音）：我想跟你说教授聚会的事。你能帮帮我吗？没有必要把咱们离婚的事公之于众吧？

宥琳：（发怒地）叫我一起去？对不起，以后请不要再为这种事打电话了。我们还是各过各的日子吧。我再也不是原来的金宥琳了。

愤怒地挂断电话，突然下腹开始疼痛。

宥琳：（皱着眉头）这该死的痛经。

8. 内场 恩雅的学校 / 教室（上午）
班主任

这时迟到了的恩雅打开了门。

十分抱歉的神情。

班主任看到她。

班主任：（面无表情地）你坐那（指着秀敏旁边的座位）旁边吧。

（打开书开始在黑板上板书）来，我们开始上课。

恩雅坐在了教室后面。

和秀敏成了同桌。

恩雅：（轻轻地）你好啊。

秀敏：（亲切地）你好。

秀敏把恩雅椅子上的东西移开。

安安静静坐着的恩雅。

恩雅，随意地向窗户那儿望去，一个少年映入眼帘。

漠不关心地望向窗外的尹兆涵。

长相帅气，发型酷炫，身材秀顾，有种与众不同的气质。

恩雅目不转睛地看着兆涵。

9. 外景 恩雅的学校 / 前（下午）

放了学，恩雅从学校里走出来。

背着天蓝色的大提琴盒。

宥琳的车是象牙色的丰田英菲尼迪。

在车里坐着吃零食的宥琳。

看到了恩雅，开始发动汽车。

10. 外景 市内公路，车里（下午）

宥琳戴着墨镜开着车。

宥琳：吃不吃这个？（将零食递过去）

恩雅：什么啊？

宥琳：秀美薯片。新出的，还挺好吃的。

恩雅：（吃着薯片）我今天交了个新朋友。她叫秀敏……

宥琳：哦？

恩雅：我可以带她回家玩不？

宥琳：（点点头）当然了。怎么样，变成高中生了心情如何？

恩雅：现在还不知道呢。我也可以问您一个问题吧？

宥琳：好的。

恩雅：离了婚感觉怎样？

宥琳：就那样吧……（小心地）你呢？

恩雅：什么？

宥琳：妈妈离婚了，你还好吧？

恩雅：没什么感觉。

车内气氛陷入了沉默。

恩雅：爸爸本来就不好。

宥琳不知道说什么好。

宥琳扑哧一下笑了出来。

恩雅也跟着一起笑了。

不知有什么好笑的，咯咯地笑着的两个女子。

恩雅：妈妈！！！左转！！！

宥琳：哎哟……没关系，到前面大转弯就行。

恩雅打开了收音机。

响起了新出道的偶像组合的歌。

11. 外景 补习班／前（下午）

恩雅的朋友秀敏站在补习班前。

宥琳的车驶来。

秀敏向宥琳的车走去。

恩雅从宥琳的车上下来。

秀敏是恩雅的同龄人，长相属于一般漂亮。

秀敏：阿姨好。

恩雅：妈妈，您不用来接我了。我和秀敏一起回去，她就住在我们家附近。

宥琳：秀敏啊，放假的时候来我家玩吧。我给你做好吃的，我做饭可好吃了。

恩雅：一般人我不告诉他，我妈妈做的巧克力可好吃了，还有面包。

秀敏：啊，真的吗？您能教我们做巧克力吗？

宥琳：巧克力？当然了，下次来玩就教你们。

秀敏：好的。

"我们走啦，再见。"

宥琳静静地看着秀敏和恩雅走进补习班。又一阵疼痛感袭来……

宥琳：（缓缓地揉着小腹）又不是什么大问题……为什么这么痛呢？

12. 外景 补习班 / 自动贩卖机前（下午）

兆涵在买咖啡。

恩雅和秀敏不知从何时起变得亲密无间，咯咯地笑着朝自动贩卖机走去。

从恩雅的视角看到的兆涵。

恩雅停住了，望向兆涵。

和转过身来的兆涵对视。

恩雅感到害羞而心慌意乱。

令人意外的是秀敏不知为何非常惊恐。

恩雅：……

兆涵：怎么了？你在看什么呢？

恩雅：……

兆涵穿过走廊，离开了。

恩雅：实在是太帅了……

秀敏：（兆涵的身影消失后，严肃地）你小心点，这个学长。

恩雅：为什么？？

秀敏：没什么，只是……这个学长是留级生。因为留级了一年所以比我们大一岁。

恩雅：那又怎么样？

感觉气氛有变，恩雅惊讶地看着秀敏。

两个少女表情各异。

13. 外景 补习班 / 屋顶（黄昏）

独自在屋顶抽着烟的兆涵。

14. 内景 恩雅的学校 / 音乐教室（下午）

恩雅她们班的学生坐在音乐教室里。

音乐老师：转学生刘恩雅是在这个班吧？会拉大提琴的。

学生们都淡淡地向恩雅和秀敏望去。

恩雅惊慌地站起来。

恩雅：到。

镜头切换——

恩雅将大提琴放好，尴尬地坐着。

恩雅：拉什么好呢？

音乐老师：就拉你最拿手的吧。

恩雅：……

音乐老师：那就随便拉一首吧。

突然恩雅眼中映入一个人，正是坐在后面对上课漠不关心的
兆涵。

恩雅看到了兆涵，颤着手开始演奏。

有一些小错误。

恩雅想着兆涵……

出色地奏完了李斯特的《爱之梦》。

正在走神的兆涵转过头来，静静地看着恩雅。

15. 外景 恩雅的学校 / 屋顶（下午）

兆涵将烟点上了火。

恩雅站在他面前，扭捏不安。

兆涵把烟递给恩雅，恩雅摇了摇头。

兆涵：（将烟拿回来）拉得不错。

恩雅：……

兆涵：我们去的是一个补习班吧？

恩雅：是的……

兆涵：（无言地抽着烟，将烟扔出了屋顶外）你今天有时间吧？

16. 外景 恩雅的学校 / 前（下午）

放学了，恩雅从学校出来。

但是身旁跟着一个背着蓝色大提琴琴盒的男生。

正是兆涵。

宥琳坐在车内，看到恩雅。

看到男生的胸卡上写着"尹兆涵"几个字。

宥琳微微一笑，短促地按了一下喇叭。

恩雅看到宥琳，表情变得局促不安，向宥琳走去。

宥琳：（看到兆涵高兴地）原来是恩雅的朋友啊！

兆涵：……

恩雅：嗯，一个班的。

宥琳：要不要载你一程?

兆涵：不用了。（将琴盒递给恩雅）我走了，明天见。

恩雅：好的。

宥琳：啊?

宥琳透过车窗向兆涵看去。

宥琳的车前停着几辆摩托车，车旁站着看上去像不良少年的朴俊和韩闵久。兆涵向他们走去。

他们像是和兆涵熟识，亲热地打招呼。

宥琳的车正要开走。

朴俊和韩闵久看着宥琳的车，像是感到可惜一般咂着嘴。

宥琳感到有些不对劲。

17. 内景 咖啡店（下午）

宥琳和恩雅站在黑洞洞的商场里。

正是"序"里出现的商场。

恩雅：什么啊……怎么这么黑，像是被烧过。

宥琳：不是说着过火的地方生意才会好。

恩雅：怎么可能?

宥琳：真的，不骗你。

恩雅：真的? 但是……又着火了怎么办?

恩雅挠着背。

宥琳扑哧一声笑了。

恩雅：妈妈，您帮我挠下嘛。

宥琳：哦？哪里……

恩雅：这里？

宥琳：太黑了，看不见。

宥琳轻轻将手伸进恩雅的校服，往上抓去。

恩雅的背因为被内衣勒得太紧而磨破了皮。

宥琳：唉，真的破了啊，内衣太紧了吧……

恩雅：（艰难地说）妈……能给我买新的内衣吗？我的胸好像又大了。

宥琳：真的？我女儿的胸又大了啊？（想摸恩雅的胸，恩雅逃脱了）

恩雅：哎呀，干什么啊，妈妈？

宥琳：过来，你原来不是老摸妈妈的胸吗？真不要脸……

恩雅：（笑着）啊，不要啦……

18. 内场 Homeplus/ 商场（下午）

镜头扫过全场。

宥琳和恩雅在化妆品商店左顾右盼。

两人正在购物，宥琳将口红搽在手上，给恩雅比照颜色。

宥琳：你都成了高中生了，要不要给你买个手机？

恩雅：真的？

手机店。

宥琳给恩雅买了最新款的手机。

恩雅非常高兴。

19. 内场 Homeplus/ 面包房拐角处（下午）

宥琳和恩雅在四处闲逛。

恩雅：真是太大了……东西真多啊。

宥琳：家里不缺什么了，就买个箱子吧，还有……

志旭：咦……

宥琳听到了声音，转过头去，背后的正是在游泳馆遇到的志旭。

志旭穿得很清爽，白色的运动衫，牛仔裤，白色运动鞋。

应该是在购物，正在掏购物卡。

志旭：您好！

宥琳：啊！

志旭：您是来购物的吧？

宥琳：是的，您也是……

志旭：是，我也来买点东西。

宥琳：哦……

志旭：您一个人来的？

宥琳：不是，我……和女儿一起。

但是，恩雅不在近旁。

宥琳：咦？

志旭：真的？您已经结婚了？真是难以想象……您真的已经结婚了吗？看不出来啊……

宥琳：（笑）结过一次婚。

志旭：（像是明白了什么）啊……等等，后天我们这期游泳班要聚餐。

宥琳：聚餐……

志旭：就一起吃顿饭，喝喝酒而已。后天您会去游泳馆的吧？

宥琳：（惊慌地）后天……周六吗？是，应该会去的。

志旭：好的，一定要来哦！

宥琳：可……

志旭向收银台走去。

志旭离开后，宥琳向身后望去，恩雅又出现在原来的地方。

恩雅：（突然从身后出现）谁呀？

宥琳：哎呀，吓我一跳……

恩雅：（把箱子拿过来）就买这个吧。

宥琳：啊？

恩雅：我说的是箱子……什么啊，完全慌了您……

志旭站在收银台前，看着宥琳，挠着头。

宥琳：（慌慌张张地在包里翻来翻去，将车钥匙掏出递给恩雅）你来付款吧，我先去开车了。

恩雅：妈妈，这是车钥匙……

宥琳：嗯？（这时才把钱包掏出）

宥琳感到过于羞愧而匆忙离开。

恩雅看着宥琳，觉得很有趣。

20. 内场 宥琳的公寓 / 客厅（夜）

插入画面——

宥琳住的公寓外景，京仁线地铁呼啸而过的声音传入耳朵。

宥琳躺在客厅沙发下面，一边吃着零食，露出个背影。

电视里正在放着购物的内容。

女主持人1：瞧一瞧，看一看。这款面膜在使用前后皮肤完全不一样。只需一张，一半的斑痕都不见了。大家都来看一下啊，这就是 coenzyme 的威力。有没有感觉到？

女主持人2：是啊，我昨天也用了一下，真的不敢相信，皮肤完全变得嫩了，我老公还问我是谁呢。

恩雅：晕，老公都认不出了，太夸张了。

宥琳：（转过头，正敷着面膜）我用的就是这个，你也试试？

恩雅：嗯？真的？那我当然要试试啦。

切换画面——

宥琳和恩雅敷着面膜，随意地躺着。

宥琳：我准备重新谈一次恋爱，多赚点钱。

恩雅：长得挺帅的。

宥琳：嗯？

恩雅：没什么，那么谈了恋爱后呢？

宥琳：什么？

恩雅：我看那个"新爸爸"看起来有些小啊，但您也别挑太老
的大叔……

宥琳：就是同学啦，和我游泳班同班。（马上）那你呢？你更
有问题好不好，男朋友……

恩雅：不是男朋友啦，就是同班的学长而已……

宥琳：同班学长？人怎么样？有没有做过什么出格的事？

恩雅：没有，就见了几面……嗯，不太爱说话……他长得像谁
呢……嗯，就有点像爸爸吧。

宥琳：（还是有些担心）无论如何也不要像妈妈一样，和别人
睡了一次就结婚了。

恩雅：（不好意思地）什么啊？干吗要讨论这种问题……

21. 内场 宥琳的公寓 / 宥琳的房间（夜）

宥琳，睡着睡着突然睁开了眼睛。

打开了台灯，似乎是发现了什么，望向旁边。

睡在妈妈身边的恩雅。

宥琳：（抚摸着恩雅的头发）哎哟，女儿啊……干吗睡在这里啊？

床上的宥琳，小腹再次疼痛起来。

宥琳：（抚摸着小腹）啊，真是要死了……到底是怎么回事？

咚……

布谷钟钟声响起。

22. 内场 医院／诊所（上午）

与医生面对面坐着的宥琳。

医生不说话，只是在看宥琳的超声波图。

感到惊讶的宥琳。

医生：什么时候开始痛的？

宥琳：嗯……一两个月前吧……大概那个时候。

医生：……

宥琳：怎么了？（定住）难道不是痛经的问题吗？

医生：好像子宫内部有什么……

宥琳怔住了。

医生：（写些什么）现在还不能确定这是良性还是恶性的。

宥琳：如果是良性会怎么样？恶性呢？

医生：如果是恶性肿瘤当然不好啊。

宥琳：那我该怎么办呢……

医生：嗯……在确诊之前还没办法治疗。如果特别痛的话先给你开一些止痛药吧。

23. 内场 医院 / 走廊（上午）

宥琳从诊所中走出，像是受到了很大的打击。

24. 内场 Homeplus（下午）

宥琳和恩雅在超市里购买生活用品。

恩雅兴奋地这儿看看那儿瞧瞧，但宥琳却陷入了沉思。

恩雅：妈妈，买不买这个，在打折呢。

宥琳：啊？随便……你喜欢就买吧。

停车场

宥琳将物品放入汽车后备厢。

东西又多又重，搬起来十分吃力。

宥琳：（朝着恩雅）把这个推回去吧。

恩雅听了宥琳的话，将手推车向寄存处推去。

宥琳旁边那辆车的一家人正在把东西放进车里。

男人手臂健壮，轻松地将东西搬入后备厢内。

宥琳瞥了一眼。

恩雅听着 MP3，推着手推车，"哐当哐当"地向寄存处走去。

一辆大卡车急速向恩雅驶来。

宥琳：恩雅！

恩雅因为塞着耳机听着歌，没听到宥琳的喊声。

吱！一声刺耳的摩擦声。

尽管卡车急刹车了一下，但已经晚了。

空的手推车撞上了卡车，"咣"的一声，弹了出去。

因为被卡车阻挡了视线，宥琳看不见恩雅。

宥琳感到恐慌。

宥琳：恩雅啊！

卡车司机：他妈的贱货！

已倒下的恩雅受了惊吓，但因为戴着耳机，没听见司机的话，
站起来问他。

恩雅：什么？

卡车司机：（看了一眼卡车）你找死啊？妈的……

恩雅停了下来，人们从四周聚过来，闹哄哄的。

宥琳从身后出现。

宥琳：您说什么呢？

卡车司机：耳朵被狗啃了啊？我真他妈的倒霉。

卡车司机准备把门关上离开。

宥琳：（咣咣地敲门）你说什么？

卡车司机猛地按着刺耳的高音喇叭扬长而去，还差点撞上了这对母女。

卡车看不见踪影了。

宥琳：啊……

人们在停车场里围观这对母女。

恩雅垂头丧气地。

恩雅：走吧，快。别人都看着呢。真丢人。

宥琳突然脸涨得通红。

虽然感到很生气，但仍然转过了身。

市内道路

宥琳坐在驾驶座上，一句话都不说。

两人无言以对。

宥琳的脸更红了。

25. 内场 宥琳的公寓（夜）

恩雅躺在床上，闭着眼，宥琳注视着她。

宥琳再次将恩雅的被角掖好，轻轻地退出了房间。

宥琳将玻璃杯倒上水，打开了药包。

装睡的恩雅偷偷睁开了眼睛，从床上爬起来，在门缝里偷偷地看着妈妈。

恩雅感到很抱歉的表情。

宥琳把药咽下。

26. 内场 恩雅的学校 / 教室（下午）

恩雅忧郁地望着窗外。

安静的教室。

黑板上写着"自习"二字。

恩雅，像是下了决心，掏出手机发短信。

短信：妈妈，今天我和秀敏一起回家，您不用来接我了。

27. 内场 聚会第一场——包饭店（下午）

十余名学员在餐馆里吃饭的场景。

其他学员谈笑风生，宥琳静静地待在一旁。

和恩雅一样忧郁的神情。

偶尔微微笑一下，应和一下别人。

内心仍然愁苦不堪。

宥琳的手机里来了一条短信。

短信：妈妈，今天我和秀敏一起回家，您不用来接我了——女儿刘恩雅

看到短信，突然会心一笑。

回复短信。

短信：好的，妈妈今天也可能会晚点回来，在聚餐……

将手机放下，看到了坐在桌子另一头正看着自己的志旭。

感到有些心动。

28. 外景 补习班 / 屋顶（下午）

天光渐暗。

恩雅独自一人坐在屋顶上，听着 MP3。

不知在和谁发着短信。

但是不断地写了又删，删了又写。

恩雅将手机放下，重重地叹了一口气。

趴下。

恩雅：（似乎十分头疼地）啊——啊——啊——

恩雅似乎下了个决心，突然起身开始重新编辑短信。

短信：等下能不能在补习班见一面呢？我有东西要送给您——
恩雅 / 收信人：兆涵学长

按下了发送键。

恩雅：啊，这下怎么办啊？

恩雅的旁边是一只用丝带包装好的巧克力盒，准备送给兆涵。

一阵阴冷的风吹来。

29. 内场 聚会第二场——XXX 小酒馆（夜）

宥琳拿着手机看时间。

酒馆里依旧是刚才餐馆里的那些人，连坐的位置都一模一样，嬉笑打闹着。

坐在角落里的宥琳与他们格格不入。

志旭：（扑哧一声）一点酒都不能喝？

宥琳：（怔住了）我吗？

志旭：（点点头）

宥琳：是的，我不会喝酒。

志旭：看上去不太像啊。（拿起酒杯送上去）那就喝一口吧。一口总可以吧？

宥琳和志旭拿起酒杯碰杯。

宥琳小心翼翼地抿了一小口。

30. 内场 补习班（夜）

补习班有小隔间。

恩雅坐在自己的位置上无精打采地趴在桌上。

旁边的巧克力盒还在。

这时，秀敏坐在了旁边的小隔间。

秀敏：你真的给兆涵学长发短信了吗？他回你短信了吗？

恩雅：（看着短信，点了点头）怎么办啊……你看。

短信：10 分钟你能来屋顶一趟吗？就你一个人——兆涵学长

恩雅非常心慌意乱，秀敏反而表情严峻起来。

秀敏：别去。

恩雅：啊？为什么？

秀敏：……

严肃的秀敏和看了兆涵的短信心慌意乱的恩雅。

31. 外场 补习班 / 屋顶（夜）

在黑暗的天台上，2个高中生模样的少年正抽着烟，嘿嘿地笑着。

学生 1 好像是在和谁打电话。

学生 1：哎，这次确定了？真的？好，好。你这家伙……（挂断）

学生 2：呀，那臭家伙说什么了？

学生 1：说 10 分钟后上来。

学生 2：那个小婊子看起来真瘦，今天身体能活动开吗？那婊子是个新手吧？

学生 1：是吧……妈的，她才多大？

有什么地方不太对劲。

32. 外场 聚会第二场——XXX 小酒馆 / 外（夜）

这群人从酒馆出来，又想转移阵地进行第三场。

一群人醉醺醺地吵嚷着。

宥琳的脸蛋也很红。

宥琳和志旭站得离其他人稍微远一点。

宥琳酒劲上来了，脸热辣辣的，一直在摸着自己的脸。

志旭：看来你真的不会喝酒啊，不好意思，都怪我。

宥琳：啊，不是这样的。很久没喝酒了，我也想喝一杯。

志旭：（看着其他人）看来他们要去 KTV 了。

宥琳：KTV？

志旭：是的，你呢？如果能一起去的话就好了……

宥琳：不太好吧，已经这么晚了……（再次）不行不行，我先
走了，你们好好玩。

33. 外场 补习班／台阶——屋顶（夜）

恩雅独自向天台走去。

因为太黑了，看不清台阶。

手里拿着巧克力盒。

恩雅打开了补习班天台的门，不远处正是她的暗恋对象——兆
涵学长。

兆涵：来了？

恩雅：嗯，学长好……

34. 内场 KTV（夜）

宥琳和志旭一起坐在 KTV 里。

宥琳有点不太适应 KTV 的气氛而感到尴尬。

志旭：不舒服？是因为我的问题吗？

宥琳：别人不会觉得奇怪吗？只有我们两个掉队了……

志旭：又没有人注意……

宥琳：但，总归是……

志旭：哦……（尴尬的宥琳）嗯……我准备下个星期去买西装，你能和我一起去吗？

宥琳：啊？

志旭：去面试的时候得穿西装……陪陪我吧？

宥琳：不穿西装更好吧……你这样穿就很好啊……

35. 外场 补习班 / 屋顶（夜）

兆涵打开了巧克力盒。

恩雅：怎么样？做得不好？

兆涵：……

恩雅：不满意？

恩雅看到兆涵的反应，很是泄气。

兆涵：你一个人来的？

兆涵向恩雅走来。

恩雅感到很紧张。

兆涵一步步靠近，好像要吻上来了。恩雅向后退去。

这时，不知从哪里响起了"嘿嘿"的笑声。

恩雅听到了人声，马上向兆涵靠去。

恩雅：学长，好像有别人？

空调室外机背后藏着两名高中生。

黑暗中高中生（声音）：哎呀，尹兆涵啊。

其中一个掏出了蓝色胶布。

36. 内场 KTV（夜）

志旭盯着宥琳的脸看。

宥琳虽然感觉很尴尬，却也觉得这样的志旭很可爱。

志旭小心地摸了摸宥琳的手。

宥琳回应了一下。

志旭安静地抱住了宥琳。

抱着宥琳的手在发抖。

宥琳，扑哧一声笑了出来。

KTV 里放着歌。

这时，宥琳包里的手机正在振动，闪着光。

37. 外景 补习班 / 屋顶（夜）

恩雅躺在天台的地上，非常惊慌失措。

她的眼神犹如受惊的小兔般无助而惶恐。

她的嘴被蓝色胶布封住，无法说话。

高中生阴险地笑着，一把扯起恩雅的两个胳膊，不知要把她拖到哪儿去。

恩雅躺在地上，被这些人拖着走。

眼神透着惊恐。

恩雅：（嘴被胶布封住）妈……妈……

高中生1：我第一个上。

高中生2：你这个白痴，这次该我先来。

黑漆漆的房顶，看不清这些人的脸。

也不知道有多少人。

时间如同静止了一般。

嘴里衔着的烟头闪着光，就像黑暗中野兽的眼睛。

有一个少年似乎觉得这一切很有趣，从口袋里掏出了手机。

38. 外场 KTV/ 台阶（夜）

宥琳急急忙忙地登上台阶。

一边整理着衣服一边匆匆地从地下 KTV 走出。

志旭：等下。

志旭追出去。

志旭：是我做错了什么吗？

宥琳：不。

志旭：那么您怎么这样……

宥琳：没什么，只是……有些不舒服罢了。也有些乏了。

志旭：您没生气吧？

宥琳：不知道。我们之间的关系好像还没发展到这一步……

志旭：您还会来游泳的吧？

宥琳：我也不清楚……（着急地推开志旭逃走了）

39. 外场 宥琳的公寓 / 前（夜）

夜晚的星空。

宥琳看着星星，没出息地害羞地笑起来。

宥琳：（捂住自己的脸）啊，真丢人……真是。

宥琳望向公寓，她注视的那一层并没有灯光。

40. 内场 宥琳的公寓（夜）

宥琳走进了黑洞洞的家，打开冰箱门，取出水大口大口地喝着。

宥琳：这丫头，已经睡了？

41. 内场 警察局（夜）

繁忙的警察局场景。

满满的都是犯人和醉汉。

门打开了，一个衔着烟的40岁左右的警官进来了。正是吴警官。

吴警官脚边，醉汉们正在耍着酒疯。

部下都不知拿这些醉汉如何是好。

吴警官：要么让他们再喝一点睡了，要么就打他们一顿把他们弄醒不就行了！这里是派出所吗？这群废物，这点事都做不好……

电话响了。

吴警官：（通话）（语气变得柔和）万象更新！我是某某警察局吴贤植。有什么要帮忙的吗？

42. 外景 市内公路（夜）

刺耳的警笛。

在城市里疾驰的警车。

43. 内场 宥琳的公寓（夜）

家中灯火通明。一个个房间找过去，找不到恩雅，她的书包也不在。

宥琳坐在客厅里看着自己的手机。

"'三星 SOS'紧急情况，求助。00:00p.m. 女儿刘恩雅"
这样一条短信。

竟有 11 个未接来电，是秀敏打来的。

宥琳着急地给恩雅打电话。

电话接通了，可以始终无人应答。

"嘟——嘟——"

44. 外场 市内公路（夜）

宥琳匆匆忙忙开着汽车，往补习班驶去。

将手机放在耳边，电话始终无人接听。

这时，一通电话响了。

来电：恩雅的朋友秀敏

宥琳：（打电话）（暗暗地舒了一口气）哦，秀敏啊，你看到我们家恩雅了吗？

吱——
宥琳的汽车轮胎发出一声刺耳的摩擦声，停在了人行道前。
像是受了很大的打击一般连声质问道：

（打电话）什么？请问您是谁？
吴警官（声音）：请问是恩雅的母亲吗？这里出事了。

45. 内场 恩雅的病房 / 急诊室（夜）
宥琳急忙向急诊室跑去。
秀敏和吴警官站在急诊室门口，好像在交谈什么。
宥琳精神恍惚地拨开秀敏和吴警官，秀敏和吴警官站定。

秀敏：这……

宥琳一把拉开了帘子，看到了躺着的恩雅。

宥琳：怎么回事？到底发生了什么事？怎么会这样呢？
护士：请您不要大声喧哗。

恩雅苍白的脸……

宥琳：恩雅啊……到底……

医生：（向宥琳问）您是她的监护人吗？

宥琳：是！

医生：（看向宥琳）您是她的母亲吧？

宥琳点了点头。

医生：这……唉……这件事，我们只能跟孩子的母亲说。

过了一段时间，宥琳坐在急诊室外，一副不可置信的表情。
向宥琳走去的吴警官。

吴警官：我是刚才给您打电话的吴贤植。

宥琳：（仰起头静静地看着他）

吴警官：医生告诉您了吧？

宥琳：我女儿她……她到底做错了什么？

吴警官：她什么都没有做错，这是一起犯罪事件。

宥琳的视线落在了吴警官身旁的秀敏身上。

宥琳：秀敏啊，你什么时候发现的？你没有和恩雅在一起吗？
为什么不马上打电话过来？

秀敏：我打了电话……我打了好多次，（欲哭无泪地）您都没
有接……

宥琳：……

吴警官：您先照顾一下孩子吧……2 小时内请来一趟警察局。

宥琳：等一下，到底是谁干的？

吴警官：现在犯人已经全部抓到了。

宥琳：（怔怔地）有目击证人吗？秀敏……秀敏你看到了吗？

宥琳急切地看着秀敏，秀敏一副要哭的样子。

吴警官：您别这样。（看了一眼手表）那么请您早点过来。哦，这应该是恩雅的吧。

沾满泥土的恩雅的包……还有伤痕累累的手机、巧克力盒子……

46. 内场 恩雅所在的医院 / 病房（夜）

宥琳拿着恩雅的手机和书包，晕晕乎乎地走进了病房。

恩雅吊着点滴睡着了，脸色很苍白。

宥琳站在治疗室旁，双手叉腰，不知如何是好。

再次查看自己的短信，心情十分沉重。

47. 内场 警察局（夜）

喧闹的警察局中心大厅。

吴警官和宥琳面对面地坐着，在填写调查报告。

吴警官：（敲着键盘）晚上 8 点到 10 点在哪里？

宥琳：在和游泳班的同学一起喝酒。就是聚餐……

吴：您把手机给关了吧？

宥琳：不知道……太吵了，那时我在 KTV。

吴：（打字）所有人都在 KTV 吗？大概有几人？

宥琳：这……从酒馆出来后，我和另外一个人一起走来着。

吴：另一个人……

宥琳：（犹疑不决）一个男人……也不知道他到底叫什么……只是一个游泳班的同学而已……

吴：没事，只是了解下情况……关于电话为什么接不通。（这时，一个下属走来，看到了宥琳，便和吴警官耳语）真的？（向宥琳说）请稍等，您在这里坐一会儿，我有一点急事。

吴警官站起来离开了。

高中生2（韩闵久）：啊，这个婊子……真是，真晦气。

宥琳静静地坐着……另一边，一堆闹嚷嚷的少年挤在审讯室里。他们面前站着略显稚气的警察。

高中生1（朴俊）：这次我们应该会被退学吧？

高中生2（韩闵久）：（激动地）嘿嘿，你们当时看见了吧？我要把那个婊子翻个身的时候，她都抖得不行了。然后我给了她一巴掌，让她精神点，结果她眼睛都快翻白了……哟呼，当时我还真他妈吓了一大跳。

宥琳的表情变了。

因为听到了和恩雅有关的谈话。

本来坐着的宥琳向少年冲过去，非常震惊的表情。

宥琳：你们这帮……！！

因为三个少年其中之一便是之前和恩雅一起的兆涵。
兆涵躲着宥琳的目光。
高中生1（朴俊）：妈的，我也看到了，那婊子不会有什么羊癫疯之类的病吧？

宥琳眼睛变红了，瞪着这帮少年。

高中生2（韩闵久）：啊，他妈的……把游戏机落在补习班了。
　　　　　　　　（看到宥琳在看自己，向旁边的朋友）呀，看那儿……

高中生1（朴俊）：看什么看，大妈你谁啊？

宥琳揪住了高中生1（朴俊）。
高中生1（朴俊）条件反射般地推了一把宥琳。
宥琳被推倒在地。吴警官出现了。

吴警官：（扶起宥琳）喂，小宋。把这帮家伙送进看守所去……快。
宥琳：他们……

宥琳再次推开了吴警官，瞪着这帮少年。
吴警官着急地一把抓住宥琳。

吴警官：和我一起回去。

宥琳：就是这帮家伙吗？

宥琳受了剧烈的刺激。

神情复杂的吴警官。

这帮家伙又开始大笑大闹起来。

宥琳怔怔地看着他们。

宥琳：（看着这群嬉笑着的家伙愤怒得泪水涟涟）啊，怎么可能这样……竟然还是和我们恩雅一个班的。

48. 内场 恩雅所在的医院 / 病房（夜）

恩雅躺着，宥琳静静地俯视着恩雅。

恩雅脸色苍白，高层病房的窗外……

插入画面——

新城综合医院的夜景。

新城的夜景……令人不安的警笛声，地铁驶过的声音。

49. 内场 恩雅的病房（早晨）

恩雅不太自然地站在病床前。

在她面前两名女警官正在给她拍照。

女警：能给我们看下肩膀吗？有被打的痕迹吧？（恩雅将肩部的青肿露给她们看）"咔嚓"。

接下来，腿。（恩雅将大腿内侧给她们看，那里也有瘀青）看不太清，能再撩起一点吗？（恩雅将大腿内侧的瘀青露出）"咔嚓"
还有，背部……（恩雅转过身去，露出背部，但是有胸罩的勒痕，
以及底下的瘀青……快要哭出来的宥琳）"咔嚓"。眼角的伤痕也
是那时产生的吗？

　　宥琳：是的……结束了吗？

　　女警：接下来问几个问题。初经什么时候来的？

　　恩雅：去年……

　　女警：最近什么时候来过月经？

　　恩雅：上个月 22 号……

　　女警：有没有过性经历？

　　宥琳：（准备回答，看了一眼恩雅）

　　恩雅：没……

　　女警：我们换个地方，更仔细地检查。

50. 内场 恩雅的医院／妇科化验室（早晨）

恩雅躺在检查台上，宥琳站在身旁。医生用镊子夹住棉花塞入。
不知是否是因为感到疼痛，恩雅忽地一下抓紧了妈妈的手。
医生看着电脑屏幕说。

　　医生：有破损的地方，壁上有伤痕，有些出血……

护士将诊断结果记下。
恩雅躺着流下了眼泪。

　　恩雅：好疼……

宥琳无法做任何回答，抚摸着恩雅的额头。

51. 内场 恩雅的医院 / 病房（早晨）

宥琳打开门进入病房。恩雅躺在床上。

宥琳坐在恩雅身边，恩雅下意识地闭上了眼睛。

宥琳似乎想说什么，但还是闭上了嘴。

恩雅：我想一个人待着。

恩雅闭着眼睛。

宥琳无法做任何回答，悄悄地站起来走了。

恩雅：（躺在病床上，紧紧地闭着双眼）别告诉爸爸。

宥琳点了点头。

52. 内场 恩雅的病房 / 走廊（早晨）

宥琳关上了病房的门，走出来坐在走廊的凳子上。（影像渐渐暗下）

53. 内场 相关化验室（白天）

长长的走廊。

谁的背影。

匆忙的脚步穿过走廊。

检察官迈着迅疾的步伐，一把拉开了检查室的门走了进来。

在他的对面，正是坐在来宾沙发上的吴警官。

随意地站起来，打了个招呼。

检察官将法官服随意地脱下，扔到了书桌上堆得像小山一样的卷宗上，坐在了椅子上。

负责检察官将恩雅事件相关资料从头到尾看了一遍，合上了。

从座位上站起，解开衬衣扣子。

检察官：吴警官。

吴警官：是，检察官。

检察官：吴警官怎么看？

吴警官：啊？

检察官：这个案子结果会怎样吴警官恐怕应该有感觉吧。

吴警官一动不动地坐在沙发上。

吴警官：对受害人那一边……不管怎样，总是不会太不利吧？

检察官：还记得以前有一个三十少年强奸幼童案吧？

吴警官：什么？

检察官：那事发生在釜山，一帮釜山高中生，30 人，把一个两岁的女童用鱼叉捅死了。

吴警官：哦……是的。

吴警官心里很难受。

检察官：那帮浑蛋中只有最严重的 3 个进了少管所，没过一年就出来了。剩下的 27 个在事发后一天就回家了，唉……（看着材料）

恩雅？到底她还是活着的。而且伤害鉴定书得等到4周以后才能出来。

吴警官：（心情惨淡）

检察官抽着烟，吐出一口烟。

检察官：您也应该清楚吧，这帮贪蛋的家伙恐怕都会无罪释放的。他们的爹娘也会闹事的。即使能把他们都关进少管所，过不了2个月也就出来了。那次事件中的3个进少管所的家伙都是差1年就成年了。但是抱歉，这次事件的这帮家伙都是未成年人……反正，估计就得和解了，合约金三户家庭一起出也不过几千元而已。知道为什么吗？

吴警官：……

检察官：本来这种案子的赔款就少，何况刘恩雅又是从单亲家庭里出来的，这种家庭出来的孩子总是会有些心理问题。说句难听的话，如果那三户人家一定要说，是几个孩子玩出了火……（没再说下去了）

吴警官：……

检察官：我也办过好多这种糟心的案子了。您就这样告诉刘恩雅的妈妈吧，审判后别忘了要赔偿金，就算拿点钱给孩子治一治。虽然这话听着不舒服，但也没别的办法了。

吴警官无力地站起来，走了。

检察官：呸……孩子在有这种败类的国家，真是……妈的……还不如移民算了。

54. 内场 警察局（早餐）

宥琳与吴警官面对面坐着。

似乎听到了什么话感到很荒诞。

吴警官：那帮家伙好像是未成年人……依法律来定……

宥琳：难道我女儿就不是未成年人吗？

吴警官：那几个家伙的父母想见下您。您……会见吗？

宥琳：干吗要见我？

吴警官：想和您和解……

震惊的宥琳和尴尬的吴警官。

宥琳：什么鬼话？和解？

55. 内场 警察局/协商室（上午）

坐在宥琳对面的是少年犯的父母。

韩闵久妈妈：哎呀，这些孩子玩过了火的，我们就和解了吧，谢谢啊（将信封推过去），我们也苦恼了很久……

朴俊的妈妈：小俊这孩子虽然不懂事，心肠还是好的。

宥琳缓缓地看了下桌上的信封。

紧紧地闭上了眼。

兆涵的母亲和其他两个穿着不同花色的衣服，坐在那儿一句话也不说。

朴俊的妈妈：小俊的支气管不太好……

宥琳嗤的笑了一声。

宥琳：够了，你们走吧。我会走法律程序的。犯了法就要接受法律的惩罚。

韩闵久妈妈：看看，非得我们的孩子退了学进少管所你才好受吗？啊？咱们把话摊开了说，难道你们家孩子就没什么问题吗？就这么想毁掉别人的生活吗？

宥琳：您刚才说什么？

朴俊妈妈：哎哟，韩闵久他妈，别闹了。

韩闵久妈妈：哼。听说还离过婚呢，把家搞得一塌糊涂。不就几个孩子玩玩而已吗？要没这因，哪会有这果。

朴俊妈妈：闵久他妈，别说了。

宥琳：犯了罪就要付出代价。明白了吗？罪有应得，这是常识！！！

宥琳一脚踹开了门走了。

56. 外场 警察局 / 长椅（上午）

宥琳坐在长椅上，吴警官静静地坐在她身旁。

吴警官：孩子他爸那边……什么都不知道吗？

宥琳：没告诉他们……

吴警官：我和负责这个案子的检察官谈了谈……这些罪犯是未成年人，要让他们坐牢好像有些困难。而且……恩雅除了大腿内侧有擦伤，没有强烈的抵抗痕迹，这个可能会成为证据不足的地方。

宥琳：那就再被他们多打几下，多咬几口吗？要是强烈反抗的话，一不小心被他们搞死怎么办？

吴警官：本来法庭上较量的就是证据……而且强奸罪判坐牢有些困难。

宥琳：那如果孩子吓住了，反抗不了呢？

吴警官：……

宥琳：如果手都动不了，如果害怕丢了性命而放弃了抵抗呢？

吴警官：法律就是这么规定的……

宥琳：……

吴警官：……

宥琳：我还是去陪孩子吧。我，相信法律是对的。

宥琳，猛地一下站起来走了。

心乱如麻的吴警官，独自呆着。

57. 内场 审判席（上午）

对方律师：事发当日证人首先向被告人兆涵发送短信要求见面，然后两个人见了面。这是事实吗？

恩雅羞愧的表情。

不知所措地坐在证人席上。

恩雅：是的……

坐在被告席上的韩闵久和朴俊无聊地开始东张西望，这时他们看见了坐得远远的秀敏。

秀敏和韩闵久、朴俊对上眼，慌慌张张地从法庭逃走了。

对方律师：证人是否是因为喜欢被告兆涵而准备送他礼物？

恩雅望向兆涵。

兆涵并没有躲避恩雅的视线。

反而恩雅含羞地低下了头。

对方律师：证人？

恩雅：是……

对方律师：事发当日，除了被告尹兆涵外，证人并没有看清楚其他被告的脸。这是事实吗？

恩雅：是……

对方律师：证人称被强奸了，但是否反抗过？证人因为喜欢兆，没有反抗，不是这样的吗？

恩雅望着兆涵。

恩雅：（呆住了）……

宥琳想说什么，但是被吴警官制止了。

对方律师：证人膝盖处的伤痕只是擦伤，证人并未被殴打，是吗？

恩雅：（极度不安的表情）……

恩雅不安地看着宥琳，宥琳感到十分痛心。

宥琳：（小声地说）恩雅啊……

58. 内场 法庭（上午）

法官入场。

嫌疑人和被告人起立。

法官坐下，其他人跟着坐下。

法官：以下为审判结果。

宥琳和嫌疑犯紧张的表情。

法官：三名被告被指控强奸，但根据原告刘恩雅的证词，本案既无目击证人，也没有证据证明两名嫌疑人的确凿罪行。

宥琳震惊地从座位上站起来。

宥琳：没有？您说什么胡话？

但是吴警官制止了她。

负责此案的检察官似乎十分痛心地紧紧闭上了眼。

法官：两名被告因证据不足予以无罪释放。被告朴俊承认了与原告发生性关系的事实，但未对原告造成巨大的伤害，且原告也应承担一定的责任。除此之外，考虑到被告朴俊为高中生，故判其监禁 6 个月，缓期一年执行。

宥琳不敢相信法官的审判。
猛地从座位上站起。

宥琳：什么？无罪？笑话！

法庭内的法警向宥琳走来制止住了她。
对宥琳的反应感到不快的法官。
吴警官也吃惊地站起来，欲制止住宥琳，但宥琳已经十分激动了。

宥琳：喂。我女儿被这群浑蛋给强奸了！！！你说无罪？哼，什么鬼话，什么破审判？

如此激动的宥琳眼中，韩闵久和朴俊径自嬉皮笑脸，比画着胜利的手势离开了法庭。
宥琳向他们冲过去。

宥琳：给我站住！！你们这帮浑蛋！！！

场内一片混乱。
欲制止住宥琳的吴警官和法警高声呵斥声，和宥琳的喊叫声混在一起。
其中是低头坐着沉默不语的恩雅。

59. 外场 法院 / 前（上午）

不知何时追上来的吴警官。

吴警官：恩雅妈妈……

宥琳神情恍惚地走出了法院。

转过头。

早晨的太阳光十分刺目。

宥琳的身旁，恩雅惊慌地站着。

宥琳：你们都是干什么吃的？

吴警官：对不起……我无话可说。

宥琳：还有天理吗？

吴警官：……

宥琳：证据？没有证据？我女儿都这样了……还缓刑？像话吗？

吴警官依旧一句话都说不出来。

激动的宥琳想去打开车门，却打不开，歇斯底里般地踢着车门泄愤，然后一屁股坐在了地上。

旁边恩雅的脸。

60. 内场 必胜客（下午）

比萨上了桌。

秀敏愣愣地看着吴警官。

吴警官：怎么不吃？

秀敏：恩雅……怎么样了？

吴警官：算了，你别管。都还好吧……（把比萨放到秀敏的餐盘里）吃吧。

秀敏：爸爸……

吴警官：嗯？

秀敏：送我出国吧？

吴警官：为什么？

秀敏：就……

吴警官：想要去留学？吃着比萨就想去意大利了？

秀敏：……

吴警官：（紧张地看着秀敏）你认真回答我的话，听到了没？

秀敏：嗯……

吴警官：你和这事没关系吧……

秀敏：……

吴警官：（要求她回答似的）为什么不说话？没关系吧？

秀敏：嗯……

吴警官：那么好了。就算不能帮上忙，至少也不能害了别人。

61. 内场 宥琳的公寓前（上午）

雨声入耳。

插入：雨中的城市，与往常一般平静。

公寓外正下着雨,宥琳撑着伞,呆呆地站在雨中,仿佛在等着谁。

一辆出租车滑行过来,停住了。秀敏从车上下来。

宥琳振作起来,向秀敏跑去,敲着副驾驶座的窗,给司机递了一张一万元,将一把伞递给秀敏。

秀敏显得忧心忡忡。

62. 内场 宥琳的家（上午）

恩雅和秀敏胡乱地坐在沙发上。

秀敏:（不敢正视恩雅,只是翻着笔记本）这是考试的范围……啊,这里也会出两道题……

宥琳在厨房里切水果,瞄了一眼恩雅。

宥琳将水果拿给她们。

将水果插在叉子上,递给了恩雅和秀敏。

秀敏不情愿地接过来了,但恩雅没接,目不转睛地看着笔记本。

秀敏一边吃着水果,一边在找话题……

秀敏:快来上学吧。我们都很担心你。

宥琳:是啊,去学校吧,还要考期中考试呢……

恩雅看着笔记本……

恩雅:你们干吗要担心我?

宥琳和秀敏愣住了。

宥琳：这个……你没去上学当然会……

恩雅：（冷眼看着秀敏）你不会是说了什么吧？

秀敏：啊？

恩雅：一定是你说了什么，他们才担心我的，难道不是吗？

秀敏：不是……我什么都没说，我没骗你！

恩雅：你说你没骗人，可是从你进门起都不敢看我，你到现在都没有正视过我一次！

宥琳：恩雅……

恩雅：（突然发火了）你一定大肆宣扬了吧！现在学校同学都知道了吧？

秀敏：不是的不是的……我什么都没说，真的……

宥琳：恩雅你怎么了？秀敏是来看望你的，你怎么能这样对她说话？

恩雅：我绝对不会去学校的。不去……死都不去！

宥琳和秀敏都哑口无言。恩雅站着，表情一下子变得难看起来。

尿液顺着睡裤裤筒流下来。

恩雅也茫然地看着尿。

63. 内场 宥琳的家 / 浴室（下午）

浴室镜子中恩雅的脸。

恩雅坐在浴池里，抱着双膝。

神情茫然。

宥琳进来……

宥琳：恩雅啊……你都洗了两小时了，你以前没洗过这么久的澡啊……这样对皮肤不好。（一边说着话一边试水温）水怎么这么凉？恩雅，快出来！会感冒的！（急急忙忙地打开热水，灌入池中）

恩雅：妈妈……秀敏应该很生气吧？

宥琳：秀敏又没有做错什么……没关系，我会帮你向她道歉的，出来，好吗？

恩雅：不……还是很脏啊，我真是太脏了……

宥琳什么话都说不出来。

恩雅：妈妈……我怎么会遇上这种事呢？怎么会……

宥琳努力忍住了眼泪。

64. 内场 韩闵久的家（下午）

韩闵久的妈妈准备去上班，而韩闵久从一旁的卧室走出，从冰箱里取出冰水喝起来。

韩闵久：妈的，才给我1万？

韩闵久的妈妈：（心烦地）怎么了？

韩闵久：给我点烟钱。

韩闵久的妈妈：哎呀妈呀……我的命怎么这么苦啊……

韩闵久妈妈给了韩闵久1万元，马上就出门了。

韩闵久走进了房间，朴俊正在看电脑里放着的黄色电影。

韩闵久：喂，浑蛋，别看了。

朴俊：这次竟然还去法院了，真他妈的倒霉。妈的，如果之前和那个女的庭外和解，不就什么事都没有了吗？

韩闵久：不是叫你不要担心了吗？胆小鬼……

朴俊：……呀！我们叫那个婊子出来，你说她会不会来？

韩闵久：神经病……如果是你你会来吗？

朴俊：你才神经病！那时我们不是拍了视频了吗，拿那个威胁她不就行了……

韩闵久：但如果那个婊子拿着视频去找警察怎么办？

朴俊：我敢打赌她肯定不敢。

韩闵久：哈，真的？那给她发吧，你说她到底会不会来？

朴俊：真发？那如果那婊子来了，这次我第一个？

韩闵久：OK，浑蛋。如果不来的话，给我买一百万的面包！

朴俊：没问题，妈的……我发短信了，确定？

朴俊掏出了手机，找到了在补习班天台拍的视频，给恩雅发短信。这帮坏蛋邪恶地笑着，自得其乐。

65. 内场 宥琳的家（下午）

宥琳端着一盘食物，站在恩雅的房间门口。

轻轻地叹了一口气。

宥琳：恩雅啊……今天有辅导课……

宥琳走进恩雅的房间。

恩雅背对着宥琳，静静地躺在自己的床上。

宥琳看着恩雅，将托盘放在书桌上。

宥琳：辅导课也要上啊……学校也要去啊……还有朋友……你快点好起来吧……

恩雅：……

宥琳：如果你不愿意的话……要不要和妈妈出去旅行？你不是说过想去济州岛吗？明天就出发，好吗？

恩雅：妈妈……

宥琳：嗯，恩雅。

恩雅：……如果这样的话……就像什么事都没发生过……如果这样的话……

宥琳：……

恩雅：我真的可以假装什么事情都没有发生过吗……

宥琳再也说不出话来，走出了房间。

恩雅躺在床上，书桌上手机响起短信提示音。

恩雅爬起来，打开了手机……是视频邮件。

解锁屏幕，视频邮件开始播放。

短信：出来吧，如果你出来我就把这段删了，如果不出来的话就传到网上去，嘿嘿……

视频正是恩雅在补习班屋顶上被强奸的那段。

恩雅悲伤地尖叫……

宥琳听到房间里传来尖叫声，吓了一大跳。

宥琳：怎……怎么了？恩雅，出什么事了？（担心地跑去开房间门，但是开不开）开门啊，到底出什么事了？

突然寂静无声。

恩雅从桌上操起一把裁纸刀。

不一会儿，房门打开了，恩雅已经换好了衣服，背着大提琴出来。

恩雅：我去上课了。

宥琳：……恩雅啊，现在……？

恩雅：……

66.外场 街道（下午）

恩雅恐惧的表情。

从家中走出，穿过铁轨，按照朴俊发给她的地址，向他家走去。

再次回望了一眼自己的家，恩雅的手机里不断地接到朴俊的短信。

短信：经过 Star KTV，四条街后向右拐，往上走。

恩雅眼中泪水不断坠落，往上走着。

在恩雅的对面，两名巡逻警察聊着天走过。

恩雅无法开口，只是用泪水涟涟的眼看着他们。

但是两个警察面无表情地和她擦肩而过。

短信：他妈的，还不快点?

恩雅走进了韩闵久家所在的贫民窟。
垃圾遍地，颓败的墙壁刻画着贫穷的印记。
恩雅从来没见过这样的景象。
只是愣了一会儿神，马上一把抓住了口袋里的裁纸刀。
走进巷子。

67. 外场 贫民窟的巷子 / 韩闵久的家（下午）

恩雅站在了贫民窟的一条死胡同里。
短信依旧发来。

短信：从 E 幢进

恩雅走到了短信指示的 E 幢的大门口，再次把裁纸刀拿出来
看了一眼。
这时，突然房门打开了，朴俊走了出来。
朴俊笑了一声。
恩雅把裁纸刀藏起来。

朴俊：进来。

恩雅踌躇不前，往后退了一步。

朴俊：（小心翼翼地看了一圈）叫你进来。

一把抓住恩雅把她拉了进去。

镜头切换——

用手机拍摄的画面，充斥着少年放荡的笑声，恩雅狂乱地挥舞着裁纸刀反抗着。

恩雅：把……把视频交出来！

那帮坏家伙看到恩雅掏出裁纸刀，不仅没有感到害怕，反而更觉得有意思。

韩闵久：哎哟，我好害怕呦……

这帮坏家伙反而向恩雅走去，打了几下她的头，感到更加生气，恩雅眼里盈满泪水。

猛地一下闭上眼，挥动的裁纸刀划上了韩闵久的手。

韩闵久：啊！他妈的，这贱婊子真是垃圾……

韩闵久怒火熊熊，狠狠地打着恩雅的耳光。挨了耳光的恩雅无力地倒在了地上。

镜头暗下……

昏暗的屋子，正是韩闵久的房间。

在黑暗的屋中躺着的正是恩雅。

有一只手捂住了她的嘴巴，恩雅好像被谁压在身下，某个坏家伙发出气喘吁吁的声音。

恩雅瞪大的双眼很明显。

不知是否还有意识，还是在盯着什么看。

68. 内场 破旧的商场（下午）

韩闵久家所在的小区入口有一座破旧的商场。

商场里的公共厕所。

能看到恩雅站着的背影。

恩雅看着镜中的自己。用裁纸刀将自己纠缠在一起的头发割下。

面无表情的恩雅，割了好几下。

69. 内场 宥琳的公寓（下午）

嘎吱——

听到了开门的声音，宥琳转过头去看。

宥琳：哦，恩雅你回来……（突然停住惊讶地）怎么这么晚？

恩雅披头散发，背着琴盒站在门口。

恩雅慢慢地走进自己的房间。

宥琳惊恐地注视恩雅的行动。

恩雅走进了房间，宥琳急急忙忙地追上去，但房门已关紧。

宥琳用力地拍打着房门。

宥琳：恩雅啊……发生什么事了？开下门啊，恩雅啊。

咣！咣！咣！

当——布谷钟响起来。

70. 内场 咖啡店（早晨）

咖啡店中正在进行着室内装修。

宥琳朝那些工人发火。

宥琳：（神经质地）不是这儿，是那儿，我说几遍了！就不能
把它安在外面吗？

感到为难的工人们。

宥琳：算了，今天就这样吧，你们都走吧。

71. 内场 慧秀的商住两用楼（夜）

宥琳的前夫在卧室里穿衣服。

浴室里"唰"的一声放水的声音

叮咚——叮咚——

慧秀（声音）：亲爱的，你去开下门好吗？

门打开了，前夫目瞪口呆。

门口站着的正是宥琳。

从身后出现穿着睡袍的慧秀。

前夫：（惊慌地）什……什么事，这个点……（向慧秀）你进
去吧……

宥琳：我不是来见你的,（转向慧秀）抽点时间跟我聊一聊好吗？

慧秀：我……？

宥琳：去外面吧，我去外面等你。

72.外场 慧秀的家 / 停车场（夜）

慧秀和宥琳坐在车里。

二人陷入一阵沉默……

宥琳：废话少说。（叹了口气）我出了些事，想请你帮帮我。

慧秀：……

宥琳：我准备上诉，需要一个专家。你是我知道的这方面的专家……我会给你付最高的价钱的。

慧秀：究竟是什么事呢……

宥琳：我现在要说的话……你能不能告诉他吗？这件事很伤自尊……

慧秀：那为什么……找我？

宥琳：你是我认识的唯一的一个女律师……我知道你在我的离婚诉讼上展现了你的能力。

慧秀：我不知道……我是否适合……

宥琳：你是从什么时候开始和他在一起的？

慧秀：……大概有 2 年……恐怕我不能胜任……对不起。

宥琳：（冷冷地）看来你逃不掉了……这恐怕不能算是请求，应该算是要求。因为，如果不是你的插足，这种事也不会发生。

慧秀：……

宥琳：……

慧秀：……你希望得到什么结果？

宥琳：（果断地）死刑……全部。

73. 内场 慧秀的家（夜）

前夫讪讪地看着慧秀。

慧秀一屁股坐在沙发上。

前夫：你回来了？那个女人为什么不叫别人？她想毁了我吧？

慧秀：让我静一静……（站起来走进房间）

74. 内场 宥琳的公寓 / 浴室（早晨）

恩雅坐在浴池里，抱紧膝盖。

神情茫然。

宥琳打开浴室的门。

宥琳：恩雅啊……

恩雅：……

宥琳：恩雅啊……我们和秀敏一起做些好吃的吧……

恩雅：……

宥琳：明天我们去超市购物，好吗？

恩雅：也行……就我们三个……

宥琳：好，好。我们一起玩。

宥琳的电话响起。

宥琳：喂？

教导主任（声音）：你瞧瞧，恩雅妈妈。

宥琳：请问您是谁？

教导主任（声音）：我是教导主任。不是，你怎么可以把这种事推给学校呢？

宥琳：您说的是什么话？您怎么能这样说？

教导主任（声音）：这还是放学后的事呢！明明是在补习班发生的，怎么就怪到学校了呢？啊？

宥琳：什么？

班主任（声音）：父母才该对学生的行为负责，不是学校！（挂断电话）

宥琳：喂，喂！

宥琳拿着被挂断电话的手机，愣愣地站着。

75. 内场 检察官办公室（早晨）

宥琳和负责此案的检察官面对面坐着。

检察官：我重申一遍……处以极刑是很难的。本来强奸罪举证都很困难，何况还是未成年人……

宥琳：那个教导主任说话真难听……

检察官：学校那边，不管学生怎么样，只要能让他们顺利毕业就行。就是怕名声坏了。

宥琳：那就是说走法律程序很困难了？

这时，门一把被打开，前夫冲了进来。

前夫：（看着宥琳）你算个什么啊！

宥琳：我怎么了？

前夫：（生气地）为什么不告诉我？你把我当什么人了……你竟然敢无视我？啊？我怎么说也是孩子的爸爸，爸爸！你到底是怎么照顾孩子的？！恩雅现在在哪儿？哪儿？！

宥琳：（冷冷地）不要发神经了，你这个浑蛋。

（站起来）如果不是你丢下我们，这种事也就不会发生了。你和那些浑蛋有什么两样？你也是共犯……共犯……

宥琳走了，检察官保持沉默，前夫怒气未消。

76. 外场 动物医院 / 市内公路（下午）

医生治疗小狗OK，宥琳在旁边搭把手，恩雅戴着帽子（短发），低头看着新出生的小狗。

宥琳看向恩雅。从宥琳的角度看到的恩雅……

恩雅看下下方，从恩雅的视角看到一群小生命们蹒跚学步。

从动物医院出来牵着小狗戴着帽子的恩雅（短发）。

宥琳将停在路边的车用遥控器解锁，"哗哗"。

宥琳启动了车。

宥琳的车在城市里行驶。

宥琳：心脏感丝虫病听起来怪可怕的，可别传染上了。（对着小狗）对吧，OK？

一边说着，一边瞄了一眼恩雅。恩雅抚摸着小狗。

恩雅：妈妈。
宥琳：（开着车）嗯？
恩雅：我们 OK 很漂亮吧？

宥琳：当然啦，很漂亮。
恩雅：（笑）如果不吃屎的话，一定是最漂亮的小狗吧，不是吗？
宥琳：……
恩雅：我……想了想……对我们 OK 来说，我很烂吧？是吧？
宥琳看着恩雅，泪水在眼眶里打转。一边擦着泪水，一边试图微笑。但她无论如何努力，都无法止住潸潸的泪水。

丁零零——
恩雅的手机响了，宥琳在忙着开车。恩雅怔怔地看着宥琳……颤抖着双手抓紧了手机。因为手机屏幕上显示是"朴俊"。过了一会儿，恩雅接了电话，突然泪如雨下，扭过头去。

恩雅：……喂……
朴俊（声音）：呀，该拍第三次了吧！

恩雅惊恐地挂断了电话，手机来了一条短信：竟然敢挂我电话？你他妈的找死啊？明天再过来吧。

恩雅：（强忍住泪水出现正脸）妈妈……我……突然想见爸爸。

宥琳：啊？现在？

77. 内场 宥琳的家（下午）

恩雅呆呆地坐在沙发上，宥琳这时才开始收拾起房子来，忙得焦头烂额。一边打着电话，手忙脚乱的。

宥琳：（局促不安地）爸爸好像很忙的样子，接不通电话。妈妈得去商店买点东西，你也一起去吧？

恩雅：不了……

78. 外场 市内公路（下午）

宥琳驾驶着车。

前夫仍旧不接电话。"您拨打的电话无人接听，将转入语音信箱……"

宥琳：求求你了，你一定要接我的电话啊……恩雅拜托的，今天晚饭……

79. 内场 蛋糕店（下午）

恩雅看着蛋糕。

服务员：蜡烛在这儿，您想在蛋糕上写什么呢？

恩雅：（垂下头）……我，我自己来写可以吗？

画面渐隐——

80. 内场 宥琳的家（夜）

宥琳买完东西回到了家。阳台的窗户开了，风吹了进来，宥琳把窗户关上，忽然觉得这个家很陌生。

宥琳：恩雅啊……妈妈回来了，恩雅……

打开恩雅的房门，恩雅不在。
浴室里传来哗哗的水声
吱呀一声……宥琳打开浴室的门。

宥琳：恩雅！！！

宥琳发出了一声野兽嘶吼般凄厉的惨叫声。
恩雅在红色的浴缸中和衣躺着，手腕处不断涌出鲜血，像是死了一般。
浴室地板上是那把裁纸刀，恩雅之前把它带出去，却用不上。

突然画面一闪——

宥琳慌慌张张地把恩雅从浴缸中抱起，惊慌失措地把恩雅拖出来。
恩雅躺在浴室的地板上，纤细的手腕不断渗出鲜血。
宥琳一时不知如何是好。她把手帕拿来，急急忙忙地把恩雅的手腕包上，想给她止住血。

宥琳：恩雅，恩雅，听得见妈妈说话吗？

切换镜头——

81. 内场 宥琳的公寓 / 电梯到停车场（夜）

宥琳恍恍惚惚地，电梯门一开马上背着恩雅进去，按了地下层的按钮，电梯下行。

宥琳：恩雅啊，恩雅，听得见妈妈说话吗？恩雅，快回答啊……求求你……

恩雅吃力地睁开双眼。

恩雅：妈妈……

宥琳：恩雅啊……

电梯门一打开，宥琳立马背着恩雅冲了出去，慌慌张张地找自己的车。

宥琳环顾四周，因为脱力背着恩雅的她跌倒了，再次站起来。

82. 外场 宥琳的车 / 市内公路（夜）

车疾驰着，宥琳在驾驶。

恩雅在旁边的座位上，宥琳快疯了。

因为是下班高峰期，路上很堵。

"叭叭——"宥琳疯狂地鸣着喇叭。

宥琳：恩雅……醒醒！

恩雅：妈……妈……别哭……

宥琳看着恩雅，干号着。

恩雅的手腕处依旧不停地涌出鲜血，宥琳更加惊慌。

宥琳：恩雅，把手抬高，超过心脏。

83. 内场 恩雅的医院 / 急诊室（夜）

急诊室。恩雅被放在病床上，紧急转移。已经戴上了氧气面罩，医疗小分队进入。

医疗队把宥琳从恩雅身旁推开，医生在检查恩雅的瞳孔。

医生1：睁下眼？听得见我说话吗？叫什么名字？

恩雅好像睁了一下眼睛，但是又似乎是十分吃力地把眼睛闭上了。

宥琳：恩雅啊！

护士：监护人，请您让一下。我们会尽力的，请您在旁边等一下。

一边说着一边再次把宥琳推开，宥琳看到恩雅的情况，心乱如麻。

镜头切换——

急救手术台。

医生1：失血过多，几乎没有血压了，血流得太多了。1个小时内做心肺复苏。

一堆医疗管子将恩雅层层包住。

急诊室旁边正是监护人等待室。

宥琳的眼泪和恩雅的血一般，失控地溢出。

宥琳透过玻璃窗望向手术台上的恩雅，紧紧地将双手绞在一起，像是祈祷一般，非常不安。

宥琳：老天爷啊，把恩雅还给我吧，让她再陪我几年吧，请不要把她带走……

现在恩雅没有任何反应了。

医生不断给她做心肺复苏。

医生1：输血! 快! 快!

医生绝望地给她做心肺复苏。

突然哪里传来了一声"哔——"刺耳的声音。

医生一副"该来的总是会来"的表情。

医生又电击了几次，最后像是脱力了一般。

电波的沙沙声依旧不断地响着。

"哔——"

虚脱的医生2，用小电筒照了照恩雅的眼睛，看了看手腕处的表。

医生1：几点?

医生2：8点20……

等待室，医生1，宥琳缓缓起身。

医生 1：8 点 20……患者死亡。

宥琳：啊？

听到这句话，宥琳扑通一声失去了意识倒了下来。

黑幕——

宥琳的梦——

夜晚，白色自行车的轮辐旋转着，闪着光芒，很是浪漫。

宥琳坐在车座上，恩雅背着洗澡包，坐在后座上。

母女的头发湿漉漉的，在风中飞舞。

宥琳：恩雅，你该减减肥啦，你现在太重了，我都带不动了。

恩雅：妈妈！

宥琳：这个地方的浴池更不错吧？

恩雅把鼻子埋在宥琳的背上，嗅着妈妈的气息。

恩雅：啊……我最喜欢妈妈的味道了。

宥琳：（晃晃悠悠地）呀，小心点……我那儿可敏感了……

宥琳徐徐地睁开了双眼，看到的天花板很陌生。这里是医院急诊室的一个床位。

宥琳噌地坐起来，急急忙忙地跑到恩雅在的急诊室。一拉开帘子，恩雅的床上空无一人。医疗队不知从哪儿冒出来，

医生：患者在那边。

宥琳向恩雅走去，脚步却怎么也迈不出去。

医生扶住了她，也感到很悲伤。

拉开本是合拢的帘子，恩雅冷冰冰地躺在那儿，令人感到陌生。

脸被床单盖住。

宥琳向恩雅走去，面无表情，用颤抖的双手将床单缓缓掀起，随之而来的医生担心地扶住了她。宥琳缓缓地低头注视着恩雅，看到了恩雅瘦弱的手腕上还未来得及取下的输液针。

宥琳：把……把这个拿掉，拿掉……

恩雅身上的输液针被取下，医生准备将床单重新盖上。

宥琳：别……我说了不要！

医生感到很尴尬，退出了病房。

宥琳将自己的脸贴在死去的恩雅脸蛋上，抚摸着恩雅的头发。

最后痛失爱女的母亲终于号啕大哭。

84. 内场 恩雅的医院 / 停尸间

插入——

下着雨的城市景象，依旧一切太平。

嗡嗡——大型制冷机的发动机声音传来。

画面变得明亮，穿着黑色丧服的宥琳独自坐在恩雅的尸体前。

停尸房如死一般寂静。

宥琳双目无神，她看着的正是恩雅的头部，恩雅的尸体被白布覆盖，短发可怜地竖着。

咚咚咚——吴警官进来了。一时无语凝噎。

宥琳：我的女儿……不喜欢一个人待着，所以我在这里陪陪她。

吴警官：……上诉日期……

宥琳：我作为母亲……竟然不知道恩雅活得这么……这么痛苦。那个审判……我想推迟。

吴警官：啊？

宥琳：可以吗？

吴警官：……

85. 内场 某火葬场（上午）

牧师开了个头，赞美诗的歌声响起。

装着恩雅的小棺材缓缓地进入火坑中。

已泣不成声的宥琳突然放声大哭，想要抓住棺木。前夫在一旁扶住了她。

熊熊火焰包裹着棺材，宥琳的眼中倒映着恩雅的棺材。

火葬场一片哭声。宥琳哭得几乎要背过气去。吴警官也十分痛惜地看着她。

86. 外场 沿江北路（上午）

嗒嗒——嗒嗒——

是恩雅的脸在晃动。

在画面里可以看到这是恩雅的遗像。这张遗照是从集体照中紧急放大制成的。

灵车颠簸着。

宥琳坐在后座上，抱着恩雅的遗像。

前夫跌坐在宥琳旁边的座位上，看着沿江北路的风景。

向郊区驶去的灵车。

在宥琳乘坐的灵车后面跟着吴警官的车。

宥琳的手机响了，她接起电话。

宥琳：喂……

护士（声音）：请问您是金宥琳吗？这里是 Mizmedi 医院。上次您的诊断结果不太理想，请您来一趟医院，做一下更详细的检查……

宥琳：对不起，您打错了。

宥琳面无表情地挂断了电话。

87. 内场 宥琳的公寓（从上午到下午）

恩雅的皮鞋和拖鞋，玄关门打开，宥琳的脚进来。

宥琳抱着恩雅的遗像，愣是抬不起脚进去。

宥琳眼中，屋内空空荡荡，恩雅不在的房子。

小狗 OK 感觉到恩雅不在，"呜呜"地小声叫着，在房间里跑来跑去。

宥琳犹如一尊石膏像般一动不动地坐着，远方地铁经过的轰鸣声传来。

镜中的宥琳，她的影子随着太阳的变化而移动，家中死气沉沉。

整点到了，布谷钟钟声响起。

丁零零——

宥琳的手机短信铃声响起。

短信：顾客，祝您生日快乐！

无精打采地合上手机，站起身来。

浴缸中一池血红的水打着漩涡流入下水道。

宥琳呆呆地看着漩涡。

浴室。

不知何时，宥琳开始洗刷沾满了血的浴池和浴室。强忍着泪水。

厨房

宥琳打开了冰箱，看到一只陌生的蛋糕盒。

宥琳打开蛋糕盒，映入眼帘的是一行字——"Don't cry mommy"。这是恩雅给妈妈准备的蛋糕。宥琳一下子跌坐在地上，不知所措地呜咽着。

阳台

恩雅的校服等……衣服挂在衣架上。

88.内场 宥琳的公寓 / 恩雅的房间（下午）

宥琳打开恩雅的房门，走了进去。

拿着恩雅的衣服走进去的宥琳将衣服整整齐齐地放在衣柜里。

宥琳轻轻地抚摸着恩雅书桌上骑自行车的照片。

看到了恩雅的苹果手机，宥琳摆弄着恩雅的手机，看着曾经和自己发的短信。

"今天我和秀敏一起回家，妈妈您不用来接我了"

宥琳又开始哭泣，看着恩雅的短信，突然，看到了收件箱中充满着恶毒话语的短信。

"现在给我出来，不然就给你妈发这个"

"竟然敢挂我电话？你他妈的找死啊？明天再过来吧"

宥琳脸色大变，好像是想到什么，着急地摆弄着手机。

"拍得真不错，如果放到网上，哼哼"

看到有一段视频彩信……播放出来，是一段惨不忍睹的视频。

画面——

一个人的背。

越过他看到的竟然是恩雅！宥琳从来没见过恩雅的双眼有这么浓的恐惧。

恩雅的嘴上是蓝色的胶布，整个视频充斥着这帮人渣的淫笑声。

这段视频是在补习班屋顶拍的。

发信人是朴俊。

另外一个视频的结尾部分，是爬上天台目睹这一幕的秀敏。

传来了这帮少年奸笑的声音。

宥琳的表情千变万化。

接着她听到了恩雅的声音"妈妈呀……"

在其他视频里听到过的那个男孩的声音。

朴俊：喂，来，拉段大提琴。给我高兴点！

画面中恩雅将大提琴放好，看四周好像是韩闵久的家，但是恩雅咬紧了双唇。韩闵久邪恶地扇着恩雅的耳光。

朴俊：拉啊！

恩雅死死地咬住嘴唇，眼里淌着泪。

恩雅开始演奏，是当时她为兆涵拉的曲子——李斯特的《爱之梦》。

韩闵久：喂，看镜头啊！叫你看这里镜头，哈哈哈！

宥琳：啊啊啊啊啊啊！！！！

宥琳攥紧了手机，发出了一阵哀号。

宥琳向后倒去，在地板上翻滚着。

她撕扯着自己的胸，扇着自己的耳光，像一只野兽一样吼叫着。

想把手机向墙上摔去的宥琳突然住了手。

用瑟瑟发抖的手再次打开了手机，再次将视频调回到恩雅演奏大提琴那一段。

恩雅演奏大提琴的声音传来。

宥琳的胸都快要炸开了，从家中冲出。

89. 内场 宥琳的公寓 / 地下停车场

宥琳用颤抖的手发动了汽车，踩下油门。

宥琳的车"轰"的一声冲了出去，撞上了前面的车，前面的车警报声响起。

完全失去理智的宥琳开始倒车，又撞上了后面的车，后面的车也响起警报声。

停车场到处都是警报声。

宥琳抓住方向盘，没有开动汽车，再次打开恩雅的手机，手不停地抖。

"现在给我出来，不然就给你妈发这个"

"竟然敢挂我电话？你他妈的找死啊？明天再过来吧"

宥琳死死地盯着发送视频的发件人"朴俊"二字。

宥琳的手指停在了"通话"键上，不停地抖动着。

在警察局里看到的那几个浑蛋的脸一个一个浮现……还有……

这时，喇叭声响起，宥琳的车挡了道，前面驶来一辆车按了按喇叭。

90. 外场 某条小巷子外的街道（下午）

宥琳的车旁站着两个女子。

她们身旁车辆川流不息，宥琳和秀敏面对面地站着。

秀敏：怎么……了？

宥琳：你，那天，在屋顶吧？

秀敏完全没想到宥琳会这样问她，眼眶马上红了。

秀敏无法回答宥琳的问题，感到十分慌张。

宥琳：快说，你那天是不是在屋顶？

秀敏：……是。

秀敏说完放声大哭，宥琳听到了秀敏的回答，脑中"唰"的一下一片空白。

宥琳：那……那你为什么不说呢？为什么不在法庭里说，为什么！！！

秀敏：对不起，阿姨……对不起！

宥琳：现在你和我去警察局，全说出来！！！

宥琳一把揪住秀敏，拖着她准备走。

但是秀敏不知为何像是吓破了胆，一动也不动，就那样站着。

秀敏：我不去，阿姨，不去！！不能去……

宥琳：不去？为什么？你不是恩雅的朋友吗？难道你……难道你……和那帮人……

秀敏：不，不是这样的。

宥琳：那为什么不去？啊？！！

秀敏：（大声啜泣）……我也被他们……

宥琳：什么？！

秀敏：我也……和恩雅一样，也被他们强奸了。他们太恐怖了。

宥琳被秀敏的话震惊到了，怎么也说不出话来。

秀敏：对不起，阿姨，我也很害怕……真的对不起……真的。

宥琳看着悲伤痛哭的秀敏，静静地抱住了她。

秀敏：（哽噎着）对不起，我真的很害怕……真的。

宥琳：……嗯，我知道了，秀敏啊，秀敏，别哭，秀敏（宥琳也一起哭了）别害怕……

秀敏：……我也被拍下来了……那些浑蛋……说如果我说出来，就把它传到网上……（呜咽着）

宥琳：秀敏啊……那帮浑蛋……在哪里？现在……

91. 外场 游乐场（夜）

镜头跟着宥琳。她像是在找什么人。

宥琳看到了蹲在房顶角落里，咬着烟，向地上吐着口水的朴俊和小跟班们，缓缓地向他们走去。

这帮家伙传着香烟，一边抽着一边嘻嘻哈哈地笑着。

朴俊在向别的不良少年吹着牛皮。

朴俊：然后我就这样，一把抓住了她。那女的说讨厌，事实上可高兴了，一边"啊啊"地叫着，一边要更多。

不良少年 1：原来如此，那又把那女的叫过来啦？

宥琳用恩雅的手机打电话，朴俊的手机响了。

朴俊：喂？（挂断了）？？喂喂？

宥琳"嗵嗵"地跑起来。朴俊和其他坏家伙转过头看……一副
不以为然的表情。
宥琳努力地平静因愤怒而颤抖的嗓音。

宥琳：是你发的吧？

其他人绷直了身体，朴俊站起来。

朴俊：你谁啊？
宥琳：是你发的吗？手机给我。
朴俊：（嗤笑起来）搞笑……他妈的……大妈你谁啊？

宥琳愤怒得发抖。

宥琳：……（掏出恩雅的手机）这个是你发的吧？
朴俊：……！……（表现出惊慌的表情，但是坦然地）不是我，
这是什么东西？
宥琳：是什么你知道得最清楚。快把手机给我交出来。
朴俊：如果我不交呢？

一边说着一边抿着嘴嗤嗤笑着，回头看另外的人。

其他人也抽笑着。

宥琳感觉受到了莫大的耻辱与愤怒，冲上前想要抢下朴俊的手机。

宥琳：放手！放手！

朴俊：啊，他妈的，还不放开？（推了宥琳一把）他妈的找死啊……大妈，（发火了）不是我，听到了没，我说不是我，疯婆娘。

啪啪——

宥琳火冒三丈，抽了朴俊两个耳光。

朴俊突然呆在原地，他和其他家伙对视一眼，感到十分丢脸。

朴俊：真他妈的找死……

宥琳揪住朴俊的衣服……想要抢到朴俊的手机。

宥琳和反抗的朴俊撕扯起来。

朴俊：这疯婆娘怎么和乞丐一样！

朴俊被限制住了，不知如何是好。

其他少年都惊慌地斜眼偷窥朴俊。

最终宥琳把朴俊的手机抢了过去。

宥琳：你……我会把这只手机拿给警察看的。你一辈子都要在监狱，不，是地狱里活着了，明白了吗？

朴俊：……

宥琳转过身离开，朴俊感到被侮辱了，穿过旁边的巷子向宥琳跑去。

朴俊用木棒抽打着宥琳。

宥琳倒在地上。

朴俊继续抽打倒下的宥琳，一边发出声音。

错愕的韩闵久和其他不良少年。

他们都站着不知道该怎么办。

朴俊：这个破烂婊子，原来你是神经病，你女儿也是神经病，啊？

朴俊依旧毒打着晕过去的宥琳。

再次夺回手机。

这时，大楼门卫和派出所巡警一边吹着哨子一边向这儿跑来。

韩闵久和其他人丢下朴俊作鸟兽散。

朴俊也扔下倒地不起的宥琳，跟着逃走了，却被派出所巡警抓个正着。

被制服倒地的朴俊。

朴俊：放开我！你他妈的放开我！

92. 内场 宥琳的病房（夜）

插入——

窗外城市的夜景。

宥琳站在窗前，嘎吱——单人病房的门被打开，吴警官走进来，床上没有人。

吴警官：您没事吧？

宥琳转过头去，望着吴警官。
脸上和脖子上的伤痕触目惊心。

宥琳：抓住了？

吴警官：你是说朴俊吧？这货肯定会被送到少管所。（从口袋里掏出一张纸）简单地写了一下陈述书。

宥琳：那家伙会怎么样？

吴警官：这种情况……应该是监禁两周吧……然后就放他走了。

宥琳：（嗤地一笑）关键时刻了。

吴警官：啊？

宥琳：（冷冷地）不是朴俊，另有其人，不，是孩子还是大人打的，我不太记得了……

吴警官：您在说什么？都到了这一步了……派出所的巡警当场抓住了呢。

宥琳：反正不是，不是他。

吴警官：你的意思是不让法律惩罚他吗？

宥琳坐在床上，开始大笑起来。好像有些精神失常了。

吴警官：（可惜地）你为什么去找那个家伙？

宥琳没有回答，自己咯咯地笑着。

宥琳不知什么地方开始变了。

93. 内场 警察局 / 审讯室（夜）

吴警官把朴俊的手铐解开。

吴警官：你这家伙，你知道你运气有多好吗？那大妈要把你放了。

朴俊：……

94. 内场 宥琳的病房（早晨）

朴俊的父亲。在宥琳面前掏出揉得皱巴巴的信封。

宥琳犹如废人一般看着他。

宥琳：这是什么意思？

朴俊父亲：您撤销了起诉，但这件事也不能就这么过去了……你收下吧……

宥琳：这个……您还是收起来吧……有够你花钱的地方。

朴俊父亲：啊？

95. 外场 xx 川 堤坝上（夜）

朴俊将摩托车停在江堤上，和其他家伙正在闹事。

抢劫两个模范学生。

道路的另一边，宥琳坐在自己的车内，面无表情地看着。

镜头切换——

朴俊和他的狐朋狗友打完招呼，骑上摩托车走了。

96. 外场 市内道路（夜）

朴俊的摩托车在路上驶着。

他身后有一辆车跟着。

是宥琳的车。

朴俊骑着轰鸣的摩托车，像是在表演杂技一般，狂放地在车流中穿梭。

一点也不在乎别的私家车的不满。

97. 外场 地下停车场（夜）

朴俊驶进了地下停车场。

他确认四处无人后，将车停在角落里。

宥琳驾着车悄悄进入，停在稍远的地方。

朴俊从口袋中拿出螺丝刀，斜眼看着停在这里的车。

宥琳在车里将一切收入眼底。

朴俊停在了一辆高级轿车前，仅花了 2 秒就打开了车门。

将车里的导航仪和现金取出，似乎在考虑是不是再做几个，又打开了别的车。

朴俊拿着导航仪等转过身去，却发现宥琳站在身后。

他大吃一惊。

朴俊：啊？！

宥琳：你还没回答我吧？

朴俊：妈的，真是……

宥琳：你是说过吧？

只有他们两个，被宥琳的气势压倒的朴俊。

宥琳：没关系，你说吧，反正我的恩雅……已经死了……

朴俊：！！！

宥琳：谁……又把我的恩雅叫过去的？到底是谁安排的？

朴俊：（虽然很惊讶，但是依旧装作镇定地）你到底在说什么？

宥琳：那个视频……是谁拍的？有谁有？除了你之外？

朴俊：（心烦地）你怎么总是瞄准我？啊妈的……找死啊。

宥琳：……

朴俊：真是倒霉，碰上了这么一个疯婆子……想看黄片自己去视频网站上找！为什么找上我！神经病……见鬼去吧，触霉头……

宥琳：……！！！

宥琳用可怕的表情盯着朴俊好一会儿，但令人意外地，最后丢下了朴俊，跟跟跄跄地走了。

朴俊感到不对劲。

确定宥琳走后，骑上摩托车走了。

"嗡——"

朴俊准备骑着摩托车从停车场出来的那一瞬间……

"嘭——"

宥琳驾着车撞到朴俊，从他身上轧过去。

朴俊和摩托车一起滚落在地。

朴俊趔趄着准备站起来，却再次摔倒。

宥琳的车在地下停车场转了个圈，又重新将跌倒在地的朴俊撞了一遍。

打着方向盘在地下停车场打圈的宥琳满脸泪水。

宥琳的车停下来。

抓着方向盘，宥琳失神地望向车窗外的已经死去的朴俊的尸体。

全身发抖……眼神也在摇摆。

宥琳打开车门，缓缓走下来，跟跄着，走到朴俊尸体不远处。

吓得一震一震的宥琳，不由自主地发出了尖叫，忙用手捂住嘴。

朴俊头部的鲜血……

恐惧感……爽快感……愤怒……宥琳的心乱如麻，开始大笑起来。

好像又有些恢复了意识，准备逃离现场的宥琳，往自己的车奔去……

最新流行歌曲的手机铃声响起……

宥琳站住了，铃声是从死去的朴俊夹克口袋里传出的。

回过头看的宥琳……这时，听到了有车进入地下停车场的声音！

转过身去飞速地掏出了朴俊的手机回到了车中。

看着正在响的朴俊的手机，是"兆涵"打来的。

宥琳：……！……

驶进停车场的车的车灯……宥琳正准备踩油门逃走的时候，进入的车走的不是宥琳的路线，而是向其他的方向。

宥琳缓缓地离开了现场。

插入——

宥琳的车在雨中的城市里奔驰。

98. 内场 警察局 / 走廊 / 雨（夜晚）

叼着烟，拿着从自动贩卖机买的咖啡，行色匆匆的吴警官。

下属出现，对他低语道。

宋警官：您还记得吧，那帮强奸犯。

吴警官：（不耐烦地）谁啊？

宋警官：唉……不是那帮子吗，无罪释放。

吴警官：（有些吃惊）那帮人怎么了？这案子不是完了吗？

宋警官：有人报警，说其中有一个死了。

吴警官：！！！

宋警官：听说凶手逃走了？

吴警官快速地抽完一支烟，突然想到了什么，把咖啡杯扔掉。

吴警官：案发现场在哪儿？

99. 外景 公路边 / 雨（夜）

下着雨的 8 号公路，飕飕飞驰而过的车。

宥琳的车停在路旁。

宥琳坐在车中，抓着方向盘，像是精神病人一般茫然若失。

她打开了朴俊的手机，看到发件人"兆涵"，犹豫了一下，缓缓地按下了通话键。

女子组合的彩铃声响起……

兆涵（声音）：喂，你现在在哪儿？！

宥琳吓了一跳，挂了电话。

宥琳的脸都抽筋了。

这次是兆涵打过来了，朴俊的手机铃声响起，宥琳没有接。

之后幼稚短信提示音"短信来了——短信来了——"响起。

短信：咬着舌头啦？……你怎么了？想找死？……！！

咬牙切齿的宥琳用发抖的双手给兆涵发短信。

短信：我在地下信号不好……哪儿见……？？——朴俊

接下来兆涵回复：

短信：11 点来补习班屋顶！——兆涵

雨点"咚咚"地用力击打着车窗。

100. 内场 停车场管理室 / 雨（夜）

吴警官一行人，全都淋到了雨的样子。

吴警官看着监控录像。

看到了朴俊死亡。

外面正在进行现场勘查。

吴警官：（指着监控录像）等一下！最后车停下了，从车上下来了，重放一遍！

监控录像重放，车停在了朴俊的尸体旁。

宥琳打开了车门，好像要去捡地上的一个什么东西。

下属进入。

吴警官：这是什么？她捡了什么？

宋警官：好像是个手机……

吴警官：等一下，我要出去一下，先走了。先把金宥琳通缉令发下去。知道了吗？

101. 内场 宥琳的公寓 / 雨（夜）

宥琳十分兴奋的表情。

在几个房间走来走去，像是要去参加什么活动，胡乱地把东西塞入包中。

恩雅的照片，几件衣服……还有……恩雅最后留下来的蛋糕。

宥琳低头看着蛋糕，眼泪不停地从眼中流下。

但是她的眼神却犀利得可怕。

小狗 OK 跑了过来，呜呜地叫着。

宥琳从家里出来前，最后又看了一眼自己的房子。

关上灯，宥琳的家陷入了一片黑暗。

只有小狗的哀鸣……

102. 内场 室内游泳馆 / 雨（夜）

训练完的女人（看起来像宥琳）从水里出来，但是面前是一个男人的黑色皮鞋。

女人摘下眼镜，原来不是宥琳，是游泳教练。

女教练：（抬头望着男人）你是……?

吴警官：您知道金宥琳吧?

女教练：（不明所以地）是……

吴警官：您知不知道她现在在哪儿?

103. 内场 慧秀的公寓 / 雨（夜）

前夫抽着烟。

烦躁的吴警官。

吴警官：情况不太好，不知您有没有联系……不，最近有没有见过她?

前夫：就之前葬礼时看到了，后来就没有了。

吴警官：（叹气）如果看到她请给我打电话。

前夫：也许她不会联系我的。

104. 外场 补习班 / 前 / 宥琳的车内 / 雨（夜）

雨水如同泪水一般，在车窗上淌下来。

宥琳低头看着手中恩雅小巧的手机。

看着恩雅在韩闵久家中演奏大提琴的那段视频。

收音机里传来"金希澈的灵魂故事"。

收音机（声音）：恋爱的关键就在于一定要主动。无论在何时何地都要主动地去接近那个人，还有一定要多笑笑，即使那个人说他喜欢的另有其人……心里记着那个人的话……

宥琳的手机响起，是吴警官打来的……宥琳并没有接。

时间从 10:59 跳到了 11：00。

宥琳关上了收音机，擦掉眼泪从车上走下。

105. 内场 警局／雨（夜）

混乱的警局内。吴警官打着电话——

吴警官：（猛然）吵死了！全给我安静！事件相关人有谁？朴俊，韩闵久还有……

106. 外场 补习班／屋顶／雨（夜）

屋顶上下着雨，咣当一声，一个穿着便服的学生走了进来。

兆涵安静地站在房顶上，俯瞰着整个城市，手机上连着耳机，听着音乐，抽出一支烟，点上火……

宥琳（声音）：尹兆涵？

兆涵：……？

宥琳举着刀朝着兆涵砍去。拿着刀浑身发抖的宥琳。

兆涵无法看清宥琳。

兆涵：哈？

兆涵倒退一步好像被什么绊了一跤跌倒了。

好像脚腕受伤了。

宥琳居高临下地看着兆涵。

宥琳：你知道我是谁吧？

兆涵像是要死了，皱起了眉。

他抬头盯着宥琳，吃惊地往墙边退去。

宥琳全身发抖，举着刀追上去。

兆涵：啊啊……你……你为什么？

宥琳：（把手机给他看）你也……对我的恩雅下手了？

兆涵：（根本没有心思看宥琳递过的手机）哦啊……

宥琳：（抓住兆涵的下巴）好好看看！这到底是谁起头的？

兆涵：我不知……不知道！我……我……也是受害者。

宥琳：……（视线）

兆涵：我就照着他们说的去做的……真的。

宥琳：谁……谁指使的？

兆涵：啊……饶了我吧。

宥琳：（高声大喊）谁！

兆涵：他们……他们全部……

宥琳：……

兆涵：恩雅……如果我不带她过来的话，我就会死的……（一把抓住了宥琳的腿）我，我不想死……我不知道怎么办，除了这样

做……我真的不知道会发生这种事情……真的……那帮浑蛋……我
真的做错了……饶了我吧……啊，是朴俊指使的……

宥琳：朴俊已经死了。

兆涵：（惊讶地）啊？

宥琳：韩闵久现在在哪里？把韩闵久叫来……

兆涵：不知道，我真的不知道他在哪儿。

宥琳：打电话，如果你不给他打，你就死定了。

兆涵浑身发抖，一点也动不了。

宥琳也一样。

宥琳：快！

兆涵这才哭着掏出了手机……兆涵的手机壁纸是和恩雅一起拍
的照片……恩雅害羞地笑着。

宥琳：……！！！……等下……（向兆涵跑去，兆涵缩成一团）
这张照片……

宥琳的眼泪在眼眶里打转，如鲠在喉。宥琳看着兆涵的手机，
兆涵抬头看着宥琳……颤抖地张开了嘴。

兆涵：我不是不喜欢恩雅……只是……只是没办法才把她抛下
的……

宥琳：（怒火冲冲地把刀比画在兆涵的脖子处）什么没办法？
你说什么没办法？

兆涵：别杀我……我错了……我再也不这样做了……都是韩闵久，都是韩闵久。如果我不这样做，他就会把我打死。

宥琳：……（手机照片里，恩雅十分幸福的表情……听到了兆涵的话，十分激动的表情）

宥琳将刀压下。

宥琳：你知道恩雅有多喜欢你吗？

兆涵放声大哭。
宥琳听到兆涵哭声，立即停住了手。

宥琳：……滚。
兆涵：啊？
宥琳：给我滚，趁我还没改主意之前。

兆涵瞄着宥琳的眼色，连滚带爬地从屋顶逃走了。
宥琳独自留在屋顶。

107. 内场 慧秀办公室楼道 / 雨（夜）

慧秀穿过楼道，浑身湿透的吴警官出现。

吴警官：等一下，律师。

切换镜头——
像是十分震惊。

慧秀：……确定是金宥琳杀的吗？

吴警官：（点头）请给她打电话吧，拜托了。

108. 内场 咖啡店 / 雨（夜）

宥琳的咖啡店。

当然，一切室内装修工程都已中断。

只有巨大的冰箱在运行中，发出"嗡嗡"的响声。

宥琳浑身发抖。

看着自己的手机，吴警官和前夫的几十通未接电话，数条短信。

宥琳关上手机，打开冰箱，从冰箱里取出写着"别哭，妈妈"字样的蛋糕。

咬了一口，眼泪流下来。

宥琳：妈妈对不起你……对不起你，恩雅啊……

109. 内场 警局 / 雨（夜）

正打印着有宥琳照片的履历表。

打印机纸张出来，吴警官看着宥琳的脸，突然手机铃声响起。

宥琳（声音）：是我，您找我？打了那么多通电话。

吴警官：（叹气）金宥琳女士……

宥琳（声音）：……

吴警官：是你杀了朴俊的吧？

宥琳（声音）：没有谁能永生，谁都逃不过一死，我也是，您也是。

吴警官：……

宥琳（声音）：我会自首的。

吴警官：这些孩子也有父母……金宥琳女士！其实……其实我是秀敏的爸爸。无论如何请您帮帮我，我们先见一面吧。

宥琳(声音)：难道……您现在在同情那些恶人吗？（挂断电话）

110. 内场 咖啡店 / 洗手间 / 雨（夜）

听到自来水哗哗的流水声。

宥琳站在镜子前，十分陌生地面无表情。

没有关上水龙头，水声一直在响。

宥琳从口袋中掏出恩雅的手机，宥琳的脸上反射着恩雅手机发出的 LED 蓝色的光。

在底部，宥琳看到朴俊发给恩雅的短信中有指出韩闵久家的地址。

宥琳看了几遍短信，眼神激动。

缓缓地浏览了一下短信，冷峻的表情。

111. 外场 街道（上午）

宥琳慢慢地开着车，之前恩雅按照那帮人的指示走的路今日她照走了一遍。

按照短信的指示慢慢地开着车。

短信：经过四条街后向右拐，往上走。

宥琳想象着恩雅那时的心情，情绪十分激动。

所有的地方都是陌生的，宥琳的车最后停在了韩闵久家所在的贫民窟巷子前。

垃圾遍地，颓败的墙壁刻画着贫穷的印记。

望着小巷子的宥琳的表情。

再次打开恩雅的手机，确认短信。

这时，在和解室里见过的韩闵久的父母从宥琳的车旁经过。

宥琳面无表情地看着逐渐走远的韩闵久父母。

他们一走远，宥琳再次启动了车，驶进巷子。

112. 外场 韩闵久家 / 前（上午）

短信：来 E 幢。

宥琳按照短信说明，站在了有着红色屋顶的房子前。

这就是恩雅曾经喊叫着遭了无妄之灾的地方。

宥琳就像曾经的恩雅一样，站在了玄关门口。小心翼翼地将耳朵贴在门上，屋里静悄悄的。

宥琳环顾四周，这个点街上空无一人，没有行人路过。

抱着试试的心理，宥琳旋开了房门，门是锁着的。

113. 内场 韩闵久家（上午）

叮咚——

韩闵久正在电脑上看视频。

懒洋洋地打开了门。

宥琳站在门口。

戴着帽子低着头的宥琳让人认不出来。

宥琳：我来修水管的。

小心翼翼地走进房中。
宥琳眼中看见的正是恩雅手机里录的那段视频的背景！
宥琳无法向前迈步进入房间，只是在鞋柜处站着环顾四周。
情不自禁地流下眼泪。
用一只手捂住自己的嘴巴，小心翼翼地一步一步迈进去。
这个房子里的氛围、气味都让人感到恶心。

宥琳将水槽打开，假装在看水管。
韩闵久坐在餐桌旁的椅子上，看着宥琳。
宥琳面部表情非常紧张，低下头，看着手册。

宥琳：下水管道没有问题，父母都不在吧？

一边说着，宥琳的胸部沟壑尽显。
韩闵久的眼睛没放过她，吞了一口唾沫。

宥琳：家里没有其他人吗？
韩闵久：（瞟了一眼四周）没……

韩闵久独自笑嘻嘻地转过了身，向自己的房间走去。
继续玩刚刚玩着的电脑游戏。
宥琳看着他，拿起带来的刀向他走去，呼吸变得急促起来。

宥琳走到了韩闵久身后，紧张的一刻……

宥琳将手中的刀刺向韩闵久的背。

牛奶袋掉在地上，牛奶散落一地。

韩闵久：呃……

宥琳：（高喊着）是你！是你把我的恩雅！是你凌辱了她！去死吧！你个浑蛋！视频在哪儿？

宥琳再次将刀向韩闵久刺去，韩闵久艰难地抓住了宥琳的手腕。

韩闵久躺在床上，上面是准备拿刀砍他的宥琳。

宥琳眼中戾气大涨，用全身的力气砍去。

韩闵久这次把宥琳推倒了，慌张地大喊大叫。

韩闵久的脸上，宥琳的血一滴一滴滴下来。

韩闵久：（用力地喊）妈呀……救命啊，救命啊……有没有人？！

宥琳和韩闵久对峙着。

韩闵久使出吃奶的力气用力地推着宥琳。

宥琳发出了一声呻吟，倒在了地上，刀也掉了。

韩闵久站起来，粗粗地喘着气。

韩闵久：他妈的……婊子！

宥琳抱住腹部倒下，十分痛苦的样子。

宥琳再次上前掐住了韩闵久的脖子，韩闵久吓了一跳，奋力抵抗。

宥琳被韩闵久一下推倒了。

韩闵久再次拼命地用手肘击打着宥琳。看起来十分痛苦。

韩闵久上前用脚踢着她。

韩闵久：（用脚踢打着）你也试试啊？啊？

韩闵久打着宥琳，突然挨了一下耳光。

韩闵久的脸左一下右一下……

宥琳：是你做的！你设计的！

韩闵久痛苦地皱着眉头，开始打宥琳耳光。

这次他掐住了宥琳的脖子。

韩闵久：（猛然地）是啊！是我做的！我奂了你女儿！你是想听到这个吗？

宥琳被韩闵久掐住脖子，慢慢失去了意识，像是垂死的人一般，身体渐渐不动弹了。

韩闵久发现她快没气了，突然着了慌。

他粗重地喘着气，暂时放开了宥琳，慌慌张张地跑出了家门。

114. 内场 韩闵久的家 / 前（上午）

在家外的小巷里，像是怕见到谁，藏起来的韩闵久情绪仍然十分激动，喘着粗气。

韩闵久：啊……啊，他妈的……真是（流着血）。

用颤抖的手掏出手机，给朴俊打电话。

声音：您拨打的电话已关机。

韩闵久：他妈的！

又用手机给兆涵打电话。

哒——兆涵接通了电话。

韩闵久：呀，臭家伙你在哪儿？

兆涵：怎么了？

韩闵久：那个疯女人找到我家了。

兆涵：谁？

韩闵久：就那个补习班屋顶，转学那妞的妈妈。不是你带她来
的吗？

兆涵：真的……然后呢？

韩闵久：不知道……好像没气了。

兆涵：那个女人现在在哪里？

韩闵久：在我家，呀，现在怎么办？

兆涵：你先去确认一下，然后再给我打电话。

韩闵久：你也快来我家，臭家伙。

兆涵：好，待会儿见。

韩闵久挂了电话，先望了望四周，确认没有人，才向自己家中
走去。

紧张地走进家门。

115. 内场 韩闵久的家（上午）

嘎吱——

韩闵久小心地打开了门，走了进去。

向宥琳倒下的地方——自己的房间走去。

小心翼翼地向宥琳看去。

这时宥琳虚弱地呻吟着，缓缓醒转。

韩闵久吓了一跳，跑了出去拿着棒球棒冲进来。

韩闵久：你这个贱货，去死吧！

韩闵久拿着棒球棒向宥琳打去，但是已恢复意识的宥琳好不容易避开了。

宥琳发出了一声呻吟，再次倒在地上。

晃晃悠悠地逃走了。

韩闵久跟着宥琳，用脚踹她。

宥琳一直走到厨房。

宥琳倒下了，手不知在往哪儿伸去。韩闵久指着宥琳破口大骂。

宥琳奋力一搏，一把抓住了韩闵久的脖子。

韩闵久脖子上宥琳的指甲。

血像小溪一般流下。嘭——宥琳的一个指甲折了。

宥琳：啊！

激动的韩闵久再次举起了棒球棒，这时！

嘭——

韩闵久的瞳孔突然放大。

韩闵久傻傻地看到厨房水槽的门打开了……挂在门上的刀具中少了一把，宥琳抓不住刀柄，就用手抓着刀刃，血从她手中流下。

韩闵久向后倒去，扑通一声——

韩闵久瞪圆了双眼，死了。看到韩闵久终于死了，宥琳喘了一口气。

身上也满是伤痕。

从韩闵久的口袋中掏出手机。然后慌慌张张地打开水龙头，洗了洗满是血的手和衣服。

宥琳浑身发抖地大哭起来。

116. 外场 市内公路（上午）

踉跄的高跟鞋。

宥琳搂紧自己的小腹，向市内走去。

像是丢了魂一样。

宥琳的前襟上是还没来得及擦去的韩闵久的血迹。

街旁停着的车车窗上映着宥琳扭曲的脸。

"噔噔噔——"宥琳走着。

又像是在哭又像是在笑……神情十分复杂。

117. 内场 咖啡店（上午）

宥琳躺在堆得像仓库一样的咖啡店一角，疼得呻吟着。

宥琳抱紧了小腹，痛苦地呻吟着。

118. 外场 韩闵久家（下午）

警车和救护车停着的韩闵久家门口。

有几个附近的居民站在警戒线外，瞄着韩闵久家。

韩闵久的尸体已经被白布盖上，奔走忙碌的勘探队员中站着的是吴警官和宋警官。

宋警官：……

吴警官：……

吴警官严肃的表情，低头看着韩闵久的双眼。

吴警官：有没有什么东西不见了？

宋警官：啊？家里没有被翻动过的痕迹。

吴警官：手机呢？

宋警官：这次手机又不见了。

吴警官：小宋，你去翻翻这家伙的电脑。

镜头切换：

宋警官在检查韩闵久的电脑。

宋警官：搜索了一下 jpeg 格式的或者 avi 格式的文件，好像没什么异常的……哦，这个，大哥……

是恩雅在韩闵久家中凄惨地演奏大提琴的视频。

吴警官十分讶异而且痛心。

吴警官：朴俊，韩闵久……兆涵！兆涵的家在哪儿？

宋警官：离这儿不远。

119. 内场 兆涵的公寓（下午）

高级住宅区的外景。

面积超过 50 坪 的公寓。

宋警官和几名警察在兆涵家中翻来翻去，但是兆涵的妈妈冷漠地坐在客厅里。

这时吴警官走进屋内，环顾四周。

宋警官向吴警官走去。

宋警官：有些东西要给您看看。

吴警官：什么？

电脑屏幕，搜索 AVI 格式的文件，出现了一整列。

都是以女生的名字命名。宋警官的表情严肃起来。

这些文件都是别的受害者。

电脑屏幕，吴警官打开以"恩雅.avi"命名的文件播放。

吴警官看到了什么不堪入目的画面猛然闭上了眼，是恩雅在屋顶上被踩躏的场景。

悲痛的吴警官。

在视频里朴俊、韩闵久、尹兆涵都在屋顶上。

但是，屋顶上的门被打开了，一个女生走了进来。

是秀敏!

吴警官看到了这一切，惊呆了。

吴警官：（看着视频）这帮坏蛋……！！！

宋警官：这……不知是否已经上传到网上了。

吴警官：什么？！！

吴警官确定秀敏在视频里。因为太过震惊而瞪大了双眼。

吴警官：小宋，快去学校把尹兆涵抓起来。

别的警察都不认得秀敏。

吴警官：不对，你先去学校。我要去另一个地方。

吴警官走出去。

120. 内场 咖啡店（下午）

插入——

商场外的马路十分拥堵。

不知是否是因为夏天到了，地面上升起一层青气。

可以看到一家商店的外部结构，没有招牌，卷帘门已落下。

沾满灰尘的风扇叶在转动。

1—2层咖啡厅的内部装修暂时中止，内部黑暗而空旷。

收音机的声音：首尔现在气温是 29°C……5月气温反常，一度刷新了最高值。

这个时段的高速公路挤满了去赏花的车辆，就好像停车场一样。

不知从何处传来了因疼痛而大声呼喊的女子的声音。

宥琳倚着墙坐着，看着恩雅手机里的视频。

回忆——
宥琳、恩雅、秀敏三个女子一起认真地看着什么。
宥琳用蘸满油的毛笔在模具里涂了一圈，然后将布袋里的巧克力挤到模子里。

宥琳：给，但你要把它给谁啊？
恩雅：不告诉你，干吗问呀？
宥琳：连问都不能问了？反正你也不告诉我。

现实——
宥琳绝望地号啕大哭，缠着丝巾的左手。
宥琳垂下丝巾，站起来，向冰箱走去。
鲜血不断地从她的手中流下，滴落在布满尘埃的地板上。
宥琳打开了冰箱的门，一阵冷气扑面而来。

宥琳：哈……

宥琳的手伸进冰箱，被寒气刺了一下。
她缓缓地解开了丝巾，借着冰箱的光，可以看到手上似乎有一条非常深的伤痕，鲜血从中涌出……

在冰箱前站定，宥琳低头看着自己的手，站定。

画面向受重伤的手掌移动，冰箱里有一只被咬了一口而塌下来的鲜奶油蛋糕，蛋糕上用巧克力写着一句话——"Don't cry, mommy(别哭，妈妈)"。

宥琳的表情变得复杂而微妙，再次号啕大哭，透着恐惧与绝望。

"咚咚咚"——

121. 内场 咖啡店 / 建筑房顶切换（下午）

咚咚咚——

外面传来敲卷帘门的声音。不一会儿卷帘门被拉上，吴警官走了进来。

但是宥琳不在了。

吴警官：……

不知哪个楼房的房顶。

宥琳的手，朴俊的手机一下子坠落在地。

宥琳站在楼顶，岌岌可危。

下定决心准备自杀的宥琳因为大仇已报而站到了楼顶上。

丁零零——

咖啡店

吴警官：喂？金宥琳女士。

宥琳（声音）：您好。

吴警官：……金女士，您准备自首吗？现在准备怎么办？

宥琳：秀敏爸爸……我有一件事要拜托你。

吴警官：您请说。

宥琳：已经结束了，我再也没有活下去的理由了。朴俊、韩闵久都是我杀的，手机也是我拿走的。

吴警官：……

宥琳：我也不知道为什么要告诉你这些话，也许是我已经无人可倾诉了吧。

吴警官：金女士，不，恩雅妈妈，请认真听我的话。现在我们已经掌握了证据和证人，那帮浑蛋策划了整个过程，我现在有关键证据。您现在到我这里来吧，这次……绝对不会不明不白地过去的，我坚信。我一定要把还活着的兆涵送上法庭。为了实现这个结果，我需要您的帮助。请您出庭做证。

宥琳（声音）：那个……那个叫兆涵的孩子……做的视频？全都是那个孩子一手策划的？

吴警官：是，好像就是那个叫兆涵的孩子策划的，我要把关于恩雅的证据带到法庭公之于众……我需要您来。

宥琳：现在去法庭有什么用呢？

吴警官：啊？

宥琳：反正我的恩雅已经死了，还有什么用呢？

啪嗒——宥琳挂断了电话。

吴警官：金女士！恩雅妈妈？

咖啡店

吴警官看到了冰箱里恩雅的蛋糕。

看着恩雅的蛋糕似乎想起了什么似的冲了出去。

122. 外场 某栋建筑的楼顶（下午）

宥琳受到巨大的打击。

原来所有这一切都是兆涵计划的。

吴警官完全没有想到自己这通电话会给宥琳带来多大的影响。

最终宥琳甚至把自己的手机也扔到楼下。

嘭——宥琳的手机摔成两半。

然后宥琳向一个地方看去，正是恩雅的学校。

宥琳站着的那个建筑楼顶正能俯瞰到恩雅的学校。

本以为大仇已报的宥琳再次向恩雅的学校走去。

123. 内场 恩雅的学校 / 教室（下午）

同一个视角

兆涵若无其事地上学，现在是休息时间。

好像在说什么很有趣的事，和朋友嬉笑着。

124. 外场 吴警官的车 / 学校（下午）

吴警官独自一人驾着车，神情焦急。

他狠狠地摁着手机的快速拨号键，打给秀敏的电话。

秀敏（声音）：喂？

吴警官：你为什么不说？！啊？！为什么骗爸爸说什么都不知道？！

下课时间学校走廊。

秀敏在走廊上接吴警官的电话。

秀敏：不知道……我也很怕……那帮人说如果我说出真相……如果我不说，即使爸爸不问，我也想死！！

吴警官：妈的……

秀敏：爸爸，我该怎么办？如果现在说出真相的话，他们都会进监狱吗？爸爸！！我全都说，您快告诉我怎么办……我好害怕……他们都好可怕，死去的恩雅也很可怕……

125. 外场 恩雅的学校（下午）

校门外可以听到大提琴协奏的声音。

10 余名女学生一起在拉李斯特的《爱之梦》。

宥琳慢慢地向校门走去。

没有任何东西能阻挡她的脚步。

她在走廊里走着。

什么都不能唤起她的注意。

宥琳向穿着运动服路过的女学生问道：

宥琳：学生，高一的班在哪儿？

穿着运动服的女学生用手给宥琳指了路。

126. 外场 恩雅的学校 / 门口（下午）

镜头插入——

不知从哪栋建筑俯瞰到的市内景象。

许多警车鸣着警笛往某一处赶去。

准备从门口进去的宥琳突然眼睛闪了一下。

她望了一眼天空，天空异常晴朗，阳光过于明亮。

127. 内场 恩雅的学校 / 走廊（下午）

对于宥琳来说，时间的流逝都是虚妄。

走过门廊走过走廊的宥琳。

午饭时间。

宥琳经过一间又一间教室……停在了一个地方。

唰——宥琳拉开教室的门走了进去。

丝巾掉在地上。

能听见惊呆了的老师和学生的喊叫声，一会儿，教室的后门拉开，被刀刺中的兆涵逃出了教室。

宥琳紧跟着追出了教室，一边发出凄厉的叫喊声，学生和老师从教室涌出来，走廊如同一个人间地狱。

逃到走廊上的兆涵因为被刺中了而行动不利索。

宥琳茫然若失地向兆涵走去。

几名孩子吓得让出了道。

通往屋顶的楼梯。

兆涵号叫着倒下，又再次爬起来逃跑，一瘸一拐逃走的兆涵倒下了，在地上滚动着，最后……

随后是在走廊上狂奔的吴警官。

几名学生惊慌失措地喊叫着，在吴警官身旁奔跑着，乱哄哄的。

将学生拉回教室的老师和教职员们。

吴警官奔上了台阶。

混乱不堪的走廊。

吴警官拨开层层人群，向前跑去，发现了在这群学生中哭泣的秀敏。

秀敏：爸爸……阿姨她……恩雅妈妈她……

吴警官：……

吴警官已经来晚了，那时。

对讲机（声音）：吱……吱……吴长官……

吴警官：（对着对讲机）救护车来了吗？叫他们快点来！

对讲机（声音）：是……还有，吴长官，您去对面的楼顶去看一看吧，金宥琳在那儿。

吴警官：什么？

吴警官向着屋顶跑去，登上了楼梯。

地上有血迹。

吴警官掏出了手枪独自追随着血迹。

血迹正是一路通往楼顶的。

吴警官看着楼顶的铁门，将枪瞄准，走了上去。

吴警官打开了铁门，表情十分震惊。

屋顶另一边，兆涵倒在地上，流着血，宥琳站着俯视着他。

宥琳：（看到了吴警官，停住）……

宥琳将看上去像是兆涵的手机扔出了屋顶。

兆涵还没有死。

吴警官将手枪对准了宥琳。

兆涵：（极度恐惧发抖着向吴警官）救……救救我，大叔……

吴警官：金宥琳女士，请您放下刀。如果您不放下，根据法律规定，我不得不开枪了。（用手指扣下了扳机）

宥琳：……

吴警官：我已经告诉您了，我们掌握了证据，兆涵不可能在外面待着了……可以重新审判的。

兆涵：（惊慌地）证据？

吴警官：没错，你这个浑蛋……你电脑里的视频！！金宥琳女士，您就算是为了恩雅也要出庭啊。

听到吴警官说到视频，身体一下子僵硬起来，什么话都说不出来。

宥琳：（扑哧一声）……哼，法庭……

吴警官：恩雅妈妈，请您停手吧……你就算杀了这个浑蛋，恩雅也回不来啊。

宥琳：……秀敏爸爸？如果恩雅是秀敏……您是我的话会怎么办？

吴警官：……

宥琳：反正我也是要下地狱的。（自言自语道）最好下点雨吧，太累了。我好累……

兆涵：（向宥琳说）恩雅和我无关，她自己要自杀的……

吴警官：！！！住口！你这个浑蛋！！！？

一瞬间时间仿佛静止了一般，一切都慢了下来……

宥琳静静地凝视着兆涵，举起了刀。

宥琳因极度愤怒而扭曲的表情。

吴警官：……！！！

宥琳的刀再次向没有一丝云彩的天空举起。

吴警官向着宥琳突然的动作下意识地扣下了扳机。

哒——

一阵血珠射向空中。

宥琳不知哪里被子弹击中，缓缓地倒下了。

哐——

宥琳倒在了屋顶上……

吴警官的枪口冒出白烟……

吴警官的表情十分惨烈……本扣在扳机上的手指重重地落下……

对讲机（声音）：唧唧——房顶！房顶！房顶！请报告最新情况！房顶！房顶！……

嘭——

吴警官嫌对讲机太吵，用力地把它摔到墙上，对讲机四分五裂。

滑落在地的宥琳睁开眼，望着天空。

之后急救队上来了，确认兆涵已死亡。

吴警官……冰冷的表情转过身去离开了房顶。

跟着其他警察慢慢离开的吴警官……

128. 外场 恩雅的学校 / 屋顶（下午）

俯视视角

天空太晴朗了……昨天一夜雨后已经云销雨霁的天空。

宥琳的脸，一滴泪水从眼角滑落。

向死去的宥琳跑去的画面。

一直在奔跑的场景……宥琳的眼眸里投影着湛蓝的天空。

画面渐渐暗去——

129. 尾声 / 某天下午教堂（下午）

画面显现——

太阳落山的午后……教堂外的小公园……

宥琳一动不动地坐在座位上，不知在凝望着哪儿。

她的脸非常安详，正在凝视着圣母像。

提着花洒过来浇花的司祭看到了宥琳，开心地笑了，一边浇着花，一边说。

司祭：您又来了？昨天您也来了。不参加弥撒吗？

宥琳：（害羞地）啊，现在……有点忙……（灿烂地笑了）事实上我不太相信自己。

司祭：慢慢来，慢慢来。（和宥琳交替地看着圣母像）您喜欢这尊圣母像吗？

宥琳：是……（羞涩地）我们……都是母亲……

宥琳的脸上荡漾着羞涩但干净的笑容，镜头定格在她的脸上。

画面渐渐暗下——

结尾

2009 年共有 6 万 3 千 573 起强奸案件备案。

据推测，每年实际的强奸案件超过统计的 24 倍以上，约是 150 万起。

被性侵犯的被害人报案率只有 4.2%。

每年性侵犯案件仍以 30% 的速度在增加。

登场人物

金宥琳：女，37 岁，离婚，为了给女儿报仇而动用私刑的母亲。

在这件案子结案后，许多人感到奇怪，为什么像我这样的女人会这样做。

当别人都不去做非做不可的事情时，恐怕只有我一个人会选择去报仇。

这就是为什么我没有任何犹豫，将那些犯人用自己的双手去惩罚的原因。

刘恩雅：女，16 岁，高一学生，父母离异，和母亲一起生活，转学生。

吴警官：男，43 岁，警察队长，恩雅案件的主要负责人。

刘英民：男，40 岁，教授，宥琳的前夫。不关心家庭，将宥琳弃如敝履。

吴秀敏：女，16 岁，恩雅最好的朋友。

安慧秀：女，32 岁，宥琳前夫的情人，宥琳离婚后背负着负罪感，之后担任恩雅案件的辩护律师。

还有对自己所作所为造成的后果还一无所知的三名少年犯。

尹兆涵：男，17 岁。

朴俊：男，17 岁。

韩闵久：男，17 岁。